[法]梅利莎·达·科斯塔 著　彭文业 译

只有风和我
知道的地方

L'endroit que seuls le
vent et moi connaissons

四川人民出版社

图书在版编目（CIP）数据

只有风和我知道的地方 / (法) 梅利莎·达·科斯塔
著 ; 彭文业译. -- 成都 : 四川人民出版社, 2025. 9.
ISBN 978-7-220-14123-2

Ⅰ. I565.45

中国国家版本馆CIP数据核字第2025E66V03号

四川省版权局著作权合同登记号：图进字21-25-221

ZHIYOU FENG HE WO ZHIDAO DE DIFANG
只有风和我知道的地方
[法]梅利莎·达·科斯塔 著　彭文业 译

出 版 人	黄立新
出 品 人	武 亮　刘一寒
策 划	郭 健　石 龙
责任编辑	舒晓利
特约校对	于 俊
特约策划	王 月
产品经理	王 月　曹 震
插画绘制	小布老虎有点忙
封面设计	末末美书
版式设计	许 可

出版发行	四川人民出版社（成都三色路238号）
网 址	http://www.scpph.com
E-mail	scrmcbs@sina.com
新浪微博	@四川人民出版社
微信公众号	四川人民出版社
发行部业务电话	（028）86361653　86361656
防盗版举报电话	（028）86361653
照 排	天津书田图书有限公司
印 刷	北京飞达印刷有限责任公司
成品尺寸	145mm × 210mm
印 张	9.25
字 数	202千
版 次	2025 年 9 月第 1 版
印 次	2025 年 9 月第 1 次印刷
书 号	ISBN 978-7-220-14123-2
定 价	52.00 元

welcome
spring

—*1*—

锈迹斑斑的门锁很难转动，房地产经纪人不得不用力扭动钥匙，再次尝试打开房门。这个地方虽然没有城市或平原地区那样的高温，但仍然酷热难耐。在接近三十摄氏度的气温里，他长出一口气，沉思片刻后，用肩膀轻轻撞击门板，同时扭动着钥匙。随着咔嗒一声，笨重的木门向内打开，剥落一层旧油漆，扑面而来的是一股来自黑暗的清凉。

这座房子的门应该已经有好几个月没有被人打开了。微弱的腐朽气味弥漫其间，但很快被新鲜的空气冲散。房子里大概有二十二摄氏度——我简单地估测了下室内的温度，这样的温度挺好的。我听见他在我身边忙碌着，办公皮包被他放到地上。钥匙发出叮当声，他把它们装进了裤子口袋里。

"我在找开关。"他解释道。

我站在昏暗的门厅中静静地等待着，此刻的我没有其他事情能做。自从6月21日那个夜晚开始，等待就成了我的天然美德，也成了我唯一的任务。他喘着粗气。是因为天气太热吗，还是因为摸索开关太费劲了？我没有去帮他，也不想帮他，我只是一声不吭地站在那里。

在这老房子的厚墙之间，流逝着无法确定的时间。我注意到房子周围没有什么邻居。安静对我来说也是一件好事。

"好了，对不起，让您久等了。"

突然，灯光照亮了门厅。房地产经纪人擦拭着额头，向我报以歉意的微笑。昏暗的灯光，由内散发的霉味，因为木头变形而难以打开的房门……这一切一定会让他以为我要立刻转身而去，然而我没有。我观察着自己身处的地方：这是一条没有窗户的幽暗走廊，有着暗红色的地砖、白色的墙壁、深色的木制踢脚线和一幅描绘教堂的画。

传来抽出纸张的声音，房地产经纪人又读了读自己的笔记，好像他还没有做好功课。他再次擦拭了下额头上的汗水。我没有动弹，也没有提任何问题。他也许会继续介绍，也许不会，这都无所谓。

"这是一座1940年建成的房子。十年前，外墙被重新粉刷过，去年冬天屋顶还进行过保温处理。"

我想我察觉到他眼神中闪烁过一丝自信。去年的修缮无疑成了一个强有力的卖点。我注视着那幅描绘教堂的画，但却看不太清。

"这里总共有六十平方米，右边的门通往卧室，左边的门通往洗手间。"

那人伸出一只手，他的目光中投射着他对我的注视。我花了好几秒才意识到他在邀请我往里走。于是我向前迈了几步，推开了右边的门。我的思维变得迟缓，让他最终赶到我的前面去，并再次向我报以歉意的微笑。

这扇门倒是很容易打开，除了轻微的嘎吱声，没有其他明显的问题。他的脚步声逐渐变轻，直至彻底消失了。我猜这里应该铺有地毯吧。

"我把百叶窗打开。"

我等待着。转动的控制杆发出沙哑的吱吱声。微弱的阳光照进房间，伴随着慵懒飘舞的尘埃。我可以看清地上的模样了，果然铺着地毯，它与门厅的地砖有着相同的暗红色。除此以外，房间里有一张大床，床头板是用沉重的深色实木板做的，还有一个古典风格的衣柜，由原木制成，高耸而庄严。虽然只有这些基本的东西，但对我来说够了。我什么也不需要，除了宁静的氛围、凉爽的空气与少许阳光。

"这扇窗户朝东，如果您习惯早起的话，可以从这里看到树林里的日出。"

他不知道我根本不打算打开那扇百叶窗，我只想待在黑暗中。

"您还有什么问题吗？"

"没有了。"

我并不在意他脸上是否有惊讶的表情。我只是依然在等待着，等到参观结束，拿到钥匙，然后关上门。

我们沿着走廊返回。这次来到左边的洗手间。光线同样透过发出吱吱声的百叶窗照进室内。这里有一个橙红色的老浴缸，还有一个坐浴盆。现在谁还在用这种东西？其他的就剩下一个洗手池以及一些存储格子了。

"需要放一会儿水。这里已经断水很久了。我想刚开始流出的水可能会有点黄。"

水管里先流出了黄色的水，然后是透明的水，总之，这个水管还能流出水。

当我们再次走过走廊时，灯光开始闪烁。灯泡需要更换了。他推开最后一扇门，发出轻微的咳嗽声。这个房间肯定积满灰尘。在打开灯的开关之后，需要几秒钟才能看到微弱的灯光。房间和之前的风格相同：深色的瓷砖与木桌子，橙红色的墙纸上画着白色的竹子图案。窗户被打开了，紧接着被打开的是百叶窗，新鲜的空气从外面涌入。刺眼的光线让我不得不眯起眼睛。我无法忍受这阳光，也无法忍受这蓝天。房地产经纪人准备开口介绍，但我转过身去，再次寻找那份凉爽和黑暗。

"正如您所见，前任房主人有个花园，虽然已经荒废了，但如果您想要恢复它的话，只需要挥动几下锄头就行。"

他停顿了一下，我想他在盯着我。

"您不看看吗？还好吗，女士？是怕光线吗？"

"我有点偏头痛。"

"对不起，我关上吧。"

我对此感激不尽。他打算继续说完那些资料上的信息，深信只有这样做才有机会达成租约："前任房主人是一位老太太，在三年前去世了。这房子从那时起就一直空着。这并不是说它的状况不好，恰恰相反，房子被老太太的女儿维护得很好。她女儿住在法国的另一个地方，但每年会回来打理一下，比如去年重新给屋顶做了保温处理……"

然而他没有注意到我已经没有在听了。

"不过问题是，人们都在逃离乡村地区，哪里都是这样的情况，奥弗涅已经不再像以前那样吸引人了——"

"家具能留下来吗？"

他点头表示可以，对于我的突然打断似乎也没有感到不满。

"当然，一切都能留下来。另外，前任房主人休格斯太太的女儿想要保留室内陈设和她的私人物品。她计划未来搬回这里居住，不过那也许得等到退休后了。她的私人物品都在楼上的阁楼里，被整齐地装在纸箱中。但如果您介意这一点，我也可以联系一下她——"

"这没关系。"

他满意地搓了搓手。

"要不要您自己再逛一下这座房子？"

"不用，这样就可以了。"

"也许您还想再看看花园——"

"其实我还有点急事。"

"哦……"

"那我们现在可以签合同了吗？"

他有些目瞪口呆，我看得出来。他没有预料到事情会这么顺利。一个已经被闲置三年的房子，只需要看一次就能达成协议？

"您确定吗？"

他的表情告诉我他对正在进行的最后确认感到惊讶。

"是的。"

"好的，那么……好的，我车里有合同。但是，我还需要一下您的证件——"

不等他说完，我就开始在手提包里翻找。我早就将需要的证件都小心地放进了一个文件袋里：我的纳税证明、最新的工资单、遗嘱和财产分配的公证书，以及我的身份证。

"哦，都在这里吗？太好了！"

我们坐在厨房的桌子旁，填写租房合同并办理完其他各种手续。

"您让我有点儿好奇。"

过了一会儿，我才发现他在和我说话。他已经整理完证件了，把双手平放到桌子上，正盯着我看。

"您说什么？"

"您是本地人吗？"

"不，我之前住在里昂那边。"

"您在这里有亲戚吗？"

我摇了摇头。他发出咋舌声表示惊讶。

"搬到这样一个偏僻的地方，对于一位单身女性来说，确实是很奇怪的。"

我没有回应他，这个话题就这样结束了。我把签好字的租房合同和蓝色圆珠笔递还给他。

"好了，那我们可以交接房屋了。"我将房门打开，目送着他的汽车渐行渐远，然后缓缓关上了门。黑暗重新笼罩四周。寂静弥漫在空气中，为脸颊带来凉爽的触感。我靠在木门上，确认他不会再回来。终于，我孤身一人了。

我没有带来太多的东西，只带了一个行李箱和一个塑料袋，它静静地躺在我的汽车后备厢里。我还有一些其他东西，特别是那些照片，但都留在以前公寓没有带来。我不想见到任何能唤起我过去生活回忆的东西，无论是在6月21日那个夜晚之前还是之后的日子。

人们是怎么做到的呢？他们是怎么做到亲眼看着自己的世界轰然倒塌，然后又重建起他们的生活的？他们是怎么做到在事情发生几天后就重新回到工作岗位上，还能继续住在同一间公寓里，频繁出入曾经走过的街道的……这对我来说实在是难以想象。那些人在同一个夜晚突然离开了我的世界。从那一刻起，那个伴随我二十九年，让我生活过、呼吸过和醒来过的世界就这样不复存在了。

我把原来公寓的钥匙交给了安妮。她会按自己的意愿处理那些东西。我没有清空那里。我没有精力，也没有勇气，一心想要尽快逃离。所有的东西都保持着原样，我猜那杯在门铃响起时我正在喝的茶水还原封不动地放在我的工作桌上。我猜那时我正翻阅的那本杂志仍然在那里展开着，就在茶杯的旁边，而本杰明的拖鞋还在门口放着。

出院后，我只是渴望逃离夏日，渴望逃离炎炎烈日和罗纳河畔的欢声笑语。我宁愿看到他们在冬日离我而去，在暴雨倾盆的夜晚，在灰蒙蒙的天空下，而不是在交响乐、烟花和欢笑洋溢的夏日第一天里。

太阳落山后，我打开了门。在此之前，我不断透过关闭的百叶窗来确认阳光的强弱。白天似乎变得更漫长，直到22点左右，天空中的最后一道霞光才被蓝灰色的夜幕吞噬。我卸下行李箱，行李箱落在碎石上时发出沉闷的响声。似乎我迈出的每一步都能收到放大般的回响。这是我第一次感受到如此昏暗、如此沉重的寂静，仿佛自己被整个树林吞噬。

我把行李箱放到房间门前，然后回到车里。这里还剩下一个巨大的塑料袋，它比行李箱要重得多。这是个救命的袋子，里面有大约五十个罐头以及意大利面和大米等谷物。我打算留在车里，今晚不离开了。

疲惫让我想要睡觉，但我不知道自己能不能睡着，因为失眠已经打乱了我的生物钟。

我突然感到有些冷，身体一阵寒战。我披上一条毯子，将它裹在肩上，然后从手提包里拿出手机。我收到了妈妈发来的两条短信，还有公证人发来的一封关于遗嘱手续的电子邮件，此外还有安妮打来的未接来电。我检查了下手机信号，还算不错，于是我决定给安妮回个电话。她是唯一一个我仍愿意听她说话的人，因为她是他的母亲，她比任何人都更能分担我的痛苦。

虽然我有些担心她可能不会接电话，毕竟那边的时间已经很晚了，但在两声铃声之后，她接了电话。

"阿曼达，我在等你电话。"

"我刚刚在收拾我的东西。"

我撒了个谎。她猜到了，但她没有责备我。

"你是下午到的吗？"

"是的。"

"房子怎么样？"

"我打算留在这儿，我已经签了文件。"

这一次，她没有对我在短短几天内做出的疯狂决定发表任何评论，要是我自己的母亲就不会这么客气了。

"你觉得那里怎么样？"她简单地问道。

我觉得这里不好，但我同时觉得任何地方都不好，也许这里比其他地方稍微好一点，所以我表示肯定。

"你去公寓了吗？"我接着问。

"还没有。"

她和我一样害怕去那里，我猜到了。我理解她，毕竟这一切都还没过去多久。

"我会和理查德一起去的。"

"那更好。"

我们沉默了。我不知道该说什么，她也不知道。最终，还是她先开口："你回来之前需要我帮你收拾一下吗？"

"没必要。"

"真的吗？"

"我觉得自己不会回去了。"

我听到她吞咽口水的声音。

"你是想让我把房子租出去，还是……就这样放着？"

她仍然相信我迟早会回到那个家，但我知道自己再也无法在那里生活了。

"如果租出去的话，你每个月就不会亏钱了。况且你现在还要支付在奥弗涅的租金。"

"是的，你说得对。这样做也可以。"

我十分信任安妮，她能在沉重的悲痛中依然保持冷静和清晰的思维。

"我这周就能把这件事处理好。"

"好的。"

"理查德周三会去公证人那里，你就不用亲自去了。"

"谢谢。"

我抑制住了某种即将涌现的情绪。他们对我如此体贴，我不想在这个时候哭泣。

"如果你觉得孤独，如果寂寞压得你喘不过气——"

"我知道，安妮。"

"你就给我们打电话。"

"我一定会的。"

"不要太难过了。"

我不知道该怎么回答，她的声音让我觉得她十分担心我。我咽了咽口水，说出我唯一能回答的话："我想我会试着睡一会儿。"

"对，休息一下，我们之后再联系，好吗？"

"好的。"

在这十八天里，我每天只能睡一两个小时，通常是在午夜到凌晨2点之间，就好像我的大脑不知疲倦，拒绝放松，不肯让我获得足够的休息。

我在房子里四处游荡，做些杂事，以免自己想太多。在客厅的墙上，我发现了一本旧日历，自从休格斯太太去世后，就一直挂在那里，甚至连她的女儿也没有将它取下来。在日历上，一些日期下面已经写好了标注。我把它从墙上取了下来。在这里，我不想要有任何东西来提醒我时间的存在。我把一把椅子挪到对面的墙边，那里有一座古老的时钟，上面画着一束粉红色的花，指针显示现在是2点30分。虽然房屋的女主人已经去世，但时钟的电池还在，指针依旧缓慢地走着，好像是在嘲弄我，告诉我时间仍在流逝，生活并没有停止。但显然不是这样的，生活已经停止了。所以我取下时钟，把它扔在地上。我并不是想要故意摔碎它或表现得特别暴力，但表盘确实裂开了，指针也弯曲了，其中一枚指针掉到了桌台下面一个够不到的小角落。这样，我就再也看不到时间，感受不到日期。从现在开始，我只能用"不久之后"或者"更晚一些"来说明时间。这里没有白天，也没有黑夜，寂静的房子里只剩下我和我的悲伤。

自从我把行李箱和塑料袋搬进屋里并关上房门后，太阳已经升起落下三次了。我透过紧闭的百叶窗观察着照亮了外面世界的太阳。百叶窗之间的狭窄空隙足够我窥探整个夏天。我从未外出。我想我大概也就睡过一两次，睡了几个小时。我没有做噩梦，这是件好事。我相信自己的大脑现在已经筋疲力尽，再也无法回到最后一次见到本杰明的那天。

当太阳第四次升起时，一阵敲门声回响在房子里。我首先感到的是恐惧，于是为了确保安全，挡住了卧室的门，这似乎看起来很愚蠢。究竟是害怕开门，还是害怕面对他人？我不知道。敲门声第二次响起，我不得不缓慢穿过这条看似无尽的走廊。

"哪位？"

我没有开门，耳朵贴在木门上等待回答。

"您好，这里是网络服务商。我们听说这座房子已经有人居住了。您能开一下门吗？"

我不知道该怎么办，突然间喉咙里有一种焦虑的紧绷感。

"女士？"他重复道。

于是我开了门，我不太清楚为什么这么做。外面如此耀眼，我需要闭眼好几秒钟，才能适应如此强烈的光线。

"对不起，打扰了，我是网络服务商的商务技术员。我推荐您为该房子安装下载速度可达10兆每秒的网络 —— 是负责这里的房地产经纪人告诉我您刚搬进来的。"

随着光线逐渐减弱，我看清了那个人的轮廓。这是自从我把自己关起来后迎来的第一个客人——一个又矮又壮的男人。

"我能进来和您简单讲一下我们的优惠套餐吗？"

他的货车停在院子里，那是一辆用红色颜料粉刷着公司名字的白色皮卡车。他顺着我的目光看去，微微一笑，说道："我没有骗您，女士，这是我公司的车。我已经在您邻居那里安装了网络，那一家在距离这里大概八百米的地方，他们可以告诉您体验情况，甚至会告诉您他们对此很满意。我们的网速还不错，我是说就这个地方的位置而言。"

他说话的同时，一只脚迈进门廊，以为我没有注意到他的举动。他把手放到门框上，正想进入我的地盘时，我摇头拒绝了他。

"对不起，我不感兴趣。"

他皱着眉头仔细地打量了我一会儿。我不知道他看到了什么，可能是一个皮肤苍白、头发凌乱、身体浮肿还穿着过大衣服的年轻女性，我没想到自己在二十二天内消瘦了这么多。

"您的手机可以上网吗？我们可以提供一个包括移动数据流量和光猫网络的套餐。"

"不，我对此不感兴趣。"

他的目光落在房子的屋顶上。

"您家里没有电视天线吗？"

他似乎很吃惊。

"没有。"

"如果您不安装网络，您就无法看电视，女士。"

他和被他带进家里的阳光都让我变得恼火。

"我不在乎，这不重要。"

他的脚退了回去，回到院子里的碎石路上。他知道这件事没可能了。

"不过，您总要了解一下世界新闻吧！"

我目不转睛地凝视着他。

"什么世界？"

这次轮到他感到困惑。他点了点头，然后返回到他的皮卡车上，匆匆离去，不再多言。

晚些时候，当太阳西沉下去，寒意渐渐侵入屋内时，我再次听到外面传来的声音。和第一次相比，这次的声音不太一样，更遥远，更低沉，像是鞭炮响起的声音。很快，又有其他清晰的爆炸声传来，每个声音间隔几秒钟。我不敢去猜测那声音源自什么，我待在房子里，注视着碗里已经泡烂的面条。我本可以走到窗前，将我的目光对准百叶窗的缝隙，亲眼证实我所感觉到的声音。然而，我的身体一动不动。我宁愿数着日子，数着太阳。自6月21日以来，已经过去了二十二天，今天是7月13日。在村子里，或者是更远的邻近村庄里，人们正在庆祝即将到来的国庆节。他们在花园里、路边、市政厅前与家人欢聚。他们仰望天空，看绚烂的烟火在夜空中绽放。今天是7月13日，我三十岁了，刚刚我还只有二十九岁。我和本杰明共度了四年的生活。我们本计划离开里昂的那套小两居室，搬到乡下的一座房子里。更重要的是，当时我已经怀孕八个月，正在准备迎接母亲的角色，如果顺利，她应该叫玛侬吧。

—2—

短短几天里，我决定搬到一个偏僻的地方，远离夏日的烦扰，静静地一个人思考，不再去想他们。当初在医院的时候，他们不会让我一个人独处，哪怕只是一小会儿。虽然他们没有明说，但我能感觉到他们害怕我会自杀。有一位心理医生试图让我表达出内心的感受，但没有什么实质性的效果。我处在休克状态，无法认知到我的世界已然崩塌，我的现实已被摧毁。出院后，安妮把我带回她家，让我住在客房内。尽管那曾是本杰明住过的房间，但我也没有力气反驳。本杰明的兄弟雅恩经常会来安妮家过夜，有时候还会带上卡桑德拉。安妮坚持要我们一起吃饭，即使我们谁都没有聊天的欲望。她说我们需要互相支持，而我觉得我们四个人被塞进了一个狭小的空间内，而且这个空间的光线也太过耀眼。在邻居的花园里，孩子们一边尖叫一边打着水仗。有时候，烧烤的气味会渗透进餐厅里，然后是笑声以及餐盘或杯子的碰撞声。安妮假装什么都没闻到，什么都没听到，但我却无法忍受。

我的母亲从留尼汪岛赶来。在我到了可以独立生活的年纪后，她就决定到那里定居了，这似乎也是她一直以来的梦想。葬礼结束后的第十天，她回到法国本土，住进安妮和理查德的房子里。

"对不起，这是我能乘坐的最近的一次航班。"

我不明白为什么安妮邀请她来和我们一起生活。也许她认为在这个艰难时期我需要母亲的支持，但她错了，我永远不会原谅母亲曾经当面对本杰明的冷嘲热讽。

"他只是个懒惰的嬉皮士罢了。"

我也没有原谅她在我怀孕期间的冷漠。我想，有很多事情让我无法原谅她，而她未参加葬礼最终使我对她产生了永久的怨恨。

"我会帮你重新站起来的，亲爱的。"

我不知道我是如何度过前两天的，那时的我无比失落。到第三天，当母亲建议我尽快回归工作，对我说"要重新掌控自己的生活，不要被击垮"时，我要求她离开。于是母亲被激怒了。是安妮救了我，我非常感激她帮我避免了更多冲突。隔天，母亲就回到了她的岛上，而我开始在网上浏览各种租房广告。我搜索的关键词是"乡下租房"，而奥弗涅地区就出现在了我的搜索结果中。我只想要马上离开这里，所以我并没有考虑太多，在第一个看房机会到来时，我随便收拾出一个行李箱就出发了。

本杰明并不是母亲印象中的那种懒散的嬉皮士，虽然他深褐色的头发仍然保留着他年轻时的长辫痕迹。这种痕迹带给他一种与众不同的气质，我喜欢这一点。当我认识他的时候，他在里昂市中心的一家青少年活动中心工作。他穿着宽松的牛仔裤，耳朵上戴着一个耳环，看起来很好相处。无论和谁在一起，他总是能表现得很自如，既不自负也不多嘴。他是一个自由自在、自得其乐的人。他的这些特质让我觉得很舒服。本杰明也很善良。在青少年活动中心里,他是一位老师。孩子们都叫他本吉,而我叫他本。

他和我简直是完全相反的两种人:他深褐色头发,长得高大,而我金发,身材苗条;他友好外向,而我内向谨慎。我当时在里昂第八区的市政府工作,正在与不同的组织合作筹备一场大型慈善晚宴,社区居民、退休俱乐部成员以及青少年活动中心的学员都将参与。所以我和第八区青少年活动中心的主任预约了一个会议,向他介绍我的计划,而本杰明被任命为代表。那天他对我非常照顾,因为我从未去过活动中心。他多次友善地邀请我喝咖啡,但我都拒绝了。会议结束后,他提议我去隔壁房间观摩孩子们的音乐排练,这并不是为了示好,只是想让我放松一下。而我作为一个穿着职业制服的金发女性,总是保持着戒心,并且专注于我的慈善晚宴计划,对他的微笑只能回以尴尬的笑容。我一直都不习惯与像本杰明这样的人交往,因为我总是怀着猜疑的态度。总而言之,我们根本不是一类人。

直到项目有关的会议开了整整一个月后,我们之间才最终打破了僵局,建立了联系。在那场慈善晚宴上,伴随着蔬菜煮沸的味道与音响播放的20世纪60年代的摇滚乐,他奇迹般地把我带到了主帐篷的后面。我们一起喝了几杯啤酒,气氛非常欢乐。当他试图亲吻我时,我没有拒绝。那天晚上,我找到了我的另一半。

几年前我读到过一篇文章。文章说,随着时间的推移,人们对于丧亲之痛的看法已经发生了改变,而这对逝者而言是不利的。从前,对逝者的哀悼会持续数周甚至数月。女性会身着黑色来表达自己的悲伤,脸上亦戴着一层长长的薄纱,除了黑色的木制首饰,其他首饰都被禁止佩戴。男性则会把黑色的丝带系在帽子周围，或者是戴上黑色臂章。人们停止一切正常活动，全家聚集在一起，在一个共同的时间里来回忆、告别，以及治愈伤痛。如今，丧葬仪式刚刚过去，正常生活就必须得继续：工作、还贷……这个社会已经没有时间来悲伤和宣泄。

我做不到这一点，这就是我逃到奥弗涅的原因，我需要时间。

母亲多次试图联系我。我把她的来电直接转到语音信箱，因为我知道自己不会接听。她可能是想了解我回归工作的情况，毕竟她没有什么其他理由给我打电话。市政厅那边甚至在我考虑工作问题之前就向我提供了无薪假期的建议，也可能是担心我会频繁请假。这一现象在政府机构中很普遍。我接受了无薪假期的建议，因为我现在并不需要钱。

由于长时间失眠，我白天无法保持清醒，大部分时间都窝在被子里。我盯着天花板，眼睛感到灼热。我渴望入睡，期望能有一场让自己解脱的睡眠。我发现天花板上有一片湿漉漉的污渍，可能是阁楼渗水造成的。我任由这片污渍扩大，逐渐遮蔽我的视野。我的视线变得模糊起来。不知不觉间，我陷入沉睡中。

醒来的感觉是如此美好，我能感受到自己经历了一次深度的睡眠，可能超过三个小时，也许是四个小时。我不确定我睡了多久，因为时钟坏了，而我的手机一直放在手提包里。我把毯子留在床上，穿过走廊，来到后面的餐厅，低下身子，目光透过两块木板之间的缝隙。外面一片漆黑，看来夜晚已然降临。不仅如此，我意识到外面正在下雨，天空被厚厚的云层遮蔽，看不见一颗星星。我跨踌着，在紧闭的木门前停顿了片刻，一个疯狂的念头在脑海中闪过。只一两分钟，没有太久。我穿着睡衣走了出去，让雨水打在身上。那件睡衣已经穿了好几天了，或许是七天，我记不清楚了。

这是一场轻柔的小雨，几乎没有打湿我的头发，也无法渗透进我的棉布睡衣里。空气中弥漫着泥土的味道，就如同往常下雨时闻到的那样。

浓烈的腐败气息扑鼻而来。我小心翼翼地踏过湿滑的草地。我情不自禁地想到本杰明，他就躺在那里，躺在浅色的木制棺材中，那是安妮帮他选的。他待在里面还安全吗？6月21日的那天晚上，我仓促接受了剖宫产手术，伤口情况并不算好。医生们担心我会感染，所以只允许我短暂离开一小会儿去参加葬礼，但不能站立太久。我记得那棺材很漂亮，表面刷着奶油色的木漆。

至于她，我无能为力。在我看来，她就像是一个活生生的婴儿，仿佛有着完整的生命，会哭泣和吮吸。然而事实上，她没有呼吸，心脏也已经停止跳动很久了。他们告诉我，死胎通常会进行火化处理，于是她当天就被火化了，但骨灰直到三天后才在纪念园里和本杰明的遗体一起下葬。至少就她而言，我不必担心她遭受风吹雨淋。

我并不确定自己要去哪里，但我继续往前走着。夜色笼罩大地，天上没有星星也没有月亮。我无法分辨出房子的轮廓，一切都深陷在黑暗中，最多只能勉强感受到围绕房子的树林。所以我将注意力集中在了气味上。这里有泥土、雨水、树脂和松针的芬芳。我并不习惯大自然的气息，但在汝拉山长大的本杰明却习以为常。

他的父母是在他十八岁的时候和他搬到里昂地区的，所以他一直对大自然和广阔空间保持热爱。他得知我怀孕后，便不考虑在城里定居。他有个计划，打算在孩子出生后最迟一年内辞去工作，举家搬到乡下去。

我们还没有确定具体的目的地。他一直在浏览广告，给我看一些照片。虽然我从未完全感同身受过他的热情，总是装作十分感兴趣的样子，但他并没有放弃这个梦想。

"你到那里看看就知道了。"我想他也许是对的，我还有很多东西可以探索，在里昂市中心长大的我曾经把金头公园视作国家公园那么大。

母亲一直钟情于城市，至少在她五十岁之前是这样的。她在城里可以结识新的朋友，晚上一起喝酒，过着夫妻、家庭、工作以外的社交生活。后来，当我开始上大学，大部分时间都在校园中度过时，她意识到我可以照顾自己，于是决定追寻她一直以来的梦想：到岛屿上生活。我可以照顾自己，但我并不一定真的想过这样的生活，至少当时我不是这样想的。

无论有没有母亲，我都一直热爱着这座城市，喜欢它持续不断的喧嚣，喜欢感受人们彼此间的相伴，喜欢不断变化的生命节奏。

然而今晚，我正在雨中漫步，就在这座被树林环绕的偏远村庄奥弗涅里。也许这里不是本杰明为我们选择的，但我确信他会喜欢这个地方。在树脂和新鲜泥土的气味中，我感觉他的计划正在成为现实。

我开始没日没夜地打扫卫生。虽然这座房子并不是十分脏乱，但我需要找点事情让自己忙碌起来，毕竟失眠让时间变得无比漫长。我需要重新布置一番房子，这样自己就不会一直回到6月21日的那个夜晚，满脑子都是本杰明失去生命的身躯和鲜血淋漓的胎儿。我如此害怕这些画面，为了逃避它们，我卖力地干着各种事情：用海绵使劲地擦拭桌台，按字母顺序整理罐头——芦笋、番茄牛肉、西蓝花、芹菜、辣椒炖肉、奶油西葫芦、菠菜、西班牙海鲜饭、蔬菜煮杂烩……虽然罐头每天越来越少，但我还没准备好面对外面的世界。

我清扫了深色灯罩上的灰尘，彻底检查了每一个衣柜：有一份陈旧的地方报纸、一本发黄的电话簿以及一枚带着急救电话号码的磁性冰箱贴。在客厅的柜子里，我看到了两本爱弥尔·左拉的书和一张高速公路的地图。休格斯太太的女儿在整理房间时落下了这些小东西。我把这些不属于我的东西统统塞进了一个黑色大塑料袋里，决定等到自己状态好一点的时候再把它们拿到阁楼上。

直到最后一刻，我才想起前几天从墙上摘下来的那本已经过期三年的日历，它被我扔在了桌子的角落里。当我准备把它和其他见证过休格斯太太日常生活的物品一起丢进大塑料袋时，我才真正注意到老太太留下的标注：给豆子浇水，盖上西葫芦，清扫过道，擦洗窗户……大多数都很普通，但也有一些比较独特，比如"多喝点水"以及一个写着"卷发器"字样的问号形便签。

这本日历没有被扔到大塑料袋中，它和我一起留在了厨房内。这只是因为我喜欢解读上面那些圆润的字迹。

在离开理查德和安妮的房子之前，我答应他们不会做傻事，会定期给他们打电话。我没能遵守，没能兑现我的第二个承诺。几天来我都没有注意到手机的安静。它的电池已经没有电了。

"安妮，是我。"

有时候，我们可以通过聆听沉默来感受情绪。我听到安妮那边电话里传来的沉默，似乎这表达了一种宽慰，一种无比的宽慰。

"阿曼达，我很担心。"

"我的手机没电了。"

又是一阵沉默，我想安妮应该是一时不知道从哪里开始说起吧。

"我们和公证人办好了最后的手续，文件会送到你那里，我给了他你的地址，我……我不知道我能不能——"

"嗯，这样挺好，事情就更简单了。"

"你会收到信件的。"

"好。"

安妮等了几秒钟，我觉得她在等我说些什么，但我甚至没有考虑询问一下公寓的情况。

她接着说道："理查德和雅恩一起去清理了二楼的房子。"

"嗯。"

"他们上个周末去的，我本来想陪他们去，但是……"

我咽了咽口水，接下来的事情她不用说我也知道。

"有一对夫妇想从9月份开始租住，你觉得可以吗？"

"当然。"

"他们把原来的东西都放到地下室里了，我让他们用防水布包好以免受潮，你之后可以去拿回来。"

我没有回答，不知道自己该说些什么。

"阿曼达，我想征求你对黄色房间物品的意见。"

这次我屏住了呼吸，我几乎听不到安妮在电话里继续说的话。

"理查德觉得你可能想卖掉或者扔掉它们，但我还是想先听听你的想法。我们的地下室还有地方能放得下，没关系的。"

我站在厨房里，穿着那件有些发霉味道的旧睡衣，久久不能做出决定。我张开了嘴，又闭上了。我不知道该怎么办。

"阿曼达？"

"嗯。"

"你需要点时间考虑一下是吗？"

"嗯，是的。"

我盯着窗外却什么都看不见。我在等待着那突然出现的让我感到头痛的揪心感慢慢消失。

"阿曼达？"

"我在听。"

我无意识地从口中说出"我在听"三个字，就好像是一次呼吸，一种本能的反应，其实我根本没有听见她在说什么。

"事情已经过去三周了。"

"三周了吗？"

"你已经搬到那边去了，你确定……"

她犹豫了一下。我知道她不想伤害我，但她不知道我现在的心情，也不知道我是如何处理一切的。

"你一点都不考虑回来吗？"

我坚定地回答她："现在还不想。"

"好吧，要是你有需要的话——"

"我知道，安妮，谢谢。"

她没有问我的近况，比如"你在睡觉吗？""你在吃东西吗？"，或许我该撒个谎。

把房间粉刷成黄色是我的想法。这只是一种摆脱传统的粉色或者蓝色的方式，并没有什么独特之处。本杰明想要一个女孩，而我想要一个男孩。然而，当宝宝的性别真相大白的时候，我的喜悦却远远胜过他。他希望带我们离开那座城市，让孩子在宁静的乡村环境中成长。而我希望我们立刻结婚，这样我们就拥有了共同的关系，组建一个真正的家庭。我们很快就在市政厅里举行了简单的婚礼，参加的只有我们俩以及证婚人雅恩和卡桑德拉。那时我的肚子已经微微隆起。

我把房间刷成黄色，本杰明装上了婴儿床和尿布台。房间里摆着漂亮的白色木制家具。在婴儿床上面，我贴上了一张贴纸，贴纸是小鸡破壳而出的图案。床单、婴儿服和彩色睡衣，一切都已经准备好了。

她本应该叫玛侬，玛侬·卢津。我们打赌说她会有着本杰明那般深褐色的头发和深褐色的眼睛。她本该在8月20日出生，但却在6月22日5点58分离开人世。

总会有人记得本杰明，记得他的慷慨、无私，记得他对工作和家人的爱。他的微笑将永远留存我们记忆中，包括那凌乱的头发和耳朵上被大家嘲笑过的耳环。

而玛侬则不同，对于人们来说，她从未存在过。他们从未见过她，从未感受过她，从未触摸过她。她本应该存在，但实际上却不存在了，就是这么简单。我是仅有的知道她真实存在过的人，虽然她只存在于医院里当她离开我身体的那几秒钟内。本杰明也会知道她，她早已在诞生之前就在我们的脑海和内心中存在。但现在本杰明已经不在了，能记住她的只有我。

我不想摆脱黄色房间里的那些东西，至少现在还不想。

—*3*—

　　我得出一趟门了，因为所有的罐头都吃光了，最后一袋米也只能勉强支撑半天。虽然我吃得很少，但仍然需要进食，否则我就没有力气从床上爬起来。失眠使一切都变得那么糟糕。我以为筋疲力尽能让我睡着，然而我错了，好像有什么东西在大脑中阻止我长时间入睡，不知道是极度的警觉，还是生存的本能。

　　无论如何，今天早上我都必须挣扎着从床上爬起来。洗漱完毕后我换上衣服来到车边。

　　我事先精心地计划了每一个细节。我清楚最近的那一家超市距离这里有十二千米远。我制订了一份详尽的购物清单，以尽量减少在刺眼灯光和喧嚣人群中逗留的时间。就连出门的时间也都在我的考虑范围内，只有超市人少、路况通畅的时段我才会行动。我只是渴望尽快回到黑暗的宁静里。

　　这次出门我花费了一小时零两分钟的时间。漫长的第一次外出好像并没有什么值得特别注意的事情发生，心不在焉的我只注意到了路上的一辆摩托车。回到厨房，远离世界的喧嚣，我按照保质期的长短整理着食物。在我没法集中注意力的时候，这能消耗我更多的时间和精力。

把最后一袋面包放好后，我上床躺下，困意好像终于找上了我。我闭上眼睛，把双手放在身体两侧，让脖子放松，我感到前所未有的平静。这一次入睡的感觉十分强烈。突然那辆摩托车的画面再次浮现在我的脑海中。那是一辆运动型摩托车，像本杰明的，但它是黑绿相间的，而本杰明的摩托车是纯黑色的。

与本杰明其他摩托车爱好者朋友的伴侣不同，我从未对他的驾驶感到忧心忡忡。倒不是因为我天生自信乐观，而是因为我知道本杰明是一个很谨慎的人。他追求速度，痴迷于感受引擎在脚下的轰鸣，痴迷于过弯的挑战，但他也知道危险无处不在，所以即使胆小如我，坐在他的身后时也从未担心过。

我从未过分担心过他晚归，就像我从未想象过他会死在摩托车上。

我睡了几个小时，黄昏时分去检查了一下邮筒。我感觉街对面灌木丛中有一个影子在晃荡。我猜那是一只流浪猫。

坐在厨房的桌子旁，我缓缓地打开了公证人的信函和会议记录。按照约定，作为本杰明的妻子，我继承了他的保险金和一些财产。我们的财产并不多，只有一些积蓄。公证人还清楚地写着我将过一段隐居的生活。我把信件推到一边，它并没有带来什么意料之外的信息。然后我拿起了那本依然没有丢掉的休格斯太太的旧日历。

我翻到4月份。在图片里，粗糙的木桌上放着一束黄色的玫瑰花。有些日期被打上了标记：

4月2日：移植奶油生菜。

4月6日：分株细香葱。

4月10日：去种子商人那里。

4月13日：种植香芹。

4月18日：吃草莓果酱馅饼？

4月20日：种植大丽花。

4月22日：在保罗的树下布置庭院家具。

4月30日：移栽夹竹桃。

我又读了一遍"在保罗的树下布置庭院家具"这句话，不禁思考保罗究竟是谁，他的树又是哪一棵。到目前为止，我只看到过夜晚中房子的样子，并没有注意到任何树。

我的好奇心到此为止，一阵倦意袭来，探索的热情也逐渐熄灭。

透过木板间的缝隙，我看着太阳缓慢地从周围山丘的树梢上升起。我已经很多天没有睡着了。我把休格斯太太的日历抛在一边，漫无目的地在房子里游荡，裹上越来越多的毯子，因为我感到越来越冷，越来越虚弱，就好像我在逐渐消失一样。

我审视着我的过去，寻找着幸福的时刻，但我只能勉强地、越来越艰难地用正在流失的力量和精力推开6月21日那个夜晚的画面。如果我停止挣扎了，如果我任由它们涌上心头，又会怎样呢？

后来，那是又一个太阳吗？我不记得了。安妮打来了电话，我机械地回应着她。

"阿曼达，这个周日你想来我家吗？"

我不知道今天是几号。我婉拒了，我需要休息，我睡得太少。她问我要不要安眠药或者其他什么东西，她可以自己或者带着理查德一起给我送过来。我回答她说我不知道。

"我可以周日过去。"她重复了一遍。

我听到自己告诉她周日晚上可以，白天不要来。我不想让他们把阳光带进我的房子。

于是为安妮和理查德准备晚餐成了我的新目标。我不想出去买新鲜的食材，但我设法利用我现存的各种罐头和未过期的乳制品来制作一道像样的菜肴。用罐装的蔬菜杂烩、真空包装的肉末和一袋意大利面，我可以做一道稍微改良版的焗意大利面。我打算用磨碎的格鲁耶尔奶酪做装饰，只需要把发霉的绿色部分去掉就行了。

我强迫自己休息，即使我根本睡不着。在日升日落间，我一直相信躺在床上可以帮助我恢复一点精力。

我不得不打开手机查看一下周日是哪一天。嗯，再过三天就到了，也就是8月17日。夏日即将谢幕。

我决定提前拉开百叶窗。我不想让他们发现我一直隐藏在黑暗中。日落时分，耀眼的自然光线在房间里洒满暖意，使原本冰冷的空间焕发出柔和的温煦。

我在桌子前仔细地摆好餐具，将一只玻璃瓶放置其中。关闭烤箱的时候，焗烤的香味弥漫了整个房间。随后我把一罐水果罐头倒进了碗里，撒上白糖。我不确定它味道如何，还是把它放进冰箱里打算当作甜点。

我把那些泛黄的毯子小心地藏了起来，以免让他们发现，然后分别在走廊、洗手间和客厅里喷洒了一些空气清新剂。我选了黑色的裤子和淡粉色的衬衫，试着让自己看起来精神一些。我在把失去光泽的金发盘成发髻时，听见屋外的汽车引擎声越来越近。

先是引擎声，然后是车轮碾压碎石路的响声，最后是两扇车门先后关闭的声音。我打开房门，对眼前的场景松一口气。天已经黑了，白天的时间正在缩短。

他们看到身穿淡粉色衬衫的我站在门廊上，表现出很高兴的样子。我确保自己看起来没有那么糟糕，而他们也在努力展现着自己对生活的积极态度。安妮穿着酒红色的裙子和金色的凉鞋，理查德则穿着藏青色的短裤。

"这里还挺凉的！"安妮一边将我抱在怀里一边说道。

"我等下给你拿外套。"

理查德也向我送上拥抱。他和本杰明一样高大，有着相同的深褐色头发、浓眉和深褐色的眼睛。这里确实很凉快。自从取了公证人的信件之后，我还没有出过门，但也感受到温度下降的事实。

"不用给我带东西的，进来吧。"

他们递给我一束花，花有淡粉色、紫色和鲜红色好几种颜色。对于我的房子来说，这些颜色有些过于繁杂了。我还没有准备好将它们摆在眼前，也许明天不得不扔掉它们。尽管如此，此刻的我还是十分高兴能看到安妮和理查德出现在我的房子里，就在我的身边。

他们没有对这座装潢陈旧过时的房子发表任何评论，他们只是在经过客厅时说道："好香的味道！"

安妮和理查德并没有提议参观我的房子或者花园，似乎他们的兴致还不足以激发起对这里的任何好奇心。安妮将花束放到桌子上的玻璃瓶旁，然后询问了洗手间的位置。我和理查德一同站在厨房里。他轻咳一声，递给我一个带有绿十字标志的塑料袋。

"这是？"

我知道那是安眠药。

"安妮也在吃同样的药。"理查德补充道。

我感激地接过袋子，将它收到橱柜的架子上。我并没有多问，但他接着说道："她正在看心理医生。"

我点了点头，心中想象着微笑该有的样子，至于我是否真的在微笑，自己也不确定。他指了指我的肚子。在浅粉色衬衫下，我曾经凸起的肚子已经消失得无影无踪，只剩下松弛下垂、失去往日弹性的皮肤，以及一道糟糕的疤痕。

"恢复得怎么样，没有感染吧？"

"没有。"

我努力不去看那令人心烦意乱的肚子，然而每天都会无可避免地注意到它。那里曾经有让人担心的伤口，渗着黄色的脓液。如今伤口已经不在，取而代之的是粉红色的疤痕，并且渐渐淡化。也许有那么一天，疤痕的颜色不再明显，但依然能分辨出它来，它将永远地铭刻在我身上。

安妮回到厨房里，打断了我们的谈话："你的房子还挺宽敞的。"

这是她对我这座陈旧破败的房子能给出的唯一看法。我能理解她。

我们静静地坐在桌子前，没有什么其他可聊的话题，无非是本杰明的墓、安妮和理查德收到的慰问信以及他们在墓碑前放置的飘香藤。这样的交流对他们来说是一种宣泄和缓解。他们不需要掩饰什么，只是谈论他的死亡，并不涉及其他话题。

"两周前警察找过我们，问我们是否要对那个燃放鞭炮的人提起诉讼。"

他们盯着我，想听听我的意见。我耸了耸肩答道："我不知道，这没有什么意义了。"

安妮点了点头说道："我也是这样和警察说的。但你知道的，我们想听听你的意见。"

他们告诉我，报纸上刊登过禁止在通行道路附近燃放鞭炮的规定。

紧接着大家陷入了沉默，我利用这个机会收拾好餐盘，将水果沙拉装进小陶罐里。

"阿曼达，我们还有件事情要告诉你。"安妮轻声说道。泪水溢出她的眼眶，显然她不知道该如何继续说下去。

我停了下来，勺子举在装着水果的陶罐上方。随后理查德接过话题，用镇定的声音说道："雅恩本想在7月14日的家庭烧烤聚会上告诉我们，但是由于车祸和其他种种原因，他不得不推迟到现在才说。"

我静静等待着他整理好情绪。

"我们不想瞒着你，我们知道这很难当面说出口，但是我们不想在电话里说……"安妮挽着理查德的手臂，像是想要代替他继续说下去。

"他们本该相隔几个月出生，那是卡桑德拉和雅恩期待的……"

我屏住呼吸，双手开始颤抖，不确定自己是否理解了这句话。

"他们有了一个宝宝，是个女孩，预产期在1月份。"

水果沙拉实在太甜了，几乎难以下咽，但没有人在意。我现在的想法如此明确。我想离开这里，离开这个世界。这是我第一次想这么做。

我爱雅恩，他就像年轻时的本杰明那般迷人；我同样爱卡桑德拉，喜欢她坦率、真诚的性格。我一直认为他们对我来说不仅仅是弟弟和弟媳，他们本该也是玛侬的教父和教母。然而，一切都结束了。

安妮和理查德为了确保我不会就此一蹶不振，直到午夜过后才离开，踏上回到里昂的路。最终，我瘫倒在床上，卸下了我的防备。我放弃了，那一幅幅画面正涌上心头。

今年夏日的第一天恰逢周五。周五的时候，市政厅的工作在15点就结束了，我乘坐公共交通回到公寓，然后决定在等本杰明的同时做一些清洁工作。天气很热，但怀孕并没有消耗掉我的精力。我的产科医生曾评价我是一个理想的孕妇。我有一份全职工作，每周还会游两次泳，到周日的时候去市场散步，性生活也照常进行。我很有希望能尽量推延产假开始的时间，以便在宝宝出生后能有更多的时间陪伴他。

本杰明在17点过后回到了家。此时的街道上开始响起音乐，一些乐队正在调试他们的乐器，即兴排练着。

"你想出去转转吗？"他问道。

很多乐队已经正式开始他们的演出：广场上的摇滚乐队，咖啡馆里的爵士乐手，火车站附近的合唱团，到处都少不了吉他或手风琴的声音。

我点了点头。是的，我想和本杰明一起出去散步，想感受他的手在我的腰间轻抚的感觉，想和他一起坐在同一家酒吧里，一边喝着柠檬水，一边用脚打着拍子，然后再看看连衣裙下隆起的肚子，想象着我的宝宝正在音乐中摇摆。

"我们还可以在外面吃饭。"他补充道。

这样的场景如此美好，音乐节象征着夏日的开始。距离我暂时卸下工作只有一个月的时间，届时我们计划在朗德地区度过几天的假期，不会太久，这样我们就能在那里迎接玛侬的诞生。未来的日子将充满轻松愉快。我们已经准备好了房间和宝宝的衣物，并且非常认真地参加了产前准备课程，就连本杰明也没有错过任何一节课。没有什么让我感到焦虑，甚至包括分娩的疼痛在内。

"我先洗个澡好吗？然后我们就出去散步。"

他脱下衬衫，准备去洗澡，这时手机铃声响起。当我听到"本吉，是我……"的声音时，我就知道是青少年活动中心那边的孩子打来的电话。他们在聊储物柜的事情，有人正在接待处的办公桌抽屉里翻找钥匙，向本杰明确认钥匙是否就在那里。对话持续了一段时间，本杰明在等待回复结果的同时给自己倒了一杯水。最后他叹了口气，说他马上就过去。

"怎么了？"我看到他穿回衬衫后问道。

"音乐社团的孩子们。"

"他们怎么了？"

"米卡把乐谱和乐器都放到了音乐室的大储物柜内，但是他找不到钥匙。"

"那你这是要过去吗？"

"我有备用钥匙，我去给他们开一下门然后马上回来。"

我跟着他走到门厅，然后靠在门框上。

"你要开车去吗？"我问道。

"不，一会儿音乐节就要开始了，街道都要被封锁，我还是骑摩托车更快一些。"

"好吧。"

他迅速亲了我一下，重复着会在一个小时内回来的承诺。

我冲了一遍澡，换上了夏日白裙，并且把头发编成一条辫子。然后我又泡了一杯我最喜欢的覆盆子茶，一边翻阅着《婴儿和小伙伴》杂志，一边等待着茶水放凉。光滑的杂志书页上展示着各种适合出生三个月以内的新生儿的玩具，有摇铃、沙锤、牙胶……它们都是五颜六色的，有黄色、红色、蓝色等。除此以外，还有能产生声音效果和光线效果的夜灯玩具。我看了看时间，发现本杰明的预估过于乐观，他已经离开一小时十分钟了。我喝了几口覆盆子茶，然后翻到了杂志中介绍婴儿鞋的部分。我看见一双粉色的凉鞋以及印着长颈鹿的可爱袜子。在去过一次洗手间，又望了望挤满人、流淌着音乐的街道后，我开始翻阅介绍特小号泳衣的那一页，心里想着是否可以带玛侬去婴儿泳池游泳。覆盆子茶已经放凉，我也开始有点饿了。本杰明到底在干什么呢？门铃响了，吓了我一大跳。我急忙按下开门的按钮，甚至没有接通来访电话就认为是本杰明回来了，因为他经常忘带门禁卡。我打开房门，听着脚步声在地板上响起。我发现楼梯间传来的不是一个人的脚步声，而是两个人的。

然后两位身穿制服的警察出现在我面前，其中的一名站得稍微靠后一点，眼神躲躲闪闪，而另一名警察的声音听起来很柔和。

"您是卢津夫人吗？"

"是我。"

我在想，是不是我做错了什么？是不是我忘记交罚单了？

"您好，我们是区警局的迪蒙和弗洛雷尔警官，关于您丈夫本杰明·卢津的事情我们可以进来谈谈吗？"

我想到了青少年活动中心的孩子们。毒品？斗殴？本杰明被拘留或者被羁押了吗？我让开大门，他们问我客厅在哪儿。

面对着这两名身穿制服的男人，一袭夏日白裙的我感到不自在。

"我们可以坐下聊吗？"那位声音柔和的警察指着沙发问道。

"当然可以。"

他又说道："卢津夫人，请您也坐下吧。"

我坐在他们面前时感到不太舒服，拉住裙子盖上我的膝盖。刚才那名眼神躲闪的警察盯着我的肚子，不敢直视我的眼睛，相比在大门时显得更加不自然。然后他们没有拐弯抹角。

"好吧，卢津夫人，我们给您带来个坏消息。"

他们沉默了一会儿。后来我得知这是程序的一部分，目的是让逝者的亲人在心理上做好准备，预料到最坏的结果。至于我，那时我还在想着另一个故事，关于本杰明在青少年活动中心斗殴被警方羁押的故事。我根本没有考虑过其他可能。

"今晚，18点10分左右，您的丈夫在让·梅尔莫兹大道上发生一起交通事故。他在急救人员到达时就已经死亡，确认死亡时间是18点18分。现场的医护人员没能救回他，我们对此感到非常遗憾。"

在接下来的几秒钟内，我短暂失忆了。我想自己处于一种震惊的状态中，不断颤抖着。我记得那位不敢直视我的警察端着一杯水回来，在我后背上垫了一个靠垫。我一遍遍重复着那句话，一切都太难以置信，以至于我没有意识到他们说的是事实。

"他只是去了趟活动中心……他只是出去了一趟……他会回来的。"

他们试图在我断断续续的话语中继续我们的谈话，不想打断我，也不想强迫我，只是想让我明白他已经死了，他不会回来了。这太荒唐了，他一个多小时前还在这里，活蹦乱跳的。我们本来要去城里吃饭，去听音乐的。

他们说："我们理解您的心情，夫人。"

除了我所知道的事实外，还有一些其他信息。本杰明在让·梅尔莫兹大道上驾驶摩托车。那是通往高速公路和环城路的大道，限速不是每小时五十千米而是每小时八十千米。他们说有一群年轻人正准备去里昂市中心参加音乐节，他们在路上吵闹着，在路边的人群里点燃鞭炮。本杰明可能没有注意到他们，他戴着头盔，专注地盯着前方的红绿灯。红绿灯变绿了，大道上畅通无阻。他加快了车速，并打算在这段路上开到一个合理的速度。

"也许他们并不是要瞄准他的前轮，夫人……"

无论如何，鞭炮就在摩托车前轮的地方毫无预警地爆炸了。

"目击者说，他因为惊吓而突然向左开去。当时他以超过七十千米的时速行驶，摩托车失去了平衡，与对面来不及刹车的货运卡车相撞。"

那天在客厅里，我什么问题都没有问。两位警察试图让我相信这个不可思议的故事。他们继续告诉我："摩托车被压在了卡车车轮下。他没有遭受什么痛苦，当场死亡。"

我记得在他们说出这些话后，又是一阵沉默。警察们盯着我，可能因为我看起来脸色苍白。我仍然摇着头表示不相信。

"只是出去一趟……"

我再次说出同样的话。他只是出去了一趟。事情不可能发生得这么快，一个人不可能这么快就死去，情况不是这样的。就在刚才，他还站在那里。才过去一个多小时，他应该回来吃晚餐的。这么短的时间，我只来得及洗了个澡，喝杯茶，翻翻杂志，而他们却想让我相信他在这几分钟里就死了？他们想让我相信，鞭炮在他的摩托车前面爆炸。本杰明向左转弯，摩托车翻倒在卡车之下。救援人员到达后检查本杰明的情况，在宣布他的死亡后通知了警察，而这些警察现在就出现在我的客厅里。他们想让我相信在不到两个小时内我的世界就已经崩塌，尽管外面仍然还是白天，乐队们刚刚开始演奏，而我的覆盆子茶也才冷却下来没多久。

他们扶起我来，我不知道我们要到哪里去。他们让我拿上外套和身份证。夕阳落下，映射出美丽的红铜色光辉。一对夫妇正手牵着手通过马路。他们把我安置在警车的后座上，然后我们出发了。

我茫然地问道："我们要去哪里？"

那位先前眼神闪烁的警察望着前方的道路回答道："我们带您去认尸体。"

我听到自己发出虚弱的声音："对，我要见他。"

我还是不相信。

他们把我带到医院的地下二层。眼前出现了"停尸房"的标志，可我的内心拒绝承认这一切。我全身都在颤抖。我想呕吐，胃部翻涌，好几次差点摔倒在地上。我们在一个白色的房间里等待着，一个女人走了进来。我完全不记得她的面孔和声音，只记得她说过的一席话，内容包括严重的事故后果、受伤的身体和难以救援的现场。

"卢津夫人，您不用必须去辨认他的尸体。我们已经通知了您丈夫的父母，他们随时会赶到。"

她想要阻止我，但我反复告诉她我想要见他一面，我必须见他一面。我终于开始明白过来。死亡发生了，他死了，尽管我拒绝接受这件事。我想只要我再见他一面，和他说话，就能解开这个巨大的误会。

"卢津夫人，按照您现在的状态，让您的公公婆婆来处理也许会更适合一些……"

我什么都听不进去，我坚持要求去见他一面，语气越来越强烈。

"我要见他一面！"

如果我不亲眼见到他，我就永远不会相信他们的话。

我完全不记得那里的场景了，不记得停放尸体的位置和其他尸体的样子。我只记得自己看到摆在地板上的摩托车头盔和挂在衣架上的摩托车夹克。在床上，有两只脚露出被单，我知道躺在那里的就是他，他的大脚趾比其他脚趾长得多。

"卢津夫人，如果您觉得不舒服……"

我没有注意到自己正紧紧抓着本杰明的床不放。床的旁边有一个篮子，一个白色的篮子，里面放着被粗暴剪开的衣物以及其他随身物品：沾满了血的白色衬衫和牛仔裤，单只运动鞋，从巴西带回来的红棕相间手链以及婚戒。

"卢津夫人？您想坐下吗？"

有三双眼睛正盯着我，我摇摇头表示拒绝。我不想看到衣服上的血迹，于是只专注于那条手链。我有一条一模一样的，挂在我的脚踝上。

手链，从巴西带回来的手链，一模一样的。那只掀开白色床单的手停了下来，他们看向我。我不可思议地微笑着，微笑着鼓励他们继续做，这样我就能看见本杰明的尸体，这样他们就不会把我带回到那间小等候室，让我没有机会再亲眼见他一面。我微笑着，已经完全失去了理智。

我没有意识到生活将再也回不去了。一旦那幅画面出现在我面前，它就会在我的脑海中扎根，日夜不断困扰着我。他不再是那个当我告诉他我怀孕时或者是我们一起在床上相互寻找慰藉时的本杰明，而是一具残缺的身体，浸满鲜血，睁大着双眼。

他的脸是完好的，多亏了头盔的存在，真是谢天谢地。他的脖子上有一道紫色伤痕，可能是在撞飞过程中被头盔带子勒紧的缘故。他的一只手臂以一种奇怪的姿势摆在那里，并不是解剖学的标准姿势，就像是反向弯曲了一样。在目之所及的地方，我还能看到被压扁的胸口和凹陷、扭曲的肋骨。我不知道是否还有器官是完好的，哪怕只有一处。有一位女性验尸官列了一份清单，今晚她将对他的尸体进行进一步解剖，但是根据外伤和皮肤颜色，她已经对发生的事情有了初步的了解。他可能死于脾破裂、肝脏受损，以及一根肋骨贯穿右肺。

我在白色停尸床上吐了出来，呕吐到本杰明的身上。有人搀扶着我，然后是无尽的黑暗。

几分钟后，一阵疼痛将我唤醒。这并不是因为有人给我的静脉注射了葡萄糖溶液，也不是因为有人用冰凉的医用手套触碰到了我的额头，这是一种来自内心深处的剧烈疼痛，是宫缩的疼痛，让我喘不过气来。我正在医院三楼的妇产科里，与本杰明相隔五层楼的距离。

似乎一切都还好，他们在照顾我和我腹中的宝宝。我现在感受到的宫缩是因为我承受的巨大压力而引发的，但是不用担心，一会儿就不疼了。宝宝还没有准备好出生，我会好好休息，试着让自己放松下来。

"本杰明……"

有人把手放到我的额头上。

"您的公公婆婆马上就到了，卢津夫人，请保持冷静，想想您的宝宝。"

我没有再说话，这并不是因为我听从了他的建议，而是疼痛再次袭来，连续不断地刺痛。因为我很难相信这一切，很难相信本杰明刚刚还在，下一秒就消失了。我们约定好一起去音乐节，到餐厅吃饭，喝柠檬汽水，这些都不在了，取而代之的是鞭炮爆炸，摩托车偏离路线，卡车之下有残缺的尸体，眼睛大睁着。我呼吸困难的样子他们一定是注意到了，现在有一男两女三个人正站在我的周围试图安抚我。他们告诉我现在还不能让孩子诞生，宝宝的头正在朝上，现在还不是时候。

"您听到了吗，卢津夫人？现在还不是时候，试着放松下来，均匀地呼吸。疼痛会过去的，然后您就可以回家了，好吗？"

然而，他们正担心地看向对方，看向监护仪上的数据。我呼喊着本杰明、安妮、理查德，甚至任何人。因为我能感觉到事情有些不对劲，我需要他们在这里。

医护人员无法安抚我，我的呼吸变得更加急促。

男医生提高声音说道："我现在去找他们，坚持住好吗？"

然而，他并没有回来。时间一分一秒地过去，外面已经天黑了。我数着疼痛的次数，三、四、五、六，到现在一共有六次宫缩了。他们说过一会儿就不疼了，可情况却截然相反。其中一位女医生离开了，回来时带着另一位经验丰富的医生，他也紧皱着眉头看向监护仪。

"心跳好像在变慢。"

我感觉这可怕的结论如同锋利的刀刃一样深深地刺入我心中。我想要说点什么，但没有成功。

"宫缩呢？"

"突然变得不规则且越来越频繁了，可现在还不是临产的时候，宝宝的头还在朝上。"

"那宫颈那里呢？"

"只有两指的宽度。"

在他们的对话中，我感受到不祥的气氛。我不应该对这个阳光明媚、轻松愉快以及未来充满希望的夏日第一天掉以轻心。不到两个小时，我的世界就彻底坍塌了。

我不知道此时地下二层中的安妮正在经历艰难时刻，理查德和法医在尽力安抚她，所以他们没有出现在这里。我眼里满是恐惧地盯着那扇门，等待他们的到来。

监护仪发出警报声，他们挡住了我的视线，匆忙商量着什么。我在深不见底的绝望中，沉默地注视着他们。

然后，他们以令人信服的声音和微笑告诉我，他们要给我注射一种激素溶液来催动分娩。我将在今晚分娩，也许在天亮之前，我小小的女儿就会降临人世。注射药物后，剧烈的疼痛感让我的意识变得模糊，在无尽的旋涡中，理查德的脸突然出现我的视野中，那双深褐色的眼睛让我感到心安。我认识这双眼睛，本杰明也有一双同样的眼睛。我哭了出来，身体不断地颤抖着。他握住了我的手，对我说要勇敢，要深呼吸，要听从护士的指导。

炽红的三角火焰在我眼前狂舞，这就是我脑海中剧痛的具象。我在绝望的边缘呼唤着本杰明，听见理查德不停地告诉我要勇敢，然而没有一节产前培训课告诉我应该如何应对目前的情况。他总是在我身边，他本来应该在我身边，他应该握着我的手，擦拭我的额头。可是今晚，他已经不在了。当三位护士手忙脚乱地围在我的床边时，我才意识到我的分娩不是很成功。我很晚才明白这一点，一切都太迟了。

"女士，婴儿的情况不太好，需要您稍微努力一下，让她向下出来。首先您要放松下来，按照护士的提示来深呼吸好吗？如果您做不到，我们就得进行剖宫产了。"

他们的话听起来空洞无物，没有进入到我错乱的意识中。我做不到，我生不下来孩子，我不能没有本杰明。

我感觉理查德在我耳边轻声低语着什么。他在哭泣，泪水涌上他的脸颊。围绕着我的人又增加了。我察觉到外面的第一缕晨光正倾泻而下，这似乎是不可能的，我好像已经完全失去了对时间的感知。

理查德站起身来，有一位医生轻轻地把手放到他的肩膀上，领着他向外走。我不知道为什么他被带走了。我看到产房大门在他佝偻的身后关闭，然后我被注射了局部麻醉剂。

玛侬的心脏停止了跳动。

他们尽可能快地把她从我的腹中接了出来，就像他们之前向我承诺的那样。他们切开了我的皮肤，我不怪他们，我知道这是紧急措施。

当他们接出她的时候，我没能看上一眼。他们迅速将她包裹起来，在我敞开的身体周围，在我极度的痛苦周围不停忙碌着。我想他们在努力地试图使她苏醒，至少后来我是这样理解的。但这一切都是徒劳的，她幼小的身体还没有完全成形，她还需要差不多两个月的时间才能准备好迎接外界的挑战。

她的心跳停止太久了。对于一个早产儿来说，一分五十二秒的时间是无法饶恕的。

然后，她被放到了我的胸前。我听见有人问我是否还想给她取个名字。他们像怕她受凉一样帮她盖上了被子，那幼小的身体沾满了血和一种奇怪的白色液体。她的头上没有头发，至于眼睛，我无法判断本杰明和我的打赌是否有了结果，因为那双眼睛是闭着的。

过了一会儿，理查德过来陪我，一直待到我的孩子被抱走。我的小玛侬，生于6月22日5点58分，也死于这一时刻。

— 5 —

敲门声让我从睡梦中惊醒。自从开始服用安妮留下的安眠药后，我就一直处于沉睡状态，那是一种深沉的、依赖药物的、没有梦境的睡眠。睡醒过后，我洗了个澡，吃了用微波炉热过的食物，然后再次陷入几近昏迷的状态。

但是今天早上——现在是早上吗？我完全没有头绪——有人敲响了我的房门，我艰难地从药物的影响中爬起，步履蹒跚地来到走廊。我用手梳理了一下头发，拉平睡衣，然后打开房门。一缕更为柔和的阳光照在我的脸上，让我瞬间感到头晕目眩。站在我面前的是一个四十多岁的女人，从脸上还能看得出青春的神采。她把头发披在肩上，身穿优雅的长袍。

"你好啊，我是朱莉·休格斯，前任房主人的女儿。房产经纪人瓦兰先生给了我你的电话号码，但我从没能联系上你。"

我想我的脸上一定写满了困惑，我在努力理解她所说的话的含意，安眠药使我变得迟钝。

"这几天我的电话一直关机。"

"我没想打扰到你。"她一边道歉一边向后退了一步。

"没事，没有关系。"

"那个……我很抱歉之前在阁楼里留下了很多杂物而没有清理。因为这里一直没有人租住，所以我也没有着急去处理我妈妈的私人物品。现在看到你醒了，我想两个小时后过来处理一下。我会在村子下面的咖啡馆待上一会儿，大概中午的时候回来。这样你看行吗？"

我没有开口回答，只是点了点头，然后看着她走向那辆蓝色雷诺丽人行汽车。

朱莉·休格斯，是前任房主人、挂日历的休格斯太太的女儿，住在法国的另一边。我试图在脑海中将事情简化、整理清楚，让自己的头脑清醒过来。在两个小时后，她会回到这座房子，我需要洗个澡清醒一下。冷水的沐浴让我稍微有了点精神。我洗了洗自己的头发，已经好久没有洗了，然后用毛巾裹住头发，披上浴袍。我的手机正躺在厨房的桌子上，可能已经没电好几天了。我慢慢给它插上充电线，但是并没有选择开机。事情要一步一步来，我首先得恢复自己的头脑。

冲杯咖啡吧。我抓住水池上方的水龙头，感到四肢沉重。我已经有多久没有真正清醒过了？这个问题没有在我的脑海中停留太久。我需要一个杯子，但它们都脏兮兮地躺在水池底部，我笨拙地洗干净了其中的一个。

现在咖啡冲好了，我盯着紧闭的百叶窗。我得了偏头痛，尽管我说不好那种感觉是不是真的，但我需要黑暗，因此不打算打开窗户。

安眠药就放在桌子上，已经吃了很多了。我数了数，手上还有三盒药，每盒有十五粒。我本来可以轻易地用这些安眠药结束痛苦，只要一盒就够了。但是，我只是让自己睡得昏天黑地，睡上好几天。为什么我没有这样做呢？

这个问题没有答案。我坐在有些昏暗的厨房里，面前是休格斯太太的日历。我一遍又一遍地阅读着她圆润的字，5月份的那一页贴着一张铃兰的照片。

5月3日：观看月全食。

5月10日：修补我的夏日连衣裙。

5月12日：修剪鸟雀的栖木。

5月18日：朱莉的生日，打电话并寄张贺卡。

5月20日：播种萝卜。

5月21日：移栽天竺葵。

5月25日：扦插。

厨房的灯泡嗞嗞作响，然后熄灭了。于是我放下日历，盯着那束透过两块木板之间的光线，上面正游走着灰尘。

过了一会儿，有人轻轻敲响房门。在去开门之前，我聪明地把日历藏到了放刀子的抽屉里，我也不知道为什么自己要这么做。我拿起黑色塑料袋，里面装着休格斯太太的其他私人物品。它之前一直躺在客厅的角落里，朱莉可以带走它。

朱莉回来了，还穿着那件优雅的衣服，脸上浮现出和刚才一样的尴尬表情，但我干净整洁的新面貌——米色帆布裤、白色衬衫以及刚刚洗过的头发，似乎在某种程度上改变了她对我的印象。

"对你的打扰我感到抱歉。"她说道。

"没关系。"

"因为我只能在这里待几天，所以我不能再耽搁了。"

"真的没关系，真的。"我微笑着回应道。

她也友好地对我笑了笑。

"马上您就可以随意使用阁楼了。"

我没有回应她，我没什么东西可以放到那里的，我的私人物品都放到了储藏室内。我用手势邀请她进来。她走进走廊，就像一个陌生人一样，好像这里并不完全是她的家。

"我可能需要一个小时来处理，不会再久了。"她又补充道。

"也许我可以帮你做些什么？"我客套地提议道。我希望她不会再为自己的到来而道歉，也希望自己能显得更友善一些。

"不用，不用麻烦了，当我不存在就行了。"她再次微笑着说道，然后朝客厅走去。

"我记得我把它放到了门后面。"她对自己而不是我喃喃自语着。

朱莉翻出一根长杆，杆子的顶端有一个挂钩。

"这是打开活板门的。"她向我解释道。

我不知道为什么自己正一动不动地看着她把钩子伸进天花板上的一个门环里。只见她拉动了一下，活板门被吱吱作响地打开，瞬间尘土飞扬。我们俩都咳嗽起来。

"我很久没有上去过了。"她一边说着，一边把活板门拉到与我们头部平齐的高度。我注意到有一架木梯固定在活板门上面。朱莉一边掩住口鼻，一边展开了梯子。

"你确定不需要我帮忙吗？"当我看到她踩上梯子的第一根横木时再次问道。

"不用。"她答道。

我看着她消失在天花板上，然后我慢慢走到客厅，不知所措地坐在那里，听着朱莉·休格斯来回走动时天花板响起的此起彼伏的声音。

过了一会儿，她默默走进厨房，问我是否可以给她倒杯水。

"我已经把一半的箱子搬下楼了。"她补充道。

"你要不要喝杯咖啡？"

"如果有的话。"

我给她倒了一大杯咖啡，同时她用目光打量着这个沮丧、阴暗的空荡房间。我意识到她要问紧闭的百叶窗的事，于是先她一步开口问道："你专程回来就是为了那些箱子吗？事实上它们不会影响到我。"

她摇了摇头，嘴唇上还沾着咖啡。

"不，不仅仅是因为这个。其实，我的生活正在经历一系列变化。"

她苦笑一下，看起来既伤感又无可奈何。

"好吧，我直接说吧，我和我男朋友分手了。"

"啊，听到这个我很遗憾。"

"这就是生活的一部分，我早就想到了。所以我现在必须搬到自己的住所去。我想把家里的一些东西带走，包括相册、爸爸的旧帽子和妈妈的桌布，还有上面所有乱七八糟的东西。"

她又喝了一口咖啡，然后继续补充道："我还不确定我要怎么处理它们。我可能不会把所有东西都带走，但至少它们不会再打扰到你了。对我来说有它们在身边还挺高兴的。"

我点了点头，她礼貌地打量着我。

"你是本地人吗？"

"不是，我来自里昂。"

"我对里昂有一些了解。我住在里尔，好吧，我之前住在里尔。"

"你打算搬到另一个城市吗？"

"我的东西还在里尔，在特里斯坦那个家伙那里，但我想搬回到奥弗涅，毕竟这里是我的家乡。我在这里还有些亲人朋友。而且幸运的是，我的工作地点并不固定，我是一位旅行社的推销员。我计划在克莱蒙费朗找个地方住下，那边离这里也不远。"

当她喝完咖啡时，我点了点头。

"你呢？"她问道，同时把杯子放到桌子上，"你是做什么的？"

"我现在正在休息，可以说是休假。我之前在一家机构工作，做活动策划。"

"你在养生吗？"她开玩笑地问道。

"差不多这样。"我意识到自己目光闪烁。幸运的是，朱莉没有进一步追问。

"真可惜，我没有办法在这里多待上一阵子，这座房子也就不得不空着。那时妈妈的花园很漂亮，不仅仅有蔬菜，在房子的后面还有一棵苹果树，我不知道它现在是否还能结果。那时这里到处是花儿，她总是喜欢种花。"

我想起了那本日历，以及那些圆润的字迹，不知不觉地笑了起来。

"对我来说，那是一个幸福的家。看到它多年来一直空荡荡的我很心疼，特别是这座花园，一座没人修缮的花园。但是，现在你住进这里了。"

她对我报以友好的微笑，我不确定自己是否能让她感到信服。

"好了，我不打扰你了，我还有一堆事情要做呢。"

她准备在水池里冲洗她的杯子，但我示意她让我来做，我会收拾的。然后她继续忙碌，而我站在原地，听着她的脚步声在头顶上回响。

她花了不到一个小时就搞定了剩下的工作，箱子整齐排列在走廊上。我帮她把这些箱子搬到门廊那边，这样她就可以把箱子装进汽车后备厢里，放到后排和副驾驶位上。

"我差点忘了，"我说道，"我还在客厅找到了一些东西。"

我把黑色塑料袋递给朱莉，她看了一眼里面，然后呵呵笑了起来。"谢谢你，你可以留下左拉写的那两本书，我不怎么读书。至于其他的，你全都可以扔掉了。"

"好吧。"其实除了这两本书，其他的只剩下一些旧杂志、路线图和毫无用处的东西。

"妈妈有保存东西的习惯，"她补充道，"看，我甚至找到一个装满教堂以前发的旧日历和手册的纸箱！"

她指着那个半开着的纸箱，从最上面我可以看到一些和我之前藏在抽屉里的一样的日历。我很确定上面也有着休格斯太太的圆润字迹。

"你要扔掉它吗？"我的声音突然变得嘶哑起来。

朱莉似乎没有注意到我语气的变化，她只是再次微笑着点了点头。

"今天晚些时候我会把它们扔到垃圾场去。"

我犹豫了，再次盯着那个半开着的纸箱，最上面的日历上写着1月，照片上是一幅积雪的平原景象。我听到自己坚定地说道："我可以帮你处理它。"

朱莉看起来有些为难。

"你确定吗？你没必要特意跑一趟。"

"我也有很多东西需要处理。"我毫不犹豫地撒了谎。

她犹豫了一会儿，然后我补充道："你还有很多事情要忙吧。"

她最终同意了，感激地笑着看向我。

"谢谢。"

她把其他纸箱搬进车里，而我专注地盯着面前装有日历的纸箱。当她再次出现时，我被吓了一大跳。看起来她对今天的成果很满意。

"好了，今天多亏你了。"

"没什么。"

"也许我们还会有机会再见面的，比如锅炉坏了的时候，当然我希望你不会遇到这些麻烦。"

她仍然保持着那种轻松惬意的微笑。

"祝你愉快。"

"你也一样。"

她朝着我挥了挥手，然后上了她的汽车。我一直目送到她的蓝色汽车彻底消失后才关上了门。

我感觉到夜幕降临，因为百叶窗缝隙里的光线消失了。今天早上厨房的灯泡坏了，我不得不点上从水池下方的橱柜里找到的那一大堆蜡烛。它们不是漂亮的香薰蜡烛，只是普通的蜡烛，就是那种常用来在停电时照明的蜡烛。在厨房的桌子上，散落着十本日历，对应着休格斯太太十年来的日常生活。正如我所料，上面满是房子前主人圆润的字迹。不同日期的标注各不相同，但内容都很相似，无非是关于花园和制作果酱或馅饼的事情，还有一些在我看来无法接受的事情，比如看日出、出去散步以及将遮阳伞染成粉色。为什么要染成粉色呢？还有这个标记，"去外面吃一顿"，位于六年前6月的那一页。为什么要特意标注在这一天呢？

我把后来的日历放到一旁，打开了教堂发放的老式日历。这些老式日历有着沉闷粗糙的黑色封面，上面印着"圣乔治教堂"的字样，里面几乎所有地方都写满了字，比如这一页：

草莓酱的做法。

选择成熟的水果，洗干净，挑出受伤的水果，然后去蒂切块（野草莓的话请保持完整）。挤压柠檬得到柠檬汁。

在果酱锅中倒入草莓、糖和柠檬汁，搅拌均匀并浸泡几个小时。

上灶煮沸，保持大火并不断搅拌，煮上十五到二十分钟。

其间检查锅中果酱的情况。小窍门：将果酱滴在冷盘上，然后倾斜盘子，做好的草莓酱应该呈现出缓缓流动的状态。

最后撇去浮沫，将果酱分装到罐子里。封上盖子并倒置罐子一分钟，然后重新正放等待冷却。

别忘了在每个罐子上贴上果酱的标签！

接下来的一页，用绿色墨水写下了移栽莴苣的步骤：

移栽莴苣。

划出一块尺寸合适的花坛区域，大约是50到60厘米长。

用耙子搂出土里的小块石头和泥土块。

用一块木板将花坛里的土壤压实。

在刚刚浇过水的育苗区挖出幼苗，注意不要破坏根部。

用一根直径约为1厘米的棍子制作一把栽苗工具，将幼苗栽成一排，间距相等，大约为10至12厘米。

在根部浇上水，不要淋到叶子上。

接下来的几天里，只有在天气炎热的时候才可以在晚间浇上少量的水。

随后的那页记下了那日的天气情况：

早晨最低温度为9摄氏度。下午最高温度为19摄氏度。天空多云，傍晚时分转晴。

为什么她会写下这些东西呢？我一边快速翻动日历一边想着，直到我无法看清日历上写着什么。为什么她如此坚持呢？在我心中，再也没有什么比这更有意义了。把日历和日程表填满内容，远胜过乘坐公共交通工具去上班、购物、结识朋友，仿佛生活并不是一场拙劣的荒诞剧。

我拿着蜡烛起身，走向已经充好电但始终处在关机状态的手机。我打开手机的瞬间，有未接来电的提示出现在屏幕上，还有焦急的安妮希望收到我回电的短信。我快速地输入着："我睡得还不错，也有精神了，你那边怎么样？"

然后，我翻看了过去两周的来电记录，在其中找到了安妮的号码、理查德的号码、雅恩的号码，还有一个我不认识的号码，可能那就是我想接到的那个。我没有考虑现在的时间，也没有想过马上打电话过去是多么荒谬，或者我需要用什么词来沟通。我按下了回拨键，把手机贴在耳边，心跳加速。我盯着蜡烛的火焰，看着烛芯一点一点地被火吞噬。紧接着，刺耳的、不和谐的金属音乐彩铃响起，然后我听到了一个突然出现的略带吃惊语气的声音。

"嗨，晚上好。"

我已经不在乎自己还会做出什么奇怪的举动了。我没有意识到现在已经是午夜，我的来电就像我要说的问题一样荒谬。

"晚上好，很抱歉打扰你。我偷偷翻了一下要被丢掉的那些箱子，你知道的，就是装有教堂日历和日程表的那些纸箱……"

我能从她的沉默中感受到她的诧异，但沉默让我开始有些不耐烦起来。

"朱莉？"

从我口中听到了自己的名字，这似乎帮助她从沉默中恢复过来。

"我在，抱歉，我在听。"

"无论是日历还是日程表都被写满了东西，上面有一些待办事项的清单、备忘录和小窍门什么的，还有当天的天气预报。你知道这些吗？"

我的语速太快了。我感觉她被我的话吓到，因为她有一会儿没有回应。

"知道，我……我知道，妈妈有把所有事情记下的习惯。"

"这听起来很不可思议，对吗？"

她没有回答我，我想她也许正在床上，或者在客厅的沙发上，而她的前男朋友占据着卧室。也许他们正在为同居关系结束后的财产分割问题争吵不休。然而，所有这些可能都不能阻止我提出我的问题，解决我的疑惑。

"你知道她为什么要这么做吗？"我问道，"你知道她为什么会日复一日地写下这些东西吗？"

蜡烛的烛芯正努力避免自己被熔化的蜡油吞噬。我紧紧抓住手机，满怀希望地期盼答案。我不能接受诸如"我不知道"这样的回答，我需要有意义的答案，比如某种理由。朱莉清了清嗓子。她清脆的声音响起，以一副开心的口吻，我几乎可以肯定她在微笑。

"她在保罗去世后就开始这样做了。"

我感到心跳加速，干咽了一下，然后干巴巴地重复道："保罗？"

"我的爸爸，也就是她的丈夫。"

我的手指依然紧紧抓住手机，焦急地等待着下文。

"他比我妈妈早去世十年。我爸爸身体一直不好，死于流感病毒引起的肺炎。"

我试图让自己冷静下来，说出那句不得不说的话："我很遗憾。"

但是朱莉一点也不在意，我想她甚至都没有听到我的话。

"为了重新生活下去，她沉迷于罗列清单。你知道的，当你老了，又失去共度一生的伴侣时，很多人没法走出来……"

我的喉咙里发出了一个奇怪的声音，以表示赞同。

"所以她开始了她的生活计划，她开始打理花园。最开始那里只是一小片香草种植园。哦，不好意思，我好像说多了，这些东西可能对你来说没什么意思。所以，你打电话给我是为了什么呢？"

这次轮到我不知道该如何回答了。我沉默了几秒钟，蜡烛正在熄灭。

"就是为了这个，我就是为了这个才打的电话。"

朱莉惊讶的笑声在电话里回响。莫名其妙地，我也跟着笑了起来。

"嗯，好吧，晚安！"朱莉到现在也不完全相信我打电话的目的。

"晚安！"我挂断了电话，心中升腾起某种微妙的情绪。我想我今晚可能会难以入睡，但失眠不再像以前那么痛苦。

—6—

"阿曼达，我是理查德。"

我坐在休格斯太太的桌子前，把她的日历摊放到中间，杯子里的咖啡已经凉了。

"你好，理查德。"

我犹豫了一下，然后提醒他道："你是用安妮的电话给我打的。"

我感觉他陷入某种尴尬中。

"她在疗养院待了一段时间。"

"怎么了？没出事吧？"

"可能是压力过大吧，我也不太清楚，说是有点轻微的抑郁。"

他沙哑的声音让我屏住呼吸。我记得自己唯一一次看到理查德流泪是在产房里的时候，他和我共同度过了无比艰难的八小时，一起经历了汗水和绝望。

"阿曼达？"

"我在，我在听。"

我希望他不是想让我去看望她，我还没有勇气离开这座房子，但他什么都没说。

"雅恩和卡桑德拉搬来和我们住了一段时间，他们让我向你问好。"

我咽下了喉咙上的痛楚。

"我向他们问好。"

时间静静流逝，我搅拌着杯子里变冷的咖啡。

"卡桑德拉怎么样了？"

他一时间没有回答我的低声问话。

"她很累，但一切都还好，小宝宝很健康。"

"好吧。"

我不想再继续深入这个话题，理查德应该也能明白我的心思。

"你还有安眠药吗？"

"有。"

"你还需要什么吗？要我帮你买些东西吗？"

"不用了，谢谢，我明天自己会去买。"

又是一阵沉默。我想到了安妮，她在疗养院也是同样孤独寂寞吧。

"我可以给她打电话吗？"

"什么？"

"安妮，我可以给她打电话吗？"

"可以的，但你知道，她经常在睡觉，不太容易联系上她。"

"好吧，那她回家时麻烦告诉我一声。"

"当然。"

理查德清了清嗓子，他可能准备挂电话了。

"你应该在那里收到信了吧。"

"信?"

"四天前收到一封写着你的名字的信，我把它转寄到了你那边，现在应该已经送到了你的邮箱里。"

"是公证人的信吗？"

"不，我想不是的，是一个男人手写的，字迹很潦草。"

短暂的安静暴露了我的惊讶。

"我待会儿去看看。"

"好的。"

"阿曼达，如果你想来我们这里待上几天，我们随时欢迎。雅恩和卡桑德拉会在安妮回来之前一直在这里，我们都很希望见到你。"

"非常感谢，理查德。"

"别客气了。"

"知道了。"

我望着那颗"被诅咒的星星"①从木板之间滑落。是时候悄悄溜出去了，我拿上了那把锈迹斑斑的邮箱钥匙。今天，我除了一遍又一遍地读着休格斯太太的日历，什么都没做。我思考着自己能做些什么：更换灯泡、应急采购和清洗堆在浴室篮子里的脏衣服。要不要给自己设定个完成期限？还是也买本日历？这些问题仍然悬而未决。

我打开大门，直奔房子旁边的那条道路，那里有一个镶在柱子上的银色金属箱。黑夜笼罩着整个大地，但我依稀能看出一些轮廓。在黑暗

---

① "被诅咒的星星"：也被称为"希望之星""厄运之钻""希望蓝钻"等。传说是一颗硕大无比的蓝钻石，历史上拥有它的人都离奇死亡、家庭破裂，被视为不祥之物。——编者注

的另一边，有两个庄重的剪影，分别属于一棵垂柳和一棵苹果树。那就是休格斯太太的花园吗？

当我把小钥匙又一次插入邮箱锁孔里时，似乎看到有一个弱小的身影在树木间来回穿梭。是一只猫吗？还是一只狐狸？这里有动物吗？好奇心并没有让我进一步思考下去。邮箱发出了可怕的吱吱声，我看到了一个普通得不能再普通的白色信封，上面有着潦草的字迹，就像理查德说的那样。我抓住信封，匆匆忙忙回到了房子。我担心的事情没有发生，松树和树脂的气味没有完全渗透进我的皮肤里。

我将身后的大门锁好，甚至还没走到厨房就迫不及待地拆开了信封，有一张被折成四折的纸掉了下来。那是一张笔记本上的网格纸，上面画了又画，写满了错别字。

我皱起眉头，不明白其中的意思，然后把信放到桌子上的日历上，点亮了更多的蜡烛，为了去理解那些潦草的文字。

卢津夫人：

我们想告诉您，我们对您的丈夫本杰明和宝宝的遭遇感到非常遗憾。我们从来没有遇到过这么好的老师，可他年纪轻轻就去世了，真是太可惜了。正如人们常说的，最好的人总是最先离开。

我们知道我们并不了解到底发生了什么，但在某种程度上而言，这是我们的错。如果我们没有请他来打开储存柜，那么这件事可能就不会发生。而且，伊萨姆之后找到了钥匙，它就放在他的背包里。您看吧，这在某种程度上确实是我们的错，甚至我们应负重要责任。伊萨姆非常自责，卢津夫人，我也是，因为那天晚上是我给他打电话的。如果我没有打电话给他，悲剧就不会发生了。

没有本杰明的活动中心变得不太一样了。我们之前为您的宝宝准备了一份礼物，您认为我们还可以把它送给您吗？因为我们现在不知道该怎么处理它了。每天在音乐室里看到它的时候，我们都会感到沮丧，它一直放在那里。

我们希望我们能给您带来勇气，卢津夫人。我们知道他永远无法再回来了，但我们还是制作了一段关于本杰明的剪辑视频，将会在活动中心的圣诞晚会上播放。我们还会以他的名字命名音乐室。可能以后我们再也不会拥有像他那样的老师了，再也不会了。

米卡和其他人

我将信放到桌子上，不知道自己应该做何反应。该笑，该哭，还是应该大发雷霆？大发雷霆又是对谁发火？怪米卡，怪伊萨姆，怪那些放鞭炮的年轻男孩，还是怪对面没有来得及做出反应的卡车司机？难道我应该怪本杰明没有控制住摩托车的方向吗？他是因为音乐节才骑的摩托车吗，还是因为答应我尽快回来？玛侬死了又该怪谁？怪紧绷的肌肉引发了宫缩，还是怪我自己在本杰明不在的时候就不会生孩子了？难道要去怪这该死的生活？

我清楚地记得我第一次见到米卡的场景。那是一个有着棕红色头发、绿色眼睛的年轻男孩，看起来比普通男孩要矮一些，瘦弱但充满活力。本杰明经常和我提起他。

那是在5月的时候，本杰明和我已经交往一年多了。因为我的上班时间相对灵活，所以我经常在下班后去青少年活动中心找他。对于这些孩子来说，我仍然是那个"慈善晚会夫人"。他们礼貌地向我打招呼，做出一些让本杰明发笑的滑稽动作。本杰明能感受到这些孩子与我之间的距离感，我也知道我和他们之间没有本杰明那样的默契。他们一边对我拘谨和客套，一边跳到本杰明身上叫他"本吉"。

那天傍晚我到达青少年活动中心的时候，里面的活动正如火如荼地进行着。在接待台，我遇到了一个瘦弱的年轻男孩，耳后夹着一支钢笔，正在手机上敲击着什么。

"您好！"他看到我来了，立刻挺直腰背，认真地扮演起接待员的角色，"您是来报名参加活动的吗？"

我发现那个年轻男孩把我当作他们中的一员，但我忍住了大笑的冲动。这也许是因为我看起来身材矮小，头发还是自然的金色吧，我说不准。

"埃莉亚不在吗？"

埃莉亚是平时的接待员。

"不在，埃莉亚提前下班了，她有病。"

这次我控制不住笑了。

"有病？"

"是的。"他一本正经地回答道。

"好吧，其实，我只是来见本杰明的。"

他展现出一种让我市政厅的同事们都相形见绌的职业精神，随后他握住了耳后的钢笔。

"您需要预约，他现在正在进行活动。他让我负责报名事宜，但如果不是来报名的话……"

　　他拿出了一本厚厚的日程表开始翻阅。走廊那边传来篮球落地的声音和年轻女孩们的笑声，我还听见隔壁房间里传出一阵旋律。

　　"您的名字是？"

　　就在这时，本杰明的头出现在门缝中，他肯定是听出我的声音了。

　　"米卡，她不需要预约。"

　　"哦。"米卡失望地答道，他有些摸不着头脑。

　　"她是我的朋友。"

　　"你的朋友？"

　　"我的女朋友。"

　　米卡脸红了起来，而本杰明示意我过去。

　　"对不起，夫人。"他躲在桌子后面说道。

　　"没关系。"

　　"叫她阿曼达就行了。"本杰明嘲笑着补充道。

　　又过了一周，米卡再见到我的时候，依然礼貌地向我打招呼："早上好，夫人。"他的表情十分认真。我问他埃莉亚是不是又病了，他没有立即回答我。后来他又以职业的口吻回答我没有，她只是为周末的音乐会购物去了。

　　"有音乐会吗？"

　　"是啊，我们活动中心的乐队。您不知道吗？我是负责打鼓的。我们在周六晚上演出。"

　　"我才知道。"

　　"啊，那个……"他尴尬地说着，"也许本吉不能告诉您，因为这是个秘密，我也不太清楚。"

我很难不笑出声。

伊萨姆，我后来才遇到他。他在我来到青少年活动中心的第二年才来到这里。伊萨姆是一个笑起来眼睛像月牙一样的阿尔及利亚人。他原本想学吉他，可后来总是和米卡一起打鼓。他是一个不太熟练的鼓手。

"我家里没有放鼓的地方，夫人。"

他们总是对我毕恭毕敬，还称呼我为"夫人"，所有人都是如此。

本杰明曾嘲笑他们："你们害怕她吗？"

他们发誓说没有，他们根本不怕我。然而，他们从来都没用"你"来称呼过我。

今天是9月的第一天，秋天已不再遥远，夏日终要落幕。

放在桌子上的手机曾见证了我和母亲之间的对话。

"公寓怎么样了？"

"转租出去了。"

"你还要一直躲着吗？"

"我没有躲。"

"你总得重新生活。"

"我……"

"我这么说是为了你好，亲爱的，要为了生活勇敢向前，找到能让你继续前进的东西，无论是什么。"

"暂时还不行。"

"什么时候都不晚。"

"请别替我说话。"

我从没见过我的父亲，据说他是个"海王"。我的母亲把他描绘成一个十足的混蛋。实际上，我认为她一直享受着单身母亲的角色：怀孕，养育我以及在珠宝店担任经理。她总是喜欢扮演坚强独立的女性，从未理解我为何缺乏"奋斗精神"——她总是这么批评我的。

"那工作呢？"

"我请了无薪休假。"

"他们不会允许你几个月都不上班的。"

"他们会告诉我的，我还没到那一步。"

挂断电话后，愤怒依然在我心中燃烧。但至少效果达到了，我在几个月内都不用接到她的电话。

今天是新月份的第一天，因此我在厨房的一面墙上贴上了米卡的来信，旁边还贴着一张白纸。我决定不用日历来做背景，这样就不用知道今天是哪一天，不需要日期来限制自己了。我的日程清单没有期限，也没有具体的任务，一切都是自由的。我只需要用一张白纸来提醒我接下来要做的事情，给我继续前进的理由。但关键的问题在于我还没有下定决心。我在母亲打来电话之前就在考虑这个问题。今天早上我在用抑菌乳膏按摩我的伤疤时，还在考虑这个问题。那道伤疤成了粉红色，像是美丽的带着珍珠光泽的玫瑰色。我看着它每天都在变化，变得更加柔和，更加光滑。我宝贵的伤疤……

我再一次迷失在自己的思绪里。我想要回归到正题来，于是决定写下几个字。我拿起丢在厨房桌子上的笔，走到那张白纸的旁边，写下第一个词——"离开"。我把目光看向窗户，百叶窗是关着的，微弱的光线勉强渗透进来。然后我又加上了另外一个词——"进来"。"离开""进来"，我还想写点什么，但并不确定。让什么进来呢？阳光？生活？我宁愿到此为止，不再给"进来"加上任何限定。我需要一些回旋的余地。

　　我记得那是三年前的12月24日，本杰明选择在圣诞夜正式向他的家人介绍我。小他两岁的弟弟雅恩那年还在上学。他的妈妈安妮是一位小学老师，而他爸爸理查德是一位木匠。

　　"别紧张。"

　　他一边捏着我的鼻子，一边重复着这句话，好像把我当成孩子一样。我从未见过男朋友的父母，在那个圣诞夜，我也没有机会和母亲团聚。她留在了留尼汪岛，只是告诉我："机票价格贵得太离谱了，亲爱的。节后我会去看你。"

　　我努力抑制住愤怒的眼泪，本打算独自过圣诞节，那是我此前从未经历过的事情。但幸运的是，本杰明决定带我去见他的家人，而圣诞节正是一个完美的会面时机。

　　我依然记得那城里的寒风，街道上装饰着金色花环的树木，挡住我半张脸的棉麻纱围巾，以及本杰明头上的那顶秘鲁风格的帽子。那时我把手放到他的手套里。

　　"就是这里了。"

　　我顺着他的目光看去，那是一座朴素的米色建筑，门前闪烁着蓝色小灯，有一个驯鹿模型在轻轻摆动。

　　"如果你看到过汝拉山的房子……"

　　这不是我第一次听本杰明提到位于汝拉山的房子，他幸福的家。

　　"它是比其他房子更大吗？"

"嗯，可能吧。但那不是让它与众不同的原因。"

"那么它特别在哪儿？"

他打开了通往小院和房子的铁门，我小心翼翼地走了进去，以免挤坏我手里的那束朱顶红。本杰明把香槟酒放到他的斜挎包里。

"它是建在树林里的。"

"真的吗？"

"真的，就在树林里，有一条小溪穿过庭院。每周日我们都会去钓鱼，就在离房子三米外的地方，你能想象吗？"

我点了点头，高兴地看着他脸上的幸福微笑。

"之后，我还会去爬山，一直爬到很晚。"

"和雅恩一起？"

他笑了起来，我不太明白为什么。

"雅恩胆小得要命！"

我们来到了他家门口。我深吸了一口气，本杰明用手抚摸了一下我的脸颊。

"我相信你会喜欢这里的。"

"我？汝拉山？"

"当然！"

我还没有来得及回答，他的手指就按响了门铃。屋子里传来低声惊叫，紧接着是脚步声。门打开了，出来了一个大约六十岁的男人，高大瘦削，有着和他儿子本杰明一样的黑发和深褐色的眼睛。他穿着简单的牛仔裤和白衬衫，身上有一种淡淡的香水味，一种温和而低调的香水味。最吸引我的是他的微笑，那是一个朴实且和善的微笑。

"嘿，我们家的小伙子回来了！"

我看着他们相互拥抱，彼此拍打着背部，然后穿着白衬衫的男人转向我。

"你好，你是阿曼达，对吗？"

"对。"

"我是理查德。很高兴见到你。"

对于这个特别的圣诞节，温暖的简单问候正是我所期待的。当他和我拥抱的时候，他把手放到我的肩上，好像在强调这不仅仅是一种客套。

"进来吧，趁着安妮还没有把火鸡烤焦！"

显然，他们经常开这种玩笑，因为本杰明抬起眼睛看向天空，同时和我解释道："这里根本没有火鸡。"

我跟着他们进入走廊，走廊的尽头是客厅，里面有一棵大圣诞树。蓝色、红色、绿色的小光点闪烁着，金色天使和白色羽毛并排飘荡在树上。

"把外套脱了吧。"理查德指着角落里的沙发说道。

桌子被布置得很精美。正中放着一个烛台，上面点着六支蜡烛，每个盘子里都摆好了红色餐巾。本杰明把手放到我的腰间，邀请我和他一起去厨房。安妮此时也赶过来了，炙热的火炉让她脸颊绯红。她的棕色头发被绾成了发髻，身上围着一条油渍斑斑的白色围裙。即使套着围裙，我们也能看到隐藏着的那件优雅的黑色天鹅绒礼服。

"啊，他们到了。"

她的微笑和理查德一样真诚且温柔，让我感到有些不适应。她在拥抱过自己的儿子后也拥抱了我。

"我很高兴你在这里。"她看着我说道。我把那束鲜艳的朱顶红递给了她。

"谢谢您的邀请。"

她把手一挥示意这没什么，好像这次邀请本就是不值得一说的事情。

"我给你们准备了房间。"

"我们是开着车来的。"本杰明说道。

"我知道，但我不希望你们在圣诞晚餐之后还要开车回家。"

本杰明没有坚持，他总是谨慎、理智。他带我去了那个房间，我们放下手提包和斜挎包。房间里还保持着他少年时代的样子：低矮的床垫，黑色的床单，墙上贴着一张吉米·克里夫的巨大海报。一个印着白色字样的定制摩托车头盔被放在小小的书桌上，学生时代的本杰明曾经在那里做作业。

"你看，和小时候一样。"

"我看到了。"

他帮我放好手提包，双手搂着我的腰把我拥入怀里。他像平常一样把鼻子埋进我的头发中。他说他喜欢闻我的洗发水的味道。

"我很高兴你今晚会来这里。"

尽管语气平和，但我知道他的话都是真诚而珍贵的。

"我也很开心。"

他吻了吻我的前额，松开了我。因为突然传来大门关闭的响动，意味着雅恩也来了。

"走吧。"

我们回到客厅时，安妮已经换下围裙，散开了头发。雅恩穿着皮夹克站在那里。看得出他是本杰明的亲弟弟，他们拥有着相同的面庞和头发，但雅恩的剪得更短一些，发色也稍微淡一点。雅恩的绿色眼睛和本杰明不太一样，更像安妮，尽管如此我还是觉得他们如此相像。

"嗨！"他走上前拥抱了我一下。

"嗨！"我也回应道。

"见到你很高兴。"

除了微笑我不知道自己能做什么。

"你会骑摩托车吗？"我指着他的皮衣小心翼翼地问道。这引起了本杰明的笑声。

"雅恩骑摩托车？"

雅恩皱着眉头，假装表现得很生气，然后他也笑了。

"我什么都不知道。"我傻笑着说道。

"连迷你摩托车他都骑不了！"本杰明补充道，"他也就骑一下自行车。"

安妮微笑着以一种慈爱的目光注视着她的小儿子。

"雅恩的头脑比较聪明，但他不擅长干别的。"

雅恩也兴奋地附和道："头脑聪明！你听到没，本吉？头脑聪明，说明我有大智慧。"

他们会用一刻钟的时间来取笑对方。我早已吸取这个教训，所以不再试图继续话题，以免引发一场友好却无休止的决斗。

我依然清楚地记得那个圣诞之夜，我们五个人共同度过的夜晚。在长长的餐桌上，摆着优质的朱朗松白葡萄酒和安妮做的纸包三文鱼，烛台将整个客厅照得无比温暖。理查德讲了很多无聊的笑话,引得他的儿子们放声嘲笑。本杰明把手放到我的膝盖上。我感受着卢津一家人的善良和热情,在第一次见面的这一刻,他们就毫无保留地向我展现出来。我相信那个夜晚本杰明的家人全心全意地接受了我,没有任何其他要求,我也渴望成为他们家庭的一部分。

那时我和本杰明躺在他少年时代的黑色床单上,我记得自己感受到一种深刻而独特的平静。他睡着了,一只手搭在我的脖子上,而我默默祈祷着,希望这一切都能一直延续下去,希望我和我们将来的孩子都能永远成为他们餐桌上的一员。

我找到了"家庭"的意义。

—7—

　　我不该让那只蝴蝶进来。我开始只是想放进一束阳光，只要一束。我轻轻打开百叶窗，窗户发出阴森的吱吱声，毫无防备地，一只蝴蝶闯入了我的客厅。

　　我僵直地站在窗户边，不知所措。蝴蝶飞到了某个地方，但我不知道它在哪里。我只看见它的翅膀上有两个黄色斑点，而翅膀的其他地方呢，也许是棕色，也许是棕褐色。一只蝴蝶带来了太多生机，不同的色彩、多变的动态和生命的存在。然而我只是想迎接一束阳光，一束不受欢迎的阳光，那只蝴蝶不是我期待的。我试着保持冷静，平复悸动的心。我会找到它的，我会找到它的。我关上窗户，不让其他昆虫再进来。但我没注意到的是，百叶窗依然微微敞开着，放进一道灿烂的光线。

　　我扫视着房间，爬上沙发，移动椅子，打开橱柜。这太荒谬了，它不可能进入那些地方。我需要镇定下来。它可能飞进了走廊，是的，就是那样，在走廊里。我踩在暗红色的地砖上，目光在墙壁和天花板间逡巡，什么都没有。洗手间的门开着，那是房子里最明亮的房间，因为有扇小窗户我怎么也无法完全关上。蝴蝶就停在卧室的镜子上，一动不动。

我一时愣住了，屏住呼吸，心脏怦怦直跳。我仔细观察着它的翅膀，不是棕色的，也不是棕褐色的，而是红色的，是鲜艳的红色，每只翅膀上都有两个黄色斑点，斑点周围有棕色的光晕。看来关不上洗手间的那扇小窗户也不完全是坏事。我伸出手想要把它赶出去，但为时已晚，蝴蝶再次飞向了走廊。

我没有放弃，继续挥动着手臂追逐它，希望能把它吓跑，但它若无其事地在客厅里闲逛，然后在桌子上歇脚。就在我快要抓住它，准备放它离开房子的时候，它小心翼翼地溜到了那张用胶带贴在墙上的方格纸上，纸上还能清晰地看到装进信封时留下的折痕。这只不幸的昆虫最终停留在米卡的落款上，用五彩斑斓的身躯签下了自己的名字。我站在厨房中央，紧锁眉头。无论如何，阳光已经照进了我的房子，在暗红色的地砖上切割出一个金黄色的矩形。我被光柱下翩翩起舞的尘埃迷住了双眼，当我再次看向米卡的信时，我发现蝴蝶还待在那里没有离开。

就这样，我让一只蝴蝶住进了我的房子。

窗户还是半开着的，我不想让它觉得自己被困住了。我准备用前一天购买的新鲜食材做一道菜，就像我第一次去超市回来后所做的那样。计划好后我就立马行动了。就在昨天，我忍不住囤积了夏日的最后一批蔬菜，有一些辣椒、一个硕大的西葫芦、一堆番茄和一个外皮有点褶皱的茄子。我想做类似蔬菜杂烩的东西，但是我的目光一直停留在米卡的信和那只蝴蝶上，蔬菜被我切得散碎不成样子。其实我没有必要这样心不在焉地看着它，因为那只蝴蝶一动不动，我甚至觉得它在观察我。

"该死！"

我刚才切到了拇指，这是我应得的，谁让我一直盯着那该死的信件和昆虫而不是专注到切菜上。我抛下了它们，抛下了砧板、蔬菜和刀子。我不喜欢血，从来都不喜欢，看到本杰明的遗体后更甚。

我走进洗手间，将药箱里的东西倒入洗手池。我记得搬进这里时带了一些绷带，还有一瓶消毒剂。但是放哪里了呢？漱口水杯滚落到洗手池下，棉签也散落一地，而镊子直接掉进了排水管里。

"该死！"我重复着。

我的伤口有多深呢？我担心自己会晕过去，所以没有去查看它的情况。好了，消毒剂找到了。我用牙齿打开瓶塞，将淡黄色的液体倒在我的整个拇指上，然后用另一只手抓起绷带卷。由于没有剪刀，我就只能用牙齿咬开它。鲜血滴在白色陶瓷洗手池上，和淡黄色的消毒剂慢慢混合，洇出不规则色块。我用绷带粗略地包好了我的拇指，还好及时地止住了血。我把不同的药膏和瓶子收回到药箱里，然后用水冲走了洗手池里的血迹，那一抹红色渐渐消失。

当我回到厨房时，发现那只蝴蝶已经飞走了。

今天早上的时候，我给安妮送了花。我选了火热的朱顶红，就像我们初次相见的那个夜晚我带的那束花一样，我不知道她是否还记得这一点。我委托花店的人在花束里的白色卡片上写下几个字："秋天来了。阿曼达。"

这就像是一个对美好未来的承诺。

9月22日，正式进入秋日的第一天，我打开了所有的百叶窗。这几天我已经让阳光进入了我的房子。秋日的光线没有夏日那么强烈，更加凉爽，也更加苍白，散发着柔和的气息。

我欢迎那些新鲜空气的到来。下午的时候，我一动不动地坐在客厅的椅子上，享受着新鲜的空气。我微微地颤抖起来，从空气里能感受到松树、树脂和泥土的味道，以及从远处传来的火焰的味道，我想那里一定四处飘烟。还有蒲公英的味道吗？我闻到一种带着类似蜂蜜般淡淡香甜的草香味。可我以前闻过蒲公英的味道吗？应该没有。那为什么我那么确定是蒲公英的味道呢？我不知道原因，我只是觉得那就是蒲公英的味道，有成百上千的蒲公英正在周围的草地上摇摆着，这像是一种发自内心的直觉。

我闭上眼睛，让味道回荡在整个房间内，附着在我的皮肤上。

夜晚渐渐降临时，我终于关上了窗户，因为实在是太冷了。今天，我让蒲公英的香气进入了我的房子。

"她还好吗？"

"还好，我们三个上周六去看她了。"

"雅恩、卡桑德拉和你？"

"对，她很高兴。她又稍微胖了一点，脸色也好了一些。"

"她喜欢我的花吗？"

电话的另一边稍微沉默了一下。

"那些红色的花？"理查德问道，"是你送的吗？"

"是的。"

"她把花仔细地放到了靠近窗户的一只花瓶里，虽然花已经枯萎了，但没人敢让她扔掉它们。"

我很高兴听到有人和我讲话，尤其是听到理查德的声音。我不知道是不是因为孤独开始困扰着我，或是因为我很想念他们。但我还没有做好准备，没有准备好离开我的树林，还没有准备好面对卡桑德拉隆起的肚子，那让我想起我那早夭的小玛侬。

"你过得怎么样？还住在那个房子吗？"

"还好吧。还有我——"

我犹豫了，毕竟说出来的事就不能反悔了，就必须得那样做。我说还是不说？

"我想下午出去走走，去花园里。"

我能想象到电话那边理德的微笑。

"这主意不错，今天天气挺好的。"

我想说一些话。一想到这个决定，我的心就怦怦直跳，不停咽着口水。

"你去墓地看过他了吗？"

我知道突然改变话题会让他感到惊讶，但他很快反应过来。

"是的，我昨晚刚去过。"

"给他送过花了吗？"

"当然，雅恩每晚都会去。"

"嗯，好的。"

我不愿意他的坟墓被遗忘。如果我无法去看他，无法面对他的尸体，至少我希望有其他人能够给予他应有的敬意。

"你想让我去那里给他送点什么吗？"理查德温柔地问道。

"我……我不知道。"

"我可以让雅恩帮你带些东西过去。"

"嗯，行。"

我思考着，眼睛盯着我苍白的手和被啃过的指甲。

"石竹吧，这种花应该不怕冷吧？"

"我会让雅恩送过去的。"

"好的。谢谢你，理查德。"

当我们准备挂电话时，我匆忙地补充道："一定要美国石竹，那是他喜欢的花。"

我本来想邀请理查德过来吃晚餐的，但那样的话雅恩和卡桑德拉也得来。

正如理查德所说的，今天的天气确实很好，但我还是裹上了长长的羊毛外套。我已经不适应外出的感觉了，那种清风拂过皮肤、嗅到阵阵芬芳的感觉。我发现和上次出门开车买东西的时候相比，地上的草已经长了出来，长到和我的小腿一样高。我不得不抬高自己膝盖，迈着大步前进。

周围的色彩对比是那么强烈。铬绿色的松树点缀在房子周围和山丘上。在山巅之上是湛蓝的天空，在绿草之上是亮黄色的蒲公英花。然后我还能看到褐色的矩形土地，以及被遗弃在树下已经褪色的粉色遮阳伞。我想起在休格斯太太的日历上看到的一句话："在保罗的树下布置庭院家具。"我走近那棵看起来没有精神的树，除了褪色的遮阳伞，没有任何迹象表明这就是保罗的树。我拨开低垂的枝条，看到了树干。这里的草一样生长旺盛，隐没了庭院家具存在过的所有痕迹。我仔细观察着树皮，只看到一群蚂蚁正在忙碌着，再也没有其他发现。这群蚂蚁可不会告诉我这棵垂柳树就是保罗的树。就这样吧，我沿着房子的一侧朝着荒废的花园走去，杂草占据了整片土地，还能看到一些带刺的蓟。其中有几株蓟开花了，令我感到惊讶。

我不知道蓟会开花，本杰明肯定会嘲笑我这一点，但他已经不在了，没有人在乎我是否会感到惊讶。我身子前倾，双手撑着膝盖，仔细地观察着那些长满尖刺的球，上面的花有些是亮紫色的，有些是靛蓝色的。我没有伸手去触碰它们，尽管我很想这么做。它们浓烈的色彩以及闪闪发光的叶子上的茸毛让我感到兴奋，直到一只麻雀飞起，才把我从沉思拉回到现实。

我沿着荒地边缘继续前进，在房子的角落处，看到了我以前在夜晚中就已经注意到的苹果树。这是朱莉所说的苹果树吗？我加快了脚步，差点被草丛中的一块大石头绊倒。我的脉搏开始加速跳动，朱莉没有说谎，这里确实有苹果树，而且是两棵，上面已经结出了带有红色斑点的黄苹果。苹果满树都是，大约有几十个，还有一些掉在了树干周围，落入高高的草丛中。我俯下身子去看，地上的苹果有些已经腐烂，还有些被虫子吃掉了，真是可惜。我这样想着，抬头望向苹果树，用一根树枝拨开茂密的树叶，看到上面还没有掉下来的苹果个个圆润饱满，看起来很漂亮。

我又向后退了一步。那两棵硕果累累的苹果树占据着我的全部视线。那是我人生中的第一棵苹果树，我有些情不自已。

回到家时，太阳已经落山了。我又在院子后面发现了一条被植被覆盖的小道，直通树林深处。但我不敢随意踏足，今天已经有太多情绪起伏了。

在门廊上，我发现了一只灰猫。它看起来又瘦又丑，浑身长着灰烬般的毛发，身上还能看见粉红斑块。那是跳蚤干的吗？它那双绿色眼睛死死盯着我，我害怕地挥舞着胳膊，连忙喊道："走开！"

我脱下了一只运动鞋，当着它的面晃了晃，告诉它如果不立马离开，我就朝它丢鞋子。最终它还是慢慢起身，一步又一步地走着，优雅地离开了。我看着它消失在树林中，然后赶紧回到房子里把门紧紧锁住。

不行，我的房子里不能有猫，那会让我感到害怕的，况且家里已经有一只蝴蝶了。

当我在厨房脱下我的羊毛外套时，我想起树上黄红相间的苹果，接着又想到了那些掉在地上已经腐烂的苹果。真是可惜！我再次感慨。我坐在厨房的桌子旁，着急忙慌地在休格斯太太的笔记中寻找着，一页接着一页，翻阅的速度越来越快。翻了一本、两本，直到第三本日历都没有我想要的内容。有些日历掉在地上，也没有引起我的注意。最终在第四本日历的第九页，我找到了我想要的东西：苹果酱与苹果派的做法。

我连忙拿出自己的手提包，从里面取出一本备忘录，上面最后记录的日期还停留在我在市政厅工作的时候。我撕下其中的一张空白页，抓起笔开始写自己的信，写的同时呼吸急促，手心冒汗。

亲爱的米卡、伊萨姆和其他人：

如果你们在某个周三有空，来我的新家吃甜点如何？

你们可以把你们为玛侬买的礼物带来。我们还可以讨论一下是否用本杰明的名字重新命名音乐室（我相信他会非常喜欢这个主意）。

你们只需要乘火车到克莱蒙费朗，我可以开车去接你们。

尽快给我答复，我在后面留了我的电话号码，给我发一条短信告诉我就行了。

期待与你们见面。

阿曼达

8

　我必须承认，我对于青少年活动中心的漂亮接待员埃莉亚有些心生嫉妒。在做慈善晚宴的项目时，她总是请病假，我没能见到她。后来，在四年前那个春天，我们透过玻璃窗第一次相遇。

　那时我和本杰明只交往了几个月，他正准备从青少年活动中心下班。我把自己的手提包紧紧贴在身上。脚上的高跟鞋让我疼痛不已。之前和社区部门有一个重要的会议，因此我不得不穿上正装和高跟鞋。如果我以这样的打扮进入活动中心，一定会感到很尴尬，所以我在外面等他。

　在人行道上，孩子们的笑声此起彼伏，混杂着合唱团的歌声在空中回荡，不时还能听到一阵口哨声。

　时间一分一秒地流逝，我忍不住透过接待大厅的玻璃门往里面看。然后我看到了他们正在笑着聊天，埃莉亚坐在椅子上，身子稍稍向后倾斜，本杰明则靠在桌子上，神情放松。埃莉亚看起来真的很漂亮，让我觉得有些不舒服，本杰明肯定会喜欢这种女孩。她有着一头棕发，头发被一根红色的波希米亚头带扎着，她的鼻子上还戴着一枚鼻环。她与我的气质截然相反，我相信她一定能和年轻人打成一片，也一定能理解本杰明爱好的音乐风格。我后退了一步，为的是躲开他们的视线。穿着海军蓝套装和白色高跟鞋，还一个人站在人行道上，那场面一定很好笑。我该怎么办？现在就走吗？我想要离开但又想再看他们一眼。再次悄悄地靠近玻璃门的时候，他们的交谈动作没有刚才那样随意了。埃莉亚挥舞着手臂，金色的手链在她的手腕上晃动，我仿佛听到了它们发出的清脆的叮当声，而本杰明在一旁点头附和。

我没注意到有一个孩子正从自己身边经过，他推门进去的时候撞了我一下，门把手的声音引起了他们的注意。他们转过头来，本杰明看见了我，他并没有表现出尴尬，反而对我微笑。

我在做什么呢？我感到非常后悔，觉得自己像是个傻瓜一样，然后连忙抓着手提包逃掉了。我听到他在街上喊我的名字，但我没有回头。

"你怎么走了？"那天晚上，他在电话里问我，"为什么你没有进来和我们在一起？"

尴尬让我难以回答，但他显然理解了我的心思。

"周二晚上来接我，我把你介绍给埃莉亚认识。她人挺不错的，你会喜欢她的。"

为了弥补那天晚上临时逃走和错过电影的过失，本杰明要求我在下周二去接他，而且我还得送他一束花。

"你在做白日梦！"

"你不问问我喜欢哪种花吗？"

"你还有喜欢的花吗？"我感到意外地问道。

"对呀，美国石竹。"

"我从来没听说过。"

"周二晚上，小不点，记住周二晚上。"

他开始叫我"小不点"，就好像我是一个迷你娃娃一样，也许是因为我个子小，也许是因为我满头金发，而我没有抗拒这个称呼。在花店里，本杰明最喜欢的美国石竹给我带来了惊喜，那是一种白色花瓣上点缀着梅子色斑点且透露着女性气质的美丽石竹。花店的老先生用珍珠白色的卡纸搭配同色丝带为我包装好了一束花。

"你是要送给别人的吗？"

"是的。"

我选定了"致我挚爱的她"作为贴在丝带上的寄语。我特意选了"她"而不是"他"，算是我的某种小小报复吧。

本杰明没有骗我，埃莉亚真的很不错。到下一个周二时，她用璀璨的微笑欢迎了我，告诉我她为终于能和我见面感到很高兴。当我发现她的身材没有那么突出的时候，还自我安慰了一下，这是女性间的一种小心思。我埋葬了原本打算的咄咄逼人的态度，因为和可爱的埃莉亚相处总是让人心情愉快。她之前还经常通过本杰明向我问好。我没有理由针对她。

尽管如此，我仍然小心翼翼保留着嫉妒的小情绪，它就像是一个不该被熄灭的小火苗。这些都是只属于我心中的小秘密，包括对风险的敏感、竞争的苦楚、失去他的恐惧以及占据他的自豪感。

后来家里的桌子上时不时地会出现美国石竹，宛如我内心的忏悔，而本杰明对于我的种种心虚感到好笑。

真是奇妙，最近我开始回想起一些快乐的事，与此同时，关于本杰明的痛苦回忆逐渐消退。我可以花上几个小时坐在家门口任凭清风拂面，闭上双眼重温我们一起度过的时光。

在房子的周围，寒意悄然降临。我放到苹果树下的洗衣篮已经堆满了苹果。我给朱莉·休格斯发过消息让她来取，但她一直没有回复我，因此我又邀请理查德来拿走一些。

"等我有时间会去的。"

理查德要上班，要照顾家里，每周有几个晚上还得抽空去看望安妮。雅恩帮了他一些忙，但卡桑德拉的肚子越来越大，他也分不出更多的精力。我对于卡桑德拉怀孕生孩子的事没有主动询问过一次，我不想知道那个取代玛侬的孩子。

在没有深陷回忆的日子里，我会沉浸在休格斯太太的笔记中，反复阅读她写下的园艺窍门。

"使用水、醋和盐来给花园除草。"

"准备好土壤迎接生命的降临。"我非常喜欢这种表达方式。

"球茎和蔬菜在秋天种植。"

我迫不及待地仔细阅读着休格斯太太的十本日历，不在乎花费多少时间，只希望不错过任何一处细节。

不知从何时开始，我的脑海中出现了一个念头，那就是重现她的花园。我在想，她可以靠种植度过那些阴暗的岁月，为什么我不试试呢？

但我没有付诸行动，我只是每天读读她的笔记，努力记住其中的内容，然后在傍晚的时候围绕着花园转悠。我发现随着秋天的来临，蓟花逐渐凋谢。这一幕实在让人感到伤感，以至于步伐都变得格外沉重。

我有两次又遇见了那只瘦弱的灰猫。它从不靠近我，但会在远处用它那双明亮的绿色眼睛注视着我。我偶尔会挥动胳膊或鞋子让它保持距离，我认为这不会吓到它。

在把信交给邮递员的几天后，我收到了米卡的短信。

"我们想在10月2日的那个周三过来，可以吗？"

今天早上7点的时候我就准时起床了。自从我不再服用安眠药后，醒来这件事变得没有那么困难了。坐在咖啡杯前，我再次阅读了休格斯太太写下的关于派的做法，她的秘诀好像就是放入大量的肉桂，而且把它们直接添加到焦糖中。

透过敞开的窗户，我看到草地上结了一层霜。我还没有打开暖炉，因此屋子里很冷，我告诉自己明天再打开吧。在这个迷雾弥漫、寂静而又沉重的清晨，我开始了自己的工作。

削掉的苹果皮越堆越高，可我没有关注它，而是想到了那只灰猫。现在天气变冷了，它独自待在外面。我继续削着苹果，小心翼翼地避免切到手，削完后把它们切成薄片。接下来，我将黄油、现榨柠檬汁、香草荚、糖和肉桂放入一个旧的大碗中混合搅拌。

我忽然想起冰箱里还有一块剩下的火腿。就是这样，我总是无法长时间专注于同一件事情，思绪常常肆意发散。于是我放下大碗去打开冰箱，果然找到一块变硬的火腿。我把它放到另一个碗里，等会儿喂给那只灰猫吃，但是得注意别让它靠近我。我一直对猫感到有些恐惧，害怕它们锋利的爪子，害怕它们像捕食者那样盯着我。我是个胆小鬼，就像雅恩一样。

我的思绪飘忽着，又回到了里昂10月31日的那个夜晚。那不是普通的夜晚，而是万圣节前夜。在青少年活动中心举办的化装舞会上，本杰明坚持让我穿上女巫的服装，以搭配他自己的黑猫装扮。

"黑猫一点都不吓人。"

"那些迷信的人才不会在乎你的鬼话。"

本杰明就是这样，对一切都有自己的看法。体育馆用橙色和黑色的花纸装饰着。孩子们是和父母一起来的，大多数人都参与进来。你能看到幽灵和骷髅并肩而行，南瓜和木乃伊相伴在一起。

"来一杯死亡鸡尾酒吗？"本杰明向我提议道。

靠墙的地方有一张被白布覆盖着的桌子，它是从别处被人推过来的。白布上有一些年轻人画的黑色蜘蛛。在桌子中间放着一大碗颜色可疑的液体，那是一种刺眼的亮橙色。

"不含酒精吧？"我怀疑地问道。

"当然，它就不含这个。"

"嗯，里面没有什么添加剂吧？"

他翻了个白眼。

"请这位忧郁且患有妄想症的迷人女巫和大家一起开心起来。"

我没有阻止他给我的杯子里倒满那亮橙色的液体。

"里面肯定有色素。"

他没有理我，因为他刚刚在人群中看到了两位穿着白大衣、戴着听诊器、打扮成医生的熟人。

"他们在那儿！"

在那个夜晚，我们正式见到了雅恩的女朋友。之前我们只知道她名叫卡桑德拉，两个人已经交往六个月了。

当本杰明挥手示意他们靠近时，他们正在人群中挤来挤去。我注意到雅恩不太适应那身医生的打扮，而陪伴他的女孩却表现得很自然。她有着深褐色的头发、美丽的蓝色眼睛以及挂在嘴角上的自信微笑。她对于戴着的外科口罩和头罩一点都不介意。本杰明和雅恩互相拍打着背部。

"你好啊，胆小鬼。感觉怎么样？"

"很好，你呢，肮脏的吓人鬼？"

这对兄弟之间一向如此。卡桑德拉似乎看起来兴致勃勃，不等雅恩开口便主动自我介绍起来："嗨，我是卡桑德拉。"

我们互相问候，轮流介绍着自己。

"很高兴认识你。"

"我也是。"

本杰明拉起弟弟白大褂的袖子。

"你在扮演一个医生吗？这玩意儿可怕吗？我是说，这玩意儿会吓到除你以外的其他人吗？"

雅恩给了卡桑德拉一个眼神，她带着玩味的微笑回答道："这是我们比较容易搞到手的装扮了，从医院里。"

"你是医生吗？"

"还在进修阶段，我是实习医生。"

我们都愣住了，雅恩没有告诉过我们这些。

"你们是在医院里认识的吗？"本杰明惊讶地问道。

"不，我们是在大学认识的，医学院与化学院挨着。"

雅恩在化学院完成了他的专业课程，现在在一家大型制药公司工作。本杰明指责他是大型资本的狗腿子，而雅恩也不甘示弱，用"刁民"的称呼予以反击。卢津家的家庭氛围总是很有意思。

　　长时间以来，我一直害怕承认这一点，那就是我在性格上更与雅恩合得来，而不是本杰明。雅恩更加内向、害羞，对很多事情都很敏感。当我见到卡桑德拉时，我发现她的性格更像本杰明，看起来外向、自信、勇往直前。然而，我们的伴侣关系是建立在性格互补而不是性格相合之上的。

　　我们在亮橙色水果鸡尾酒和爆米花的陪伴下认识了卡桑德拉。她是家中四姐妹里的长姐，是实习医生，是反对非洲割礼的活动家，也是女性保护协会的秘书，她在为这个协会积极地工作。卡桑德拉兴高采烈地与我们分享她的生活、信念和活动，然后询问我们的情况。我们有什么值得一提的东西吗？本杰明肯定有。他帮助年轻人激发他们的热情，唤醒他们的思维，为未来的梦想播下种子，试图以自己的方式来对抗社会上的消沉。而我呢？我只是钦佩他，赞同他所说的一切。

　　"我们去跳舞好吗？"卡桑德拉建议道，那时我们的杯子已经重新倒满过好几次了。

　　"我们一起去吧！"

　　在青少年活动中心度过的那个万圣节前夜给我留下了愉快的回忆。那两位装扮成医生的家伙在舞池里尽情狂欢。卡桑德拉挥舞着双臂，而雅恩则表现得低调。本杰明扮演的黑猫成了四个鬼魂的目标，他们在人群中相互追逐着。孩子们试图从本杰明背后出其不意地抓到他。我并不认为自己成功扮演了可怕的女巫，但是米卡还是夸奖了我的装扮。到23点，雨水淅淅沥沥地下着，我们同时行走在寒冷的街道上。卡桑德拉提议去酒吧喝最后一杯酒，我们都点头同意了。那是我们第一次四个人坐在一起吃饭。

苹果派烤好了，苹果和肉桂的香气充满了整个厨房。我担心地看了一眼那扇朝向花园的窗户，玻璃已经蒙上了一层薄雾。我害怕自己又会看到那只瘦骨嶙峋的灰猫，怕它被诱人的香味吸引，跳到窗台上，但是它不在那里。我关掉烤箱，小心地从里面取出烤好的三个苹果派。我做了足足三个，这听起来似乎有点傻，因为可能吃不完，但是谁能料到那些孩子会吃多少呢？前几天购物的时候，我还买了两大瓶汽水，我想比起果汁或者拿铁咖啡他们更喜欢这个。

我回到自己的房间，穿上了羊毛大衣，然后拿上那个装着火腿的碗出门去。为了避免把灰猫引到我的房子里来，我打算把碗放到树林边上。换上旧运动鞋后，我飞快地走着，努力不让露水溅湿自己的裤子。那只野生的灰猫并没有出现。我又往树林里走了几步，然后把碗放到地上，环顾四周还是没有看到它。我没有等它出现，而是匆匆赶回家去，自己还有几个小时的时间用来洗漱、选择合适的衣服和打扫房间。这里有多久没接待过任何人了？如果不算朱莉的突然到访的话，几乎已经有两个月了。上一次还是安妮和理查德来的时候，他们告诉我卡桑德拉怀孕的消息。两个月来，这座房子里除了那只带黄色斑点的红蝴蝶闯入，再也看不到任何活物。也许现在是时候迎接新客人了。

我担心汽车可能会发动不起来，因为启动汽车时引擎发出短暂轰鸣后就熄火了。我再次尝试启动，用力踩下油门，令我长出一口气的是，引擎开始正常工作起来，可我又犹豫了。要不要请邻居帮我去克莱蒙费朗的火车站接那几个孩子？这个想法有点荒谬，因为他们不认识我，甚至可能都不知道我的存在，不知道休格斯太太的房子已经重新住人了。如果我在此时退缩，难道要我去告诉孩子们我不能去接他们了，让他们自己回里昂吗？

无论如何，汽车出发了，慢慢驶进房子旁边的小道。在后视镜中，我看到了浅粉色嘴唇和干净披散的头发。我身上的搭配十分简单，牛仔裤加上白色毛衣，在手腕上涂了几滴薰衣草香水，那会带来不明显但可以感受到的味道，让我感到安心。驶入主路之前，我在路口看了一眼仪表盘上的时间，现在是10月2日14点整。半小时后，我将在火车站面对本杰明多年来一直陪伴的孩子们。我心中有太多忐忑，但我知道自己必须得这样做。

我刚刚到达玻璃门前的双行道就看到了他们。米卡和春天的时候相比长高了至少十厘米，此外还有戴着帽子的伊萨姆和另一个男孩。如果我没记错的话，他应该叫纳唐，有着苍白的皮肤和乌黑的头发。他们人数不多，只有三个人。其他人没来吗？我试着忽略胸口的失落感，打开车窗，向他们招手。伊萨姆第一个注意到了我，并示意其他两个人过来。

"您好，夫人。"

"你们好啊，上车吧，别在冷风里站着了。"

"您看上去气色不错。"这句话是米卡说的，我情不自禁地笑了。

"谢谢，你们路上还顺利吗？"

他们三个点了点头，系上了安全带。米卡坐在副驾驶座，显然他成了我主要交谈的对象。他的双腿夹着一个用丝带打包过的粉色小礼物。这会儿我希望自己能在路上集中注意力。

"只有你们三个人吗？其他人呢？"

"啊！那个……"米卡严肃地答道，"那您得去问他们的父母了。"

"他们的父母？"

"亚历克斯因为被抓到抽烟所以被禁止出家门了。伊列斯的妈妈不想让他在周三出来玩。提奥的妈妈不愿意让他一个人在没有大人的陪伴下坐这么长时间的火车。萝拉——"

他停下来，盯着我看。

"您不认识萝拉对吧？"

"对，确实不认识。"

"她是我们团队的新成员，负责唱歌。她本想来的，但她觉得这样不合适，因为您不认识她。"

"你们应该告诉我的，她当然可以来。"

米卡看向其他两个人，那表情好像在和他们说："你们看吧，我告诉过你们了。"

"其实她也挺喜欢本吉的，所以……"他的声音戛然而止，而我苦笑起来。

"好了。那么，你们能待到几点？"

"16点30分，夫人。因为之后我们要坐17点10分的火车回去。"

我在心里计算着，我们还有两个小时可以一起享用甜点，时间绰绰有余。

"你们要听点音乐吗？"

我让米卡选了他喜欢的电台频道，在剩下的路上他们一直唱歌。

"哦，我们终于到了。"当汽车停在房子旁边时，米卡一边啪地关上车门，一边说出了这句话。

"您晚上一个人不怕吗？"伊萨姆担心地问道。

我摇摇头，觉得这好笑。

"好吧，我不是一个胆小鬼，但我不喜欢这样的环境。"他补充道。

纳唐开心地取笑着他，而米卡指了指我杂草丛生的院子。

"您看，卢津夫人，您的草地需要修剪了。有人帮您吗？"

我耸了耸肩。

"没有，但应该不太难收拾，我买台割草机就行。"

"我爸爸有一台，"伊萨姆插嘴道，"但太远了不好带过来。"

我越来越觉得他们说话很好笑了。

"等您买好割草机后给我发个短信吧。"米卡说，"我可以过来帮您修剪草地。"

"太好了，米卡，但我想到周末你应该会有更有意思的事情要去做吧。"

"放假的时候我常常帮祖母的邻居修剪草地，他们会给我一些零花钱。"

然后他急忙补充道："我可不是为了钱才提出这个的！只是因为这是我们男生的工作。"

伊萨姆点了点头，但纳唐对于这个观点似乎并不确定。我打开房门，对米卡说道："好吧，我会给你发短信的，如果你愿意的话。"

这时我们一起走进了这座冰冷的房子。

"您花了多少钱买的这个房子？"这是米卡对于我那条阴森走廊的唯一评论。

"我没有买，是租的。"

"您以前的房子不好吗？"

"好，但我不想继续住在那里。"

我没有解释原因，也没有人再发问。随后我们来到了满是肉桂和苹果味道的客厅。

伊萨姆轻声说道："这里冷得要命。"

"卢津夫人，您这里有暖炉吗？"米卡担心地问道。

"当然有暖炉。"

"您想让我去看看它是否正常工作了吗？"

纳唐在围巾里偷笑。

"你别又装作什么都懂。"

"我没有装。"

"你有，你真的很装。"

"闭嘴！"

"好吧，米卡，谢谢你的提醒，我还没开暖炉呢，所以才这么冷。但别担心，我一会儿给你们拿几条毯子。"

显然格子毛毯对于厨房里的这三位少年来说太老气了。在我用烤箱加热苹果派时，我听到他们在我身后窃窃私语。

"你看上去像个奶奶！"

"你才像奶奶！"

"我才不像呢，对吧，伊萨姆？你看他有奶奶的红头发。"

"我才不是红头发呢！"

我任由着他们嬉笑打闹，自己去烧了点水泡茶喝，然后给他们拿出了杯子和汽水。

"你们喜欢苹果派吗？"

他们三个人用严肃的表情回答了我，然后又开始低声嬉笑起来。

烤箱提示苹果派已经热好了。米卡帮我把盘子和小勺子放到桌子上，而纳唐正在切苹果派，但是当我看见他们没切好时不得不上前接手。

"谢谢你，纳唐，还是我来吧。"

几分钟后我们围坐在桌子旁边。

"好了，开吃吧。"米卡说道。

他们不等这句话说完就开始吃起来，我双手端着自己的热茶，透过升腾的蒸汽看着这一热闹的场面。我不擅长和这么大的孩子交流，心里在想自己应该和他们说些什么。如果本杰明在的话他就知道该怎么说了。如果他在这里，估计他们早就开怀大笑了。

"卢津夫人，您在新地方过得还好吗？"

我感谢米卡，因为他满嘴都是食物才避免了这个话题被进一步展开。

"还不错，我……"

我想他们会不会对园艺感兴趣，我更想和他们聊聊那些苹果树。

"在房子后方有两棵漂亮的苹果树，它们结了很多苹果，我一个人可吃不了，你们需要带一些苹果回去吗？"

伊萨姆和纳唐耸了耸肩，不太确定是否应该接受，而米卡同意了。

"活动中心那边现在怎么样了？"

米卡突然想起了什么，他放下勺子张牙舞爪起来。

"东西放哪儿了？"他问另外两个人。

"什么东西？"

他开始四处张望，而伊萨姆重复着问道："什么东西？"

"礼物啊，笨蛋！"

我示意他看放在桌台上的礼物:"我想你是不是放那里了?"

他不好意思地笑了笑,拿起那个粉色的礼物递给我,然后看向他自己的脚。

"这是整个团队送给您的礼物。"

我用力地咽了咽口水,过了几秒钟才开口道:"谢谢你们。"

米卡坐回到自己的位置。那三双眼睛在盯着我,期待我把礼物拆开,尽管已经没有人再需要它。我颤抖着解开丝带,小心撕掉胶带,一个穿着粉色裙子和海魂衫的布娃娃出现在我面前。两颗闪闪发亮的黑色珠子构成了它的眼睛,脸的两边各有一条棕色的发辫。

三个男孩都在等待着我的反应,所以我试着笑出来,并抑制住自己的眼泪。

"谢谢,这个洋娃娃很漂亮。"

勺子的声音再次响起,一滴孤独的泪水落入秘密深处。

"音乐室怎么样了?"

我把烤盘递给米卡,让他们自己再夹一些苹果派。我从他们那里了解到音乐室已经被命名为"本杰明·卢津",那里挂着一块黑色的纪念牌,上面还有他的照片。

"我们会在圣诞节的时候正式宣布这件事。"

他们告诉我新老师是9月份来的。按照伊萨姆的说法,这位新老师非常无聊。

"他原来在里昂第六区的活动中心!"

显然他们对这位新老师很轻蔑。

"那边都是乡村!"纳唐小心翼翼地补充道。

"他觉得他能让我们演奏爵士乐！"

我听着他们的抱怨，挖起一大勺苹果馅料。

"你们不喜欢爵士乐吗？"

"当然！我们又不是老古董！我们是摇滚乐手！"

"本吉也不会喜欢他的！"

"当然不喜欢！本吉虽然人很善良，但他才不会任人摆布呢！"

听到他们对本杰明的谈论，我很感动。他们让他显得如此生动，就好像本杰明今天下午和我们一起出现在厨房里一样。

"他不会让那个家伙得逞的！"

"当然不会！你记得吗，上一次伊列斯的哥哥想和他立规矩……"

"天哪！"他们都瞪大了眼睛，结果不言而喻。

"我记得我通过面试后，"伊萨姆又大声说道，"他一脸严肃地看着我。你们还记得吗？"

大家都开始笑起来，他们谈到了一个关于缴费学习的故事。

"学习是免费的吧，我是这么和本吉说的，然后没有说别的。"

米卡接过话，用嘶哑的声音试图模仿本杰明说道："那你知道税收是怎么来的吗，伊萨姆？过来，让我给你解释一下！"

米卡揪住伊萨姆的耳朵，而伊萨姆笑着想要挣脱，他的椅子摇晃着，他紧紧抓着桌子，差点摔到地上。他们三个人最后都笑了起来。

"你这个笨蛋！你连坐都不会坐！"

"你才是个傻瓜！小丑！"

我的房子从未如此热闹过……

他们喝光了两瓶汽水，又说了很多调皮的话，分享了许多关于本杰明的回忆。我有点后悔没有在家里安装电视机。在这样一个偏僻的房子里，三个孩子应该如何度过他们周三的下午时光呢？我清理了下餐桌，并谢绝了米卡的好心帮助。

"不好意思，我这里没有什么能让你们玩的，我连纸牌都没有。"

"下次我们给您带一副来吧。"米卡说。

我拿着一堆盘子愣住了，我从来没有想过他们还想再来。

"我有一个主意！"伊萨姆兴奋地喊道，"如果您这里有纸，我们可以玩个小游戏！"

他们兴奋地进行着这个被称为"老游戏"的小游戏，计算着他们之间的得分，然后到了我该送他们去火车站的时候。他们每个人都提着满满一袋的苹果。

米卡在玻璃门前向我鞠躬告别："非常感谢您的邀请，卢津夫人。"

"没什么。"

"别忘了割草机。"

我答应了他，并在他们离开时挥手目送他们。

当我回到孤寂的家时，天已经开始暗下来。我的心情有一点沉重。在进入门廊之前，我先快速来到了树林边。放在那里的碗已经空了，里面的食物一定是那只灰猫吃的。

钥匙在锁孔中发出叮当声，然后笨重的房门吱吱打开了。在走廊里，我仍然能闻到下午留存下来的气味，是伊萨姆的发胶和米卡的皮衣发出的味道。还有一些微妙的东西飘浮在空气中，那是对他们笑声的回忆。

今天，我让本杰明的"孩子"进入了我的家……

——*9*——

我买了一辆红色的手推车，里面装着我今天早上塞进车厢里的各种工具：耙子、水桶、铲子、园艺手套、醋、盐（水、醋、盐是休格斯太太的天然除草剂配方）、蔬菜专用和花卉专用的有机肥料。割草机明天才能到位，虽然商家那边没有现货，但他向我保证会从里昂的仓库调货过来，并会在明天16点之前送到我家，还好我也不急需它。

天上曚昽的太阳告诉我现在已经到中午了，但大地上的露水还没蒸发殆尽，寒意十足。我裹上羊毛外套，还戴上了本杰明以前的秘鲁帽子，我甚至不知道我的物品里还有它。

根据我对休格斯太太笔记的仔细阅读，接下来我要做的第一步就是除草。我要小心地拔除地里的杂草，尤其是要拔除根部，然后在土壤中喷洒由醋、盐和水调制而成的除草剂。休格斯太太在某一页上特别指出："蒲公英、荨麻和三叶草会吸引蜜蜂等益虫，可以在边上种一些。"我记得很清楚。

我忍不住想象本杰明看到我这副打扮会怎么笑话我。看到我脚着雨靴，戴着秘鲁帽子和过大的园艺手套准备下地时，也许他会问道："你真的要这样做吗，小不点？"我对自己微笑。"是的，我要这么做。你不相信我吗？"

我在地上跪了下来，紧握着一株长了很多刺的蓟。好在它扎根不深，被我轻而易举地拔除了。我把它扔进远处的手推车里，过一会儿我会把这里的杂草全拔干净。我仿佛听到本杰明的声音："我看着你呢，小不点。"

细雨在下午开始落下，但我并没有停下脚步。毕竟已经完成了一半的除草工作，我可不想在这种时候半途而废。然而到了傍晚，我还是不得不匆匆结束手上的工作，把地上拔除的杂草都装进手推车里。当我完成所有除草工作时，我会做一个小堆肥箱把它们放进去。所有工具都被我收回到手推车里，用旧床单盖住，再将手推车靠在屋前的浮雕灰泥老墙边。然后我在门口处脱下了靴子。

我又冷又疲惫，但心中无比满足。当我正准备走进洗手间享受热水澡时，我听到门外传来可怜的猫叫声。我停下脚步，自从我第一次送给它食物后，这只灰猫就再也没出现过，我以为它生病了或者发生了更糟的事情。今晚的出现也许是因为它想要一点金枪鱼或什么其他吃的。

"给你一罐沙丁鱼吧。你别再缠着我了！"我一边说着，一边捡起掉在地上的衣服。打开暖炉后，厨房变得暖和起来，我打开一罐沙丁鱼罐头，还配上了前一天晚上吃剩下的烤鸡皮。

"来了，来了！"

它还在门外绝望地叫着。我小心翼翼地打开房门，生怕它会溜进屋子或者朝我的脸扑过来，因此只打开刚好能送出食物那么大的缝隙。这只灰猫看起来情况不太好，被雨水打湿的灰色毛发连成一片，眼睛也红肿着。

"去吃吧，然后去树林那边，别再回来了！"我把食物远远地扔了过去，这样它就不会再待在门前离我的双腿这么近，从而避免了被抓伤的可能，但它不为所动，依然盯着我继续叫着。

"你还要什么？牛奶？你已经不是只小猫了。"尽管如此，我还是关上门返回到厨房，给这位不太开心的访客倒了一碗牛奶。

"这回能让我安静一会儿了吧。"我把碗扔到门垫上，然后趁着灰猫对我有所行动前砰的一声彻底关上了房门。我不知道牛奶是否能让它感到满足，但管它呢。我走进洗手间，对还在响起的猫叫声置之不理，不久后那声音渐渐减弱。

它在门垫上过了一夜。第二天一早，当我穿上园艺服准备继续除草时，它依然在那里，就蜷缩在我的门前，我差点尖叫出来。

"快走！快离开这儿！"

它没有离开，只是抬起瘦弱的头看向我。我迟疑了一下，因为它看起来似乎不太健康。我想自己可以试着从上面跨过去，只要不碰到小腿。实际上，当我从它上面跨过时，它甚至都没有反应。我发现罐头里的沙丁鱼没有被吃完，烤鸡皮一口都没动过，而牛奶则洒在了门垫上。如果它不饿，那它到底想要什么？

我没有再去想这个问题，而是朝花园走去。天光更加明亮，太阳在我的背上洒下温暖的光线。我回家准备吃午餐时，那只灰猫已经不见踪影。

到了晚上，我正在忙碌，突然听到身后传来汽车的轰鸣声和轮胎轧过路面的声音。在看清楚挡风玻璃后面的面孔之前，我就认出了那辆蓝色雷诺丽人行汽车。我放下铲子和手套，迎了上去。

朱莉·休格斯这次穿着优雅的棕色连衣裙，还搭配着高跟靴子。她把头发绾成了非常专业的发髻，看起来真像位职业女性。

"不好意思，我总是突然出现。"她笑着说道。

我们互相伸出手握了一下，都觉得突然到访这件事确实有些好笑。

"我收到了你发给我的关于苹果的消息。"她接着说道。

"哦，是的！苹果。"

"很抱歉，我没来得及回复你，之前也没有工夫过来。"

"没关系。"

"我和特里斯坦在房子上有一些纠纷，总之现在都解决了，房子也正在出售。"

她用目光扫过我的装束，然后绕到我的身后。她先是瞪大眼睛，紧接着露出一个满意的笑容。

"你在收拾妈妈的花园吗？"

我点了点头，头上的秘鲁帽子快要掉下去了。

"是的。我想试试。其实我从来没种过菜。"

"你买过关于这方面的书吗？"

我有些尴尬地承认道："没有，我……我读了一些你妈妈的笔记，她记录得很详细。"

朱莉笑了起来，显然她对我的坦诚感到高兴。

"是啊，有了我妈妈的指导，你就不需要任何书了！"

她指着工具堆放处的后方问道："我可以去看看吗？"

"当然可以。"

我们一起走向我未来的花园，我穿着雨靴，她穿着高跟鞋。

"你打算种什么？"

"现在这个季节只能种越冬蔬菜，比如卷心菜、萝卜、洋葱、莴苣，还有一些春天开放的球茎类花卉。"

朱莉点着头，露出更加灿烂的笑容。

"啊，对了，你妈妈建议现在种草莓。她在日历上说，现在的土壤仍然保留着夏日时积蓄的热量。"

"看来你真是用心了。"

她环顾着四周，看起来就像是个许久没有回到母亲花园的小女孩。

"你在除草吗？"

"对啊。"

"那你接下来要做什么？"

"松土，我买了一把松土器。"

"哇，"朱莉惊叹道，"这可费时间。"

"我有的是时间。"

她不知道该怎么回答我的话，我趁机指着苹果树和装满苹果的篮子告诉她："随便拿吧，想吃多少拿多少。"

"太好了。"

她回到车上，拿来了一个木箱子。

"我要把它装满了哦？"

"当然可以！"

当她去摘苹果的时候，我重新戴上手套继续除草。明天就能结束这项工作了。我只需要再用自己调制的除草剂喷洒一遍土壤，然后等待一段时间再松土。

"家里的暖炉还好用吗？"

朱莉吓了我一跳，我没有注意到她过来了。

"暖炉？嗯，挺好用的。"

她站在我面前，手里提着装满苹果的箱子。我发现她好像没有要走的意思，因为她在不断地寻找着新的话题。所以我不太确定地提议道："你想要来一块苹果派吗？我周三做了一些，但是好像做多了。"

她兴致高昂地回答道："当然！我超爱苹果派！"

我把剩下的咖啡放进微波炉加热，又把半个苹果派放进烤箱里。朱莉坐在厨房的桌子前，开心地翻着她母亲的笔记，这些笔记从未离开过我。

"她成了你的灵感来源了吗？"

"也许吧。"

我们都笑了，不过我笑得比较拘谨。

"她听到你这么说应该会很高兴！"

我不知道该说什么，只好盯着微波炉里转动的杯子。

"你在克莱蒙费朗找到工作了吗？"

"是的，但是还没结果。我昨天参加了一次面试，我对自己很有信心。"

"那真是个好消息。"

"是的。"

"那住的地方呢？找到了吗？"

"当然，我等面试结果出来就可以签约了。"

"那就好，看来事情都在朝着好的方向发展。"

微波炉提示我咖啡热好了。我把杯子端到桌子上。热腾腾的苹果派的香气正充斥着整个厨房，我从烤箱里取出了它。

"你周三的时候来客人了吗？"

"是的，来了几个人喝下午茶。"

她看着我，眼神里充满了好奇。

"是你的侄子吗？你有侄子？"

我想到了卡桑德拉圆滚滚的肚子和她肚子里的孩子，一时语塞。

"不是，是里昂青少年活动中心的孩子。"

不知道是我说得太多，还是太少，朱莉目不转睛地盯着我看。

"你之前在那里工作吗？"

"不，没有。"

我把盘子放到桌上，终结了疑问带来的沉默。

"我丈夫在那里工作过。"

我知道她现在试图找到我手指上的结婚戒指或者屋子角落里的男士外套，然而我的手隐藏在隔热手套里，这座房子里也看不到男士外套。

"对不起，我有些好奇，但如果不太合适的话……"

她犹豫了下，清了清嗓子后决定继续问道："你们分居了吗？"

她的眼神中没有任何嘲讽的意味，那只是一句礼貌的问话。

"他去世已经有四个月了。"

我在她陷入尴尬境地之前又继续说道："快喝咖啡吧，它要凉了。"

然后我回到桌台那边，整理着餐具。当我坐到桌子旁边时，朱莉·休格斯还是静静地坐着没有碰咖啡。

"我不该问的，抱歉。"

"没事的。"

"我太唐突了。"

"完全没有。"

我们在不看对方的情况下迅速完成了这些对话。

"你要大块的还是小块的？"我想跳过上一个话题。

"大块的吧。"

她脸上带着一丝悲伤的苦笑，但那依然是一种笑容。

"味道真好。"几秒钟后她说道。

我们草草吃完了甜点，讨论起即将到来的坏天气和克莱蒙费朗的房价，没有再涉及任何敏感话题。

在准备离开的时候，坐在驾驶座上的朱莉突然问道："我能在你收拾完花园后回来看看吗？"

我情不自禁地冲她笑了笑。

"当然可以。"

"那你到时候告诉我一声。"

看着蓝色汽车驶离的背影，我唯一的想法就是，赶紧回到我的土地上去。

到了晚上，那只灰猫又回来了，我能听到它在我的卧室窗户前大呼小叫，好像它准确地知道我在哪里似的。这一点让我感到有些毛骨悚然。这只灰猫到底想要干什么？

就在今天早上的时候，我打算做一个小堆肥箱。我需要在没有电钻和钉子的帮助下，靠自己的力量挖开地面，把四块木板固定到地上。草地上的寒霜告诉我天气会很冷。

在出门前，我在火上热了一小锅牛奶，加了一些燕麦片和蜂蜜在里面，心里想着如果那只灰猫还出现在我的门垫上，那它将会得到一碗热腾腾的麦片粥。

它还真就在那里。这次我没有被吓到，因为我已经猜到了。我放下碗，没有像上次那样害怕，看着它抬起头，将鼻子凑近粥，闻了闻粥的味道。趁着它喝起粥来，我跨过它向花园跑去。

我总是会自豪地欣赏着我的成果，这是一片清理过杂草又刚刚松过土的土地。很快，也许到明天我就可以正式开始播种了。在此之前我需要再复习一下种植窍门，看看休格斯太太的笔记，然后再到附近的种子商人那里买些种子。凡事都有它的过程。

当我用铲子为木板挖掘基坑时，突然响起的手机铃声吓了我一跳。已经有一段时间没有人给我打电话了，理查德觉得已经没有什么可聊的了，毕竟每次通话总是以"回来看看吧"或者"我会去看看的"作为结束；安妮在静养中，所以我很难联系到她；而我的母亲明白应该让我自己待一阵儿。我放下铲子，脱掉手套和靴子回到房子里，当然在这一过程中还得跨过那只灰猫，它又睡着了。

我的手机上收到了一条短信："您买割草机了吗？米卡。"我笑了笑，花上几分钟回复了他："是啊，等你呢，这周六怎么样？"

晚上睡觉的时候，我被树林间呼啸的狂风和敲打屋顶的雨水吵醒。在震耳欲聋的喧嚣间，我听到了那只灰猫发出的微弱哀鸣。我只希望自己能无视那些声音。于是我裹紧被子，背对着窗户继续入睡。

秋风萧瑟，暴雨滂沱，而那只灰猫正独自待在外面。我可以给它一罐金枪鱼，但我想那无济于事。它白天出现在门垫上，到了晚上就会来到卧室的窗外，我必须得面对这个现实。

我应该是睡着了，再次醒来的时候，外面的世界又回到黑暗的宁静里。没有风声，没有雨声，也没有猫叫声。尽管如此，我还是起床，从水池下方的橱柜里拿出一罐金枪鱼罐头。

"猫咪？喵喵？"

我出现在凉爽的夜色中，站在台阶上，寻找着它的身影，试图用金枪鱼罐头的香味吸引它出来，但它没有出现。我开始有点担心它。它能找到一个遮风挡雨的地方吗？我盯着树林边缘，那里什么都没有。几秒钟后，我不得不面对现实，灰猫已经离开了。我把金枪鱼罐头放到门垫上，转身回去睡觉。

周六早上，碧蓝的天空和明亮的阳光预示着好运。米卡应该会在11点40分到达克莱蒙费朗火车站。我为此准备了焗意大利千层面，计划吃完后大家再分头去忙碌。这个好天气必须好好利用起来，我打算种植一些春天开放的球茎类花卉，比如郁金香、风信子、番红花和水仙。至于蔬菜，我从种子商人那里只买到了几颗大蒜和一袋莴苣的种子。对于一个新手来说，有这样的开局已经相当不错了。

"小不点，你过得开心吗？"

耳边像是响起了本杰明兴奋的声音。是的，我很开心。在过去的三十年里，我从未种过任何东西，但我不得不承认，挖土、翻地，全身心地投入其中让我非常享受。虽然到了晚上自己会筋疲力尽，但同时也让我的思绪得以放空。在我劳作时，我常常会想起休格斯太太，想象着她为填补保罗的缺席而付出的努力。我还想起本杰明曾经告诉过我我会喜欢乡村生活。他是怎么知道的呢？

"您觉得我是个大胃王吗？"米卡看着我惊呼道。在我们刚刚吃完一大盘千层面后，我又从冰箱里拿出了巧克力慕斯蛋糕。

"你得在割草前充满能量。"

"是啊，但是，我吃不了了。"

然而面对巧克力慕斯蛋糕，他毫无抵抗力，甚至连碗里的巧克力残渣都不放过，在鼻子上也留下巧克力的渍痕。

"这是您的猫吗？"

正在洗碗的我转过身来，看到米卡站在那里指着窗台外的灰猫。

"不，那是只野猫，它偶尔来要点吃的。"

米卡发出兴奋的声音。

"您说这不是您的猫，但我觉得它好像不是这个意思。"

"什么意思？"

"嗯，我觉得它已经认为您就是它的主人了！"

我忍不住在水池边笑了起来，仿佛听见本杰明也在我耳边赞同道："没错，小不点，我觉得米卡说得对。"

割草机轰轰作响，鼻孔里能闻到汽油和鲜草的味道。我专心种植着那些球茎。每个球茎都需要挖一个有它本身三倍高度的洞。休格斯太太建议用塑料瓶来挖洞而不是到商店里买什么球茎播种器。我先用塑料瓶挖出洞，将球茎放入其底部，根部朝下，然后再撒上一些天然肥料，用土覆盖，如此重复这个过程。

时不时地，米卡推着割草机穿过我的视线。

"干得如何了，米卡？"

"什么？"

我提高音量，以盖过引擎的声音。

"你干得如何了，米卡？"

"一切顺利，卢津夫人。"他得意地笑了起来，同时竖起大拇指。

我们两个都努力地做着各自的工作。我的指甲脏兮兮的，双手满是泥泞，而米卡的头发上到处都是草。我为他倒了一杯薄荷绿茶。

"不好意思，没有汽水了。"

"没关系，在伊萨姆家我们也喝薄荷绿茶。"

"你要糖吗？"

"不用了，快看我给您带来了什么。"

我转过身来，看见他高举着一包印着加油站标志的纸牌。

"上次我和您说过的，卢津夫人。我说下次我来的时候会给您带一副纸牌。"

我不知道该说什么，一副简单的纸牌让我万分感动。

"您会玩'科西嘉战役'吗？"

"啊？"我有些没反应过来。

"'科西嘉战役'，一种两个人玩的纸牌游戏，想让我教您怎么玩吗？"

"好吧，当然，我想试试看。"

他满意地点了点头，开始从纸牌包里掏出纸牌，然后洗牌。

"你想再来点巧克力慕斯吗，米卡？"

"好啊，我有点饿了。"

我们玩着"科西嘉战役"，一直到太阳落到松树后面。五局比赛下来我完全惨败，但他还是不死心，希望我至少能赢一次。

"您击打牌堆的时候需要更快一点，卢津夫人。"

"我觉得自己挺快了，米卡，但你总是比我快两秒。"

送他回火车站的路上，当我在车里悄悄塞给米卡一张钞票感谢他帮忙割草时，他瞪大了眼睛。

"太多了，卢津夫人！这也太多了！"

"你上一周是用零花钱坐火车到克莱蒙费朗的吧。"

"没有，卢津夫人，是我父母掏的钱。"

"但是你帮了我一个大忙。"

"好吧——"

他的话只说一半，我看着他羞怯地把钞票塞进外套口袋。

到火车站时，他没有像通常那样拘谨，而是用拥抱与我告别，感谢我用食物茶水招待他，还特意提到了那张塞进口袋的钞票。

"别忘了你的苹果还在后备厢里。"

他迅速去拿出了我为他准备的一袋苹果。

"给的苹果太多了，我们要是全吃了肯定会拉肚子的，卢津夫人！"

在愉快的对话中，我看着这个十六岁的大男孩消失在拥挤的火车站。

我回到自己偏僻的房子，看到灰猫正待在门垫上。等到我一走近，它就弓起身子叫了起来。

"让我过去，猫咪。"

仿佛理解了我的话，灰猫后退几步，但继续发出叫声。我从外套口袋里掏出钥匙，同时害怕地观察着它的举动。冻僵的手指费了好大劲儿才打开门锁，外面温度应该已经不到四五摄氏度了。

"别过来，我给你拿些千层面吃。"

我本以为它会听我的，因为刚才我让它放我过去的时候它像是听懂了的样子。但我没有料到的是自己刚刚打开一点门缝，它就像闪电一样钻进房子里。

现在该怎么把它赶出去呢？吓唬它？朝它大叫？我甚至连蝴蝶都赶不出去。

"出来！我没有让你进去！嘿！喂？猫咪，你能听到我说话吗？"

我忐忑不安地来到走廊。卧室和洗手间的门都是关着的，它不可能进去。比我想的还要麻烦，它一定溜进客厅了。

"猫咪，出来！"

我打开客厅的灯，桌子上放着半碗巧克力慕斯，桌台上有吃剩下的千层面和一壶水，看来灰猫对这些都不感兴趣。

"你躲到哪里了？"

其实它并没有躲起来，就在那里，蜷缩在休格斯太太的灰色扶手椅上。它那双绿色眼睛惊恐地看着我，浑身颤抖着。这时我突然明白了米卡说过的话，他说得没错，这只灰猫已经选择了我。此时此刻，在我们中，我不是最害怕的那个。

到了晚上，我小心翼翼地在厨房走动，以确保它不会从放着千层面和一碗水的客厅里乱跑到其他地方，现在厨房还是我的地盘。

"这里是我家，我得慢慢适应你，明白吗？"

它似乎愿意听我说话，同时待在灰色扶手椅上一遍遍地用舌头舔着自己干枯毛糙的毛发。

我必须得承认，在晚上睡觉的时候，自己冷得有些瑟瑟发抖。害怕它也太冷，我又在扶手椅下面垫了一条舒适的毛毯。我锁上卧室的门，这样就能安心入睡了。我通过墙壁听着隔壁的声音，灰猫好像在尝试捕捉什么东西。但声音没有结尾，只剩下外面林间的风声。

"小不点，你真的害怕一只骨瘦如柴的猫吗？"

今晚，我让一只猫咪进入了我的家……

—10—

我不知道为什么自己想给她打电话。我觉得可能和那只闯入的灰猫有关。我的耳边传来一声"哦！简直难以置信"的响亮喊叫。生活或多或少有些不一样。

当卡桑德拉接起电话时，她的声音因激动而变得颤抖。

"阿曼达？阿曼达，真的是你吗？"

我也说不出话来，词语在我的喉咙里挤作一团。

"你过得怎么样？宝宝还好吗？"

一时间我们彼此都不知道该说什么，只好发出一些微小、低沉的声音来掩盖沉默。

"阿曼达，我们得有很长时间没说过话了吧。我还以为你把我忘了。"

她的声音有些哽咽，然后我在厨房里哭了起来，那只灰猫一脸疑惑地看向我。

"不，不是这样的，你知道的——"

"我知道。"卡桑德拉温柔地打断了我。又是一段沉默取代了我们的对话。猫咪从椅子上跳下，轻轻地走了过来，目光一直没有离开我。

"宝宝怎么样了？"我擦拭着湿润的眼角问道。

"她很好，她整天都在乱动。"

我笑了，电话那头也回荡着笑声。

"我看起来像一头鲸鱼，阿曼达。我想雅恩可能不再爱我了。"

"别这么说。"

"他甚至不想和我睡在一起了！"

"他是在担心宝宝。你懂的，他害怕打扰到她。"

卡桑德拉因为久违的来电而再次激动地大笑起来，我很高兴听到她这样的笑声。

"天哪，阿曼达，我是位医生，居然也会说出这种蠢话，甚至还和我父母说来着！"

"没关系，你也快成为妈妈了。"

"天哪，阿曼达，"她重复道，"你过得怎么样？你一个人在那边干什么呢？"

我颤抖了一下，因为那只灰猫蹭了蹭我的脚踝。它现在会攻击我吗？还是它会等我睡着了再攻击我？

"你不想亲自来看看吗？"

"什么？"卡桑德拉说道。

"你不想和雅恩、理查德一起来看看我吗？如果安妮情况好转了也欢迎她！"

"想，我们当然想！"

"再过一个月就是圣诞节了，你们可以来这里过。我觉得自己应该还不想出家门，所以假如你们可以过来的话——"

"没问题，我真的很想去！那我去和雅恩和理查德说说？我想安妮也能来。"

"真的吗？"

"是的，她应该很快就会回家了。我很高兴孩子出生的时候她能在这里。"

如鲠在喉的我难以说什么，但卡桑德拉没有在意。

我清楚地记得本杰明当初是怎么告诉我他想当父亲的。那是一个周一的晚上，我们在里昂郊区的公寓里正准备晚餐。我记得那时本杰明想要自己做比萨吃，用料有番茄酱、香肠、羊奶酪和双份的格鲁耶尔奶酪碎。

"小不点，你在找什么呢？"

我正在客厅里乱翻着那个装有药品、绷带、消毒剂，甚至还有信封和邮票本的抽屉。我把抽屉里都翻乱了还是找不到自己要找的东西。

"你看到我的药盒了吗？"

他没有回答，而我继续找着。是把它落在了手提包里吗？不可能，药盒一向放在这个抽屉里。

"本？"我又喊了他一次。

"嗯？"

他从厨房门口探出头来，脸上浮现出可疑的笑容，我一时没有明白过来他的意思。

"你有没有看到我的药？"

"啊？嗯……我记得在床头柜上。"

"床头柜？"

"对，就在那里。"

"可我从来没把它放到床头柜上过。"

他耸了耸肩，可疑的笑容依然挂在脸上，但我还是没有读懂他的表情。于是我到卧室里寻找我的药片，正如本所说的，药盒果真就放在我们的床头柜上，这真是令人费解。同样令人费解的是药盒里没有任何药片，什么都没有，连说明书都没有。

"本？"

他从客厅那边大声答道："怎么了？"

"怎么药盒里什么都没有？你知道怎么回事儿吗？"

等我再次叫他的时候，他问道："什么都没有是吗？"

"对啊。"

"真的什么都没有？你确定吗？"

于是我再次查看药盒，发现了自己第一次打开时没有注意到的东西：有一张小纸片夹在里面，紧贴着药盒。我把这张小纸片取了出来，满心疑惑，片刻后才反应过来上面有什么。小纸片上印着一个卡通人物，那是一种满身毛发的尖脸生物，巨大的眼睛让我想起了《怪物史莱克》中那只穿靴子的猫的眼睛。

"这是什么，本？"

我还是没明白他的意思，也许是自己太笨了。突然，本杰明把手放到我的肩上，吓我一大跳，因为我没有听到他走进卧室的声音。

"缪恩。"

“缪恩？”

“缪恩，一位明月守护者。蜘蛛会通过它们的神奇蛛丝帮助缪恩保护月亮。”

“蜘蛛？什么样的蜘蛛？”

“你眼前的这只就是。”

我仔细看了看，发现在手中的小纸条上还有一个小家伙。

“这一小团是蜘蛛吗？”

“这就是月光蜘蛛。”

“那为什么要把它印在纸上，然后放进我的药盒里？”

我紧皱眉头，对此感到困惑。他的眼神和垂下的肩膀透露出一丝失望。

“它们有着可爱的眼睛和毛茸茸的外表，据说每个人都会喜欢它们，无法拒绝它们的请求。”

他停顿一下，我满心疑惑地问道：“无法拒绝它们的请求？”

我好像明白了本杰明的意思。空空如也的药盒，印刷图案的小纸条，这种表达方式使我惊讶得说不出一句话。本杰明笑着说道：“当然，如果我的女朋友不是那么无趣，她也不是那么讨厌动画片的话。”

我拍了拍他的肩膀安抚他，但是自己没有开口。

“埃莉亚明明向我保证过，她说《明月守护者》里的蜘蛛比《怪物史莱克》里的猫更可爱。也许我还是应该选择猫吧。”

我张开嘴但没有发出任何声音。

“看来只有你听到它们说话，才会完全陷入其中。”

“本……”

"如果你愿意，我们可以在吃比萨的时候一起看动画片，之后你会给我你的答案。"

他笑了，可我脸色苍白。

那天晚上，我们一起看了《明月守护者》这部动画电影，但他没有给我时间回答，而是把我带进了卧室。我再也没有找过我的药盒，五个月后，玛依在我的体内和我们的心中扎下了根。

卡桑德拉给了我一些建议。如果不是她主动，我永远也不会主动向她开口。我知道她还有其他的事情需要忙碌，而且她正在从产科医生转为全科医生。

"阿曼达，我想照顾你和你的宝宝。"

卡桑德拉脱口而出地说道，她没有丝毫犹豫或者拐弯抹角。

"如果你愿意的话，当然可以。"她又冷静下来补充道。

我当然愿意。在我认识的人中，除了卢津家的人，没有其他任何人比卡桑德拉更值得信任。

"这样行吗？"

"当然。不过我不会帮你做超声检查或者其他什么项目，但我可以与你的产科医生密切合作，成为你的私人医生。"

我接受了她的帮助，也让卡桑德拉帮我选择了一位助产士。

"我向你保证她的能力是最强的。"

我的怀孕过程非常顺利，让卡桑德拉的产前措施看起来都有些多余。她坚持和我一起参加每一次产前课程，认真倾听助产士的讲解，并对我每周都会增长的腰围感到惊叹。

在怀孕五个月后的一次超声检查中，她告诉了我们宝宝的性别。

"是个女孩。"她兴高采烈地说道，"一个小卢津。"

我一言不发，被一股难以理解的情绪淹没。本杰明的声音将我从茫然中拉回到现实。

"欢迎小小不点的到来。"

随着日子一天天过去，这只灰猫和我彼此心照不宣地保持着一定距离，以免吓到对方。

共处并不容易，但我感觉自己开始习惯了这样的生活。而且考虑到天气越来越冷，我怎么能在这种天气里把它赶出去呢？

我的所有越冬蔬菜都躺在地下，包括卷心菜、莴苣、萝卜、大蒜和罗莎生菜，以及我的草莓苗。11月的连绵细雨免去了浇水的必要。然而随着气温的下降，我得保护它们免受寒冷的侵袭。休格斯太太的笔记上对于这个问题也有着她自己的见解，所以搭建越冬大棚就成了我接下来的任务。

我可以用弯曲的衣架和黑色垃圾袋制作一个蔬菜大棚，当然如果直接到园艺商店去买会更省力，但我需要让自己忙碌起来。再过不久，我的蔬菜就能被一个带有塑料瓶浇灌系统的蔬菜大棚覆盖住，但到那时我也就变得无事可做了，甚至没了早起的动力。尽管我试着不去想以后的生活，但这些念头还是不断渗入我的脑海中，每次渗透都让我感到窒息。所以我得让自己全身心投入这项最后的任务，努力制作蔬菜大棚。

白天渐渐变短，天空变得灰暗起来，地上的积雪随着温度不断下降也越来越多，而我更加干劲十足。首先要建造草莓苗的大棚。我把衣架掰出一个弧度，穿进剪好孔的大塑料袋，又找了一些大石头压着，防止大棚边缘的塑料袋飘走。然后我用绳子或订书钉将不同的大塑料袋连接起来。不小心被划伤了，我一边处理伤口，一边回忆着自己有没有打过破伤风疫苗，然后自豪地欣赏着自己的第一个大棚。第二天去商店的时候，我将自己之前购买的百升大小的新垃圾袋换成了大防水布，并放弃了我正在改装的衣架，买了现成的大棚架子。

接下来建的是花卉大棚。有了现成的材料，这项工程比我之前的手工制作轻松太多。灰猫开始不断抓挠自己，我开始有些担心它，想着是否应该带它去兽医那里帮它看看身上的粉红斑块。但我做不到一个人带它出门，我甚至无法抱起它。于是我略显尴尬地拨通了朱莉·休格斯的电话。

"嘿，你懂兽医知识吗？"

朱莉·休格斯惊讶地问道："你养了动物吗？"

"我收养了一只猫，我觉得它身上可能有跳蚤。"

她问我是否能稍后再和我通电话，因为现在是15点，她还在办公室里。然后，我还没来得及说话就听见朱莉挂断电话后的嘟嘟声。

终于到了建造蔬菜大棚的阶段。虽然这项工作才开始没几天，但我已经迫不及待地想尽快完成它。天空下起冻雨，即使戴着手套我的手指还是冻僵了，但我没有停下自己的工作。在完成最后一个大棚前我不想回家。

我披星戴月建好了大棚。在回来的路上，我思考自己这样不知疲倦地干活是否正常。

当我回到房子时，那只灰猫正躺在它的扶手椅上睡觉。我的手机收到了一条来自朱莉·休格斯的语音留言。

"试试用水稀释一点醋涂在它的皮肤上，然后梳一梳它的毛发，这个办法很好用。如果你还有其他问题就打电话给我。"

我有醋和一把愿意借给那只灰猫用的梳子。唯一的问题是，我不想靠近它。我该怎么办呢？

"对不起，老兄，只能说你太倒霉了。可你为什么要来找我呢？我一直害怕你。"

它一动不动地躺在灰色扶手椅上，还没有闻出我手中那可怕的醋味。它会讨厌这个气味的，但我只需要几分钟……

"别怪我，我只是想要治疗你。"

我的样子可笑极了，身上套着三条裤子、两件毛衣，还用围巾遮住了半张脸。如果它想要攻击我，应该不会得逞。我偷偷摸摸地靠近它，在离它一米远的地方又犹豫地停下了。可我不想让米卡或者朱莉来帮忙做这件事。它抬起那瘦削的头，用它那双明亮的绿色眼睛盯着我。

"好吧，我明天再来。"

我不是必须做这些事情，你知道吗，我本应该成为一位慈爱的母亲，而你应该和我共同扛起这个家，帮助我应对这些麻烦。而你现在把我置于这种尴尬的境地，本。我气呼呼地等待着他的回答。

"抱歉，小不点。"

我给自己定下了另一项任务，它比给那只灰猫擦醋更加迫在眉睫，那就是拯救那些如果不马上做成果酱就会腐烂的苹果。我的厨房变成了桑拿房，混杂着肉桂和苹果香味的蒸汽升腾着，能见度不足一米。在一口巨大的铸铁锅中，苹果被煮熟、变软，渐渐成了金黄色。在我的桌台上，从客厅柜子里找到的十个玻璃罐被填满果酱，每个标签上都写上了日期。我还需要四天才能处理完这两棵苹果树上的苹果，与此同时，12月已经开始了。

灰猫让我的压力不再那么大。那天晚上，我把整理好的罐子放到阁楼里，然后收起梯子，关上了门。我坐在厨房的椅子上，感觉自己筋疲力尽，丝毫没有留意到距离我三十厘米处的灰猫。在我没有反应过来时，它就跳到了我的膝盖上，没有像我担心的那样伸出锋利爪子。我感到一阵温暖，有什么沉重的东西压在我的肚子上，然后我就束手就擒了。这不是因为我害怕起来，恰恰相反，我已经好久没有感受到这种温暖了，好久没有被其他生命触碰，好久没有被依偎，好久没有被任何东西压在我的肚子上。我心中感到五味杂陈，自己和那只灰猫就这样坐了将近一个小时。

"阿曼达，你还好吗？"

安妮的声音在我耳边响起。我惊讶于她的声音听起来很有精神。

"你出院了是吗？"我问道。

"是的，我已经回来了。"

我想今天应该是周日，但我不敢肯定。我仿佛看到他们四个人正坐在客厅里，桌子已经摆好，烤牛肉的香味飘满了整个屋子。卡桑德拉挺着她的大肚子躺在沙发上，理查德和雅恩在炉子旁不耐烦地等待时间，听着他们的肚子咕咕叫。

"卡桑德拉告诉我你想邀请我们到你的新房子去过圣诞节。"

我从她的声音里感知到温柔。

"是的，如果你们愿意来树林里过平安夜。"

她正对着电话微笑，我几乎可以听出来。

"当然，你那边下雪了吗？"

"现在没有，但应该快了。"

我看了一眼外面，雪覆盖着草地，朦胧的雾气在我的花园上空弥漫。

"我们需要提前去餐馆里订餐吗？理查德非常喜欢商业街的那家。"

我立即反驳了她的提议，这也许有点过于冲动。

"不！让我自己来处理吧！"

对话突然停下了。我担心自己刚才出言伤害到了她，但事实上完全没有，只是她的声音中带着一些担忧："你确定要做五个人的饭吗？"

"是的，我想我可以的。"

"那可是很费时间的——"

"我有很多时间。"

我不知道安妮是否理解了我，或者她是否也需要不断给自己找一些事情做，以此来控制自己的情绪。无论怎样，她换了一个话题。

"那我们负责带葡萄酒吧。"

"好主意。"

几秒钟后，我认为这次对话应该结束了。

"那么，回家的感觉如何？"

—*11*—

　　我有十五天的时间来为卢津一家人准备一个真正的平安夜。但是首先我得完成那项重要任务：给灰猫喷醋。正如我所预料的那样，一开始它跳到灰色扶手椅下面，到处乱躲，我花了半个多小时的时间才再次靠近它。我再一次尝试完成这项任务，等着灰猫跳到我的膝盖上的那一刻就朝它喷醋。这一次我用另一只手固定住了它，可它吐了口水，发出咕噜咕噜的声音。我不知道猫也能发出这种声音，这回换到我感到害怕了。我放开了它，它逃走的时候差点摔倒在地上。

　　我决定再等等，又采用了一种新方法，那就是不直接喷洒在皮肤上，而是找一块浸过醋的布擦拭它。我可以感觉到它并不享受这个过程，对气味感到很不舒服，但它还是让我擦拭了它身上的每一个部位。最后我慢条斯理地结束了这项工作。它似乎发出了享受的声音。我也没想到自己做到了，心中油然升起自豪之情。

　　"你知道吗，猫咪，如果本能看到我，他一定不敢相信自己的眼睛。"

　　灰猫无动于衷，它继续咕噜咕噜地叫着，我想它喜欢我的声音。

今天早上开始下雪了。我穿着浴袍站在窗前，手里拿着一大杯咖啡。那只灰猫抛下燕麦粥坐到我的脚边。它现在每天早上都能享受到燕麦粥、蜂蜜和牛奶的猫粮待遇。如果我忘了，它就会大声发出令人心碎的惨叫。

我看着雪花旋转飞舞，开始担心自己的蔬菜和花卉。我想起了本杰明，他正长眠地下，那浅色的木制棺材里肯定冰冷无比。

幸运的是，自从灰猫决定入住我的房子后，我就不再感到孤单。它的存在是如此温柔，让我情不自禁地和它大声攀谈。

"好了猫咪，我们吃完午餐就开始工作吧。"

我不想闲下来，因为我还需要准备圣诞节晚宴，还要制作一些礼物。

当我不知道该如何入手时，我总是会打开休格斯太太的笔记。我用不同颜色的便利贴将她写下来的内容进行分类。绿色便利贴的是关于花园、种植、浇水的相关内容，蓝色的是食谱，而粉色的是休格斯太太的日常生活技巧，比如"如何驱赶老鼠"或者是我特别喜欢的"如何写一封慰问信"。最后贴着黄色便利贴的是其他内容，在这个类别中，有当天的天气预告、亲朋好友的生日或者节日日期，甚至还出现了税务中心的地址，不过倒是没有什么让我感兴趣的东西。

于是我拿起休格斯太太的笔记坐到咖啡桌前，浏览着贴着蓝色便利贴的食谱笔记页面。我看过了苹果酱、水果蛋糕和其他夏日甜点，然后注意到一道普罗旺斯风味烤羊腿（休格斯太太特意注明这道菜大受欢迎。是谁来品尝过呢？我不知道）、一道香橙烤鸡（休格斯太太说不要放太多橙子，这道菜太酸了），还有一道栗子酿阉鸡（没有评论）。在甜点方面，我注意到有一个姜饼的老食谱，可能是休格斯家族传承下来的。我想知道朱莉是否知道这个食谱，如果她感兴趣的话下次我会把食谱分享给她。在笔记的最后一页，我注意到一道意式咖啡奶冻，这似乎也适合圣诞节晚宴。

今天下午我整理着自己的购物成果，灰猫正坐在桌台上。突然传来的一阵引擎声让我皱起眉头。有人来了吗？那辆汽车好像开进雪地里了。可是没有人事先告知我啊。我赶紧跑到窗前，看到了那辆蓝色雷诺丽人行汽车，只能是她了。我发现自己笑了起来，明明刚才还在嫌弃有人打扰到自己，现在看到蓝色汽车后，却开心地欢迎朱莉·休格斯的到来。

她穿着优雅的灰色大衣，头发披在肩膀上，头顶上戴着白色帽子，帽子顶部有一个毛球。朱莉走向汽车后备厢，打开后从里面拿出了一个纸箱。一个纸箱？我匆忙收拾着最后一个购物袋，心里还在惦记着那个纸箱。朱莉敲响了房门，灰猫躲到扶手椅下面。

朱莉以狡黠的微笑迎接了我。她画着细细的眼线，粉底下的皮肤也稍微晒黑了一些。

"你好！我又得向你说声抱歉了！"

我退开一步，让她进来，却不太明白她指的是什么。

"我已经养成了不请自来的坏习惯，真是不好意思。主要是因为我的新工作太忙，忙到自己永远不知道接下来会有什么事情需要去做。"

我勉强地笑了笑，表示这没关系，她没有打扰到我，并邀请她和我一起去客厅。

"我是来看看你家的新成员的。"

"新成员？"

"那只猫，就是你收养的那只猫。你给它除过跳蚤了吗？"

"哦，我想应该解决了。它现在都不抓挠自己了。"

看着朱莉满脸幸福地走进客厅，盯着墙上的竹子图案、旧家具，还有那把灰色扶手椅，我怀疑她只是想找个借口回家看看。的确如此，她站在窗前，印证了我的想法。

"我看到你在院子里搭起了大棚。"

"嗯，之前搭的。"

"说实话我经常想起你，我在想你在妈妈的花园里都做了些什么。"

我指了指椅子让她先放下外套，然后向她介绍花园的新变化：春天来临时，会百花争艳，包括郁金香、风信子、番红花和水仙花。我还向她介绍了我种植的越冬蔬菜。她听得眼睛发亮，脱下外套后，她脸上的笑容也愈发明显了。

"那个……春天花开的时候，你会邀请我吗？"

"那是当然的。"

"好吧，那只猫呢？能让我看看吗？"

我的灰猫正躲在灰色扶手椅下面没有出来。

"这个小家伙看起来瘦骨嶙峋的。"

"它原本就很瘦弱，我想它和初次见面比已经长了有一公斤吧。"

她吹了一声口哨，继续趴在地板上观察它。

"如果没有你收养它，它可能冬天都熬不过去。"

我邀请朱莉喝咖啡，她兴致勃勃地接受了。这时我的目光落在那个被放到房子入口处的神秘纸盒上。

"你带了什么东西给我吗？"

"哦，那个！"

她的眼神中闪烁着顽皮。

"这会是一个疯狂的故事。"

我让她坐在桌边，自己则到咖啡机旁忙碌起来，装填滤纸，加入水，从其他地方取来糖。

"或许我们说话可以不用这么拘谨客套。"

我欣然接受了，还为自己没有先提出而感到有些不好意思。

"好的，当然。"

"这里面都是蜡块。"

"蜡块？"

"对，是蜂蜡。"

我还是不太明白，但仍然表示礼貌地点了点头。

"去年冬天圣诞节的时候，我就花了很长时间去制作香薰蜡烛。好吧，你可能会问为什么要这么做呢。"

我微笑着表示自己在听。

"我想是因为那段日子我和特里斯坦之间开始出现裂痕，所以我全身心地投入制作这些香薰蜡烛中。一开始我只是想在公寓里找点事做，给朋友们、亲人们制作一些圣诞礼物，然后……"

她无奈地耸了耸肩。

"然后这渐渐成了一种强迫症。我做了十根、十五根、二十根，做了很多。那些蜡烛被我装进果酱罐里、醋瓶里、酸奶罐里，甚至就连蛋糕模具里也有。圣诞节前四天的时候，我已经做了四十多根。特里斯坦烦透这些蜡烛了，毕竟我们没地方存放这些东西。后来我把它们在通往卧室的走廊里码放成一排，但是我还是忍不住要做新的。直到圣诞节结束，特里斯坦把我的所有工具都搬到地下室里，我才停了下来。"

她看向我，眼神中混杂着悲伤和快乐，我尽量保持着恰到好处的微笑。

"好吧。"

"就像你想的那样，"朱莉补充道，"我今年正努力避免再次出现上次的情况，我知道自己一旦再沉迷其中……"

她笑了起来，我也跟着笑了。

"这会上瘾的。你也可以试着快乐一下，但不要变得神经质。"

我不知道该怎么回复她，因为自己以前也有过类似的情况，比如强迫自己制作苹果酱。所以我只能用沉默来赞同她。过了一会儿，我终于开口道："好吧，谢谢你。我会小心一点的。"

在我身后，咖啡已经泡好了。我倒了两杯咖啡放到桌子上，然后回到柜子那边想找些蛋糕吃，但只找到一袋柑橘，有的吃总比没有强。

"你是怎么做蜡烛的？"我在朱莉对面坐下时问道，"我从来没做过。"

"很简单，要我给你示范一下吗？"

于是，当我的花园在雪中沉睡时，当我的灰猫在扶手椅下躲藏时，当世界的其他地方正陷入圣诞购物狂潮时，我和朱莉忙于蜡烛工坊，仿佛这是眼下最应该做的事情。

我认真听取朱莉的每一条建议：先选出一个玻璃罐作为器皿，然后把棉巾或者手帕剪碎后卷紧来制作烛芯，最后再把制作好的烛芯放入罐子底部的金属底座中。

"底座你可以用铝罐盖子或者食品包装里的金属片。我以前会把比较厚的铝箔纸剪成圆形来当作底座。"

当我看着她在我的柜子附近忙手忙脚，拿出铝箔卷、剪刀以及用来熔化蜡的锅时，我想这个制作蜡烛的小窍门值得记录在休格斯太太的笔记中。如果今晚自己还记得起来的话，我会把制作蜡烛的过程记录在笔记中的空白页上。

蜡已经在锅里熔化，朱莉从她的盒子里又拿出两个小瓶子。

"这是给蜡烛增添香气的精油。"她解释道。

最考验操作的地方就是把熔化的蜡倒入我之前用来装果酱的玻璃罐里。然后我们在保持烛芯垂直状态的同时，还滴入两滴甜橙味道的精油。精油的味道好极了。最后我们的作品被放到窗户外侧的窗台上，这样蜡烛能够凝固得更快一些。

灰猫趁我们忙乱的时候已经从它的藏身之处溜了出来，正小心翼翼地占据着冰箱的高处位置。朱莉喝完最后一小口几乎已经变冷的咖啡。

"你要走了吗？"我看到她站起来问道。

"是的，我现在必须得走了，要去见个客户。"

我看着她穿上外套，戴上有毛球的帽子，整理了一下颈部的头发。几秒钟后，她就会以到来时的速度迅速消失，留下这间"风暴"过后的厨房，以及被制作香薰蜡烛的狂热想法占据的我。

"谢谢你的咖啡。"她说道。

"没什么。"

她已经朝门口走去，途中没有忘记挥手向灰猫告别。

"祝你圣诞节快乐。"

"你也是。"

"别忘了，制作蜡烛是会上瘾的，这很危险，你小心点。"

她消失在这最后的对话中，留给我一个调皮的微笑。随后那辆蓝色汽车从我的视野中消失。

到了晚上，在我自制的第一支蜡烛的照耀下，我在休格斯太太的笔记中记录着她女儿的嘱托。这是我第一次对笔记内容有所贡献，对于粉色类别中的"自制香薰蜡烛"这一条目感到非常自豪。

"阿曼达！你看起来不错！"

卡桑德拉的叫声突然打破了我的宁静。不过我已经用足够的时间做好了准备。在过去的一周时间里，我异常忙碌，不仅要打扫整座房子、通风、准备晚宴食物、为每个人制作蜡烛、布置餐桌，还要洗干净头发、换上得体的衣服、在脸上涂上粉底。在做这些事情的时候，我的心中总有一种忐忑挥之不去，那就是他们即将到来，这些人会入侵我的房子，打破我的宁静，把我拉回到没有本杰明的现实中……但卡桑德拉的声音还是让我有些手足无措。她把手搭在我的肩上。在她的身后，除了那个人，卢津一家人都来了，就站在我的门前。我本应该为他们出现在我的面前而感到高兴，以关爱的眼神向他们伸出双臂。然而情况正好相反，我感觉自己的胸口像是遭受沉重一击，只得拼命掩盖自己的情绪。

"晚上好，谢谢你们的到来，快进来吧。"

他们依次穿过走廊，然后关上了门。我紧紧地拥抱着他们四个。卡桑德拉挺着她的大肚子。雅恩有着宽阔的肩膀和精瘦的身体。安妮看起来则像是能被风吹倒那样虚弱。而理查德高大强壮，只是动作有一些迟缓。

"天哪，看到你真是太高兴了！"

卡桑德拉的声音很大，让我几乎喘不过气来。我意识到自己错了，我还没有准备好面对其他人。为什么我要这样做呢？我甚至不知道为什么要庆祝圣诞节。

尽管如此，我还是跟着他们四个人进入客厅，同时被卡桑德拉对这座房子的惊叹所吸引。

"很古老，真的很古老。"

我在心里对躲在扶手椅下的灰猫感到抱歉，因为它被迫经历这一系列喧闹。雅恩和卡桑德拉在客厅里到处走动，谈论着窗台上的蜡烛和精致的木制衣柜。安妮和理查德则一言不发地穿着外套站在一旁。我在厨房中间感到不知所措，耳朵嗡嗡作响，神志有些不清醒，甚至忘记了最基本的礼节，忘记让他们脱下外套，在自己的位置上入座。我只是站在那里，脸色苍白，满脑子迷茫与困惑。

理查德一次又一次地帮我解围。他帮每个人脱下外套，将一瓶香槟酒放到桌子上。那瓶香槟酒是从哪里来的呢？可能是从他手上拿的纸袋里掏出来的吧。理查德还带领大家围坐在整洁的桌子旁。然后，我感觉到他的手轻轻放到我的腰间。

"阿曼达，去坐着吧，你已经为我们准备很多了。"

"我……"

我无言以对，唯有泪水在眼角打转，深知自己不自觉地在他们中间寻找本杰明的身影。

133

"告诉我香槟酒杯放到哪里了，我来倒酒吧。"

安妮亲切地对我微笑。

"来坐下吧，阿曼达，剩下的交给我们做吧，谢谢你为我们准备了这一切。"

她把我带到餐桌旁，在此之前，我快速告诉理查德香槟酒杯所在的柜子位置。

"是你自己做的这些蜡烛吗？"

"嗯？是我做的，是的。"

香槟酒的瓶塞弹开了。卡桑德拉及时放下了原本想要鼓掌的双手，显然有人告诉她我需要安静，一切需要慢慢来。声音渐渐停止，理查德拿着香槟酒杯回到桌子边。

"烤箱……"我突然低声念叨起来。

我猛地站了起来。在他们到来之前，我开始预热烤箱，准备烤我的阉鸡，我甚至不记得阉鸡是否已经放到烤箱里了，还是还在冰箱里。慌乱中的我撞上了正要去厨房找点什么的安妮。

"对不起……烤箱……"我语无伦次地说道。

我几乎没有意识到自己的声音听起来十分颤抖而且结结巴巴的。

"没事，阿曼达，这没什么。"她感到奇怪地看着我。

我试图稳住自己。"我预热了烤箱。"

但是她紧皱眉头，显然是在告诉我她并没有明白我的话。我逃进厨房，跪在烤箱前，试图平复自己的心跳。在我身后，雅恩的声音响起："我们等阿曼达回来再一起干杯吧。"

我只希望自己消失、逃离，不在这里，不在他们身边。烤箱很热，而阉鸡还在冰箱里。我花了好长时间才把它放到烤架上，浇上早已准备好的酱汁，关上烤箱门。烤上一会儿后我还要往里面加入栗子。我在心里默默地重复着这些步骤，让自己专注于那些现实中的东西。

"对了，我还给你带了一张花的照片。"

理查德的声音让我吓了一跳，我没注意到他靠近了我。他递给我他的手机，我愣了一下才反应过来。在手机屏幕上，我看到了本杰明的坟墓，那是白色石头和墓碑组成的坟墓，除此之外中间有一大束鲜花，白色花瓣上点缀着梅子色的斑点。

"这是——"

我话没说完，理查德就点头说道："就是你让我带给他的花。"

一滴泪珠滑过我的脸颊，但理查德似乎没注意到，因为他正微笑着看向我，那是一种夹带着悲伤的微笑。他又把手机递给我看。

"我在壁炉架上做的。"

他用手放大屏幕上的照片，他的手指皮肤上布满了干燥的裂纹，那是做木工活留下的痕迹。我看到照片上有一个木制框架，框架内清晰地雕刻着一些轮廓。过了一会儿，我才辨认出那刻着的是一张婴儿的脸。她闭着眼睛，像是在睡觉。在婴儿的上方，用黑色斜体写着一个名字——玛侬。

"你们好了吗？"安妮的声音从我身后传来。

我和理查德都没有回答。我正泪流满面地面对我的栗子酿阉鸡，而理查德笨拙地拍了拍我的肩膀。

"你还记得他的脸吗？"

我轻声说出这句话，甚至不确定他是否听到了。然后，他心情沉重地点了点头，没有做出其他反应。没有什么比这一刻更让我感到安慰了。

后来的晚宴气氛变得融洽起来。我被带到桌子旁，没有人问起我红肿的眼睛。卡桑德拉把手放到我的膝盖上，我回以笑容。当其他人举起香槟酒杯时，我模仿着他们的动作。

"敬本！"

我们齐声重复着"敬本"，声音里带着无限情感。

理查德有些不确定地补充道："还有敬玛侬。"

大家又齐声重复着"敬玛侬"，但我因为喉咙太紧没有开口。我更喜欢这种氛围，每个人不再伪装自己，让本杰明和玛侬回到我们中间。甚至就连那只灰猫都被这种氛围感染，不再躲藏，悄悄走了出来。

卡桑德拉的天性再次彰显出来。她大声喊着："这是什么？"

我微笑着骄傲宣布道："这是我的猫咪，一只灰猫。"

我不记得自己是如何提到我的花园的，可能是因为他们对我在树林里的日常感到好奇，反正我提到了我的种植区、越冬蔬菜和春天开放的花卉。安妮对花园的事务非常了解，我知道他们在汝拉山有自己的花园。在打理花园的事情上，本杰明帮了她很多忙，而雅恩更热衷于看书。当安妮对我的蔬菜产生兴趣时，我提到了休格斯太太的笔记，是笔记中的内容帮助我开始学会如何种植的。安妮明亮的眼睛告诉我她也想看看这些笔记。

"哦！都是无价之宝，这些笔记。"

她翻看着内容，不断停下来进行解读，有时看到有趣的信息还会点头。

"也许我可以再试试种菜，"她说道，"我们房子后面有地方，虽然地方不大，但足够种奶油生菜、番茄和洋葱了。没错，洋葱。"

我看得出安妮是真的想实践这个想法，她正若有所思地抚摸着笔记。卡桑德拉表示支持："我想和你一起学，我一直都不会种东西。对宝宝来说这可能是个好主意。"

然后我就只能和卡桑德拉聊一些关于宝宝的话题。当看到她满心欢喜地回答我时，我后悔没有早点这样做。宝宝预计在1月底出生，目前健康状况良好，但卡桑德拉显得非常疲惫。宝宝的名字还没有确定，不过她打定主意要按自己的心意取名，准备在分娩当天让雅恩措手不及。雅恩一如既往地保持沉默，只是耸了耸肩，我们大家都明白他会尊重卡桑德拉的决定，因为除了善良和体贴，他还深爱着她。

"天哪，我的栗子！"

聊天让我忘了烤箱里的阉鸡和需要放进去的栗子，不过还好有安妮到厨房帮我一起弥补了这个疏忽。

"我又开始去教堂了。"

在关上烤箱门前，我正把肉汁和橄榄油浇在栗子上，安妮的这句话像一根头发落到了汤里。除了一声轻声应和，我什么也说不出来。

"疗养院的心理医生认为这是个好主意。"

"嗯，是的。"

"我和理查德已经有二十多年没去教堂了。在孩子们受洗之后，我们去教堂的次数就越来越少，最后就彻底不去了。"

面对她不断延长的沉默，我不得不问道："去教堂让你感觉好些了吗？"

她点了点头，表情突然变得严肃起来。

"好多了，确实管用。"

一股宜人的香气弥漫在整个厨房里，灰猫警惕地观察着这一切。

"如果你想陪我们一起去的话……"

我摇了摇头。和本杰明不同，我从来没有接受过洗礼。第一次参加弥撒是在我十三岁那年，在祖母的葬礼上，但我从未产生过信仰。教堂对我来说是那么严肃、冷清、悲伤。我不需要到教堂或墓地去悼念本杰明，安妮肯定明白这一点。

"我还是不去了，无论如何都谢谢你。"

安妮看起来有点失望。

"你知道吗，有时候，即使再美好的生活对于我们来说也是不够的。我们可能需要其他东西，来自另一个层面的东西。"

我选择默不作声，我能感觉到安妮认为我无法理解它，我也没有试图去说服她。当我们回到餐桌旁时，我松一口气，这个话题终于可以结束了。

在我们享用完用三文鱼和小茴香做成的沙拉以及栗子酿阉鸡后，卡桑德拉离开餐桌坐到那把灰色扶手椅上休息。她把双手放在圆滚滚的肚子上，很快就睡着了，嘴角一直上扬着。我看着她的肚子有节奏地上下起伏。在一个月后，她将成为一位母亲。她现在一定很从容，没有什么能打搅到她的幸福，就像6月时的我一样。

"阿曼达，现在要把奶酪端上来吗？"

我很高兴安妮打断了我的遐想，让我不再去想卡桑德拉熟睡的样子。

我们开始在关于阿尔伯特叔叔的逸事中享用奶酪。虽然我从没见过他，但本杰明和雅恩经常向我讲述他的疯狂理论，其中最津津乐道的就是他的"地平论"。

"那登上月球的尼尔·阿姆斯特朗是怎么回事？"卡桑德拉醒来后问道。

"这一切都是美国国家航空航天局的阴谋，而幕后推手是光明会和共济会。"雅恩笑着答道。

然后我们用最实际的论据反驳他："那么太阳是如何落山的呢？"

雅恩一字不差地背诵了阿尔伯特叔叔的答案，神态严肃且认真："这是一种光学错觉，是太阳与观察者之间的距离导致的。太阳并没有升起，只是离我们太远，所以看起来好像在地平线上。"

"那从太空拍摄的所有地球照片呢？"

"都是图像处理的结果。"

"重力是为什么呢？"

"它并不存在。"

"什么？"

"之所以物体和雨水都落向地面，是因为地球在暗能量推动下，持续不断地向上加速，就像电梯一样。"

我们都笑了。这让我们大家都感到无比轻松。我相信本杰明也愿意看到我们五个人笑得这么开心的样子。

我的意式奶冻大受欢迎，甚至卡桑德拉问我还有没有剩余的。我确实准备好了第二轮的量，所以又给每个人盛了一份。我利用这个机会把为他们做的蜡烛送给他们。理查德和雅恩的蜡烛是橙色的，卡桑德拉和安妮的蜡烛是粉色的。

"我们也为你准备了一份特别的礼物。"卡桑德拉对我说。

然后雅恩从车里取回了一株盆栽榕树，用透明的礼品纸包裹着，上面系着一条粉色的丝带。

"我们想为你的家增添一点生气，不过不知道有只猫咪，我希望它们会成为好朋友。"

我拥抱了他们，但是我仍然不习惯卡桑德拉那圆鼓鼓的肚子，就像一道墙隔开了我们。我是不是也给他们留下过这种印象？

安妮和理查德为我准备了一份特别的礼物。在一个绿色的包装盒里，有一件本杰明穿过的连帽衫。那是一件柔软蓬松的连帽衫，因为经常穿所以缝补过几次，我经常看到本杰明在公寓里穿着它。

"我知道你不想留着他的东西，但是如果你改变了主意……"

我觉得我可能已经改变了主意，因为今晚我很高兴能摸到这件属于本杰明的旧连帽衫。我可能会在他们离开后穿上它，整晚都穿着它。

我们一起喝完了最后一杯香槟酒，除了卡桑德拉，她喝的是苹果汁。然后安妮表示已经快到凌晨1点了，是时候动身回去了。我看着他们穿上外套，告别我的灰猫，然后走向门口。我们又紧紧拥抱一次，心里都清楚下一次见面不知道要等到什么时候。

"圣诞快乐！"

"圣诞快乐！"

他们渐行渐远。

"等等！"当他们已经差不多就要走到理查德的汽车前时，我叫住了他们。

"黄色房间的东西——"我在这里停顿了一下，感觉到理查德和安妮屏住了呼吸，"它们都还在地下室里吗？"理查德先点了点头，其他人也跟着点头。

"是的，你想要……你想要去取回来吗？"

我摇了摇头，喉咙里好像卡着什么东西，声音变得有些沙哑。但我仍然说道："我想把它们送给雅恩和卡桑德拉，送给宝宝。"

雪中小道短暂地陷入沉寂。

"所有东西吗？"雅恩有些惊讶地问道。

黄色房间里的东西并不少，包括婴儿床、尿布台、连体衣、袜子和裙子，以及许多睡衣，如粉色的熊崽睡衣、黄色的长颈鹿睡衣和绿色的白色河马睡衣。除此之外，房间里还有一堆毛绒玩具。

"是的，全部。"

我感觉沉默似乎会永远持续下去。它变得越来越沉重，比纷飞的雪花还要模糊。最后，是雅恩打破僵局，他搂住卡桑德拉说道："谢谢你，阿曼达，谢谢你。"

他们没有再说什么，只是对我微笑。卡桑德拉和雅恩坐进车里，然后他们就开车离开了。我站在门廊上，望着他们消失在闪烁着星光的夜色中。

房子里，灰猫正坐在椅子上等着我，本杰明的旧连帽衫也在椅子上。我看着桌子上的残局，上面放着空了的香槟酒杯、吃剩的意式奶冻、用过的餐巾以及摇曳的蜡烛。今晚我终于让卢津一家人走进了我的房子。我撕下墙上的那张白纸，那张我曾写下"进来"的纸，然后把它揉成一团。我不再需要它了。

今晚，我让过去如狂风般闯入我的房子，我相信我已经实现了目标。

12

　　我应该预料到的。以前，在我的生活还在正轨的时候，假期后的日子总是充满空虚和伤感。当黑夜越来越早地笼罩大地，尘嚣渐褪，寒冷成了时间的主旋律，而春天似乎还遥不可及……

　　我独自一人住在树林间，没有什么早起的理由。卢津一家人已经走了，回归他们的生活了。灰猫大部分时间都在睡觉。盆栽榕树对我来说太过安静。而窗外的花园仍然沉睡在厚厚的雪层之下。米卡给我寄来了一个双接口U盘，里面装着活动中心的孩子们为本杰明制作的电影，就是他们在圣诞晚会上播放的那部。我哭了近一个小时。这是自去年6月以来我第一次看到他的样子，就出现在屏幕里。他站在那里——他有多高啊，我是否已经开始忘记他了？本杰明和埃莉亚站在接待台后面，向那些拍摄他们的孩子做出挑衅的手势；本杰明在室内足球比赛中担任裁判，头上戴着秘鲁帽子；本杰明和伊萨姆站在架子鼓后面，好像要把吊镲敲碎一样……

　　我全神贯注于他的每一个特征，脸上的每一个表情，我曾经了如指掌，后来又几乎忘却。

孩子们的视频让我无比动容，哭过之后我选择把它收藏起来，就放到砧板下的刀具抽屉里。总有一天，我将会再次重温它，届时我将带着微笑、温柔、忧郁和骄傲，不再被剧痛穿透。总有一天……

我又开始服用安妮的安眠药，又开始在格子毛毯和本杰明的旧连帽衫中度过我的时光，从卧室到客厅，再从客厅到卧室。

我愚蠢地以为救赎会来自朱莉的香薰蜡烛，现在我还剩下十几支在圣诞节前制作的蜡烛。于是我又在厨房里制作了四十二支蜡烛。蜡和玻璃罐都用完了，我搜刮了所有可以用来做蜡烛的玻璃器皿，包括玻璃杯、高脚杯、水杯，甚至是威士忌酒杯。没有杯子的我现在只能直接喝自来水。蜡烛随处可见：窗台上、桌台上、卧室的床头柜上以及客厅的地板上。我的房子可能看起来就像朱莉去年冬天的房子一样，但我却开心不起来。

我不能再继续制作蜡烛了，花园也不需要照料，我更不需要清理宠物身上的跳蚤，就连绑着粉色蝴蝶结的盆栽榕树也能自己活下来。而我，只是一个庞大且无用的躯壳，整日在这座房子里徘徊。

母亲留给我的语音留言是我在1月里与外界的唯一联系。

"嗨，亲爱的，是我。我只是想祝你新年快乐，希望你能够重新振作起来。听着，亲爱的，我尽量在春天的时候去看你，应该是在3月份，3月份的机票价格比较实惠。再见，有时间给我回个电话。"

我有时间，但没有心情。

在一个自私母亲的陪伴下长大是什么感觉呢？其实并没有那么艰难，只要习惯就好。我的母亲就是这样，她想要两全其美，希望自己能够拥有一切，并且坚持下去。她了解什么才是母亲，却不想承受婚姻的责任。就是这样，一个可怜的年轻人意外地成了孩子的父亲，而他事先并未做好准备。我理解他为何会选择离开。

母亲虽然成了母亲，却仍然是一位活跃的年轻女性，过着充实的社交生活。是的，她平日里经常外出。我通常由一个被我称作"妈咪"的保姆照顾，她既是我的保姆，也是我的又一个母亲。噢，没错，母亲抱怨过她很难平衡这一切。她在珠宝店有一份全职工作，要照顾我，还要过现代女性的生活……但其实我从来都不惹麻烦。我一直是听话、勤奋的好学生，有着早熟的责任感和低调、理性的品质。我还能怎样呢？

我觉得是本杰明解放了我。他总是轻松而自信。"别那么担心，小不点。""别那么认真，小不点。"我觉得他成功地让我卸下了身上的负担，让我比以前生活得更加松弛。他在我心中种下了幸福，在我的眼里点燃了光芒，没有任何人或事物能够从我身上夺走他的礼物。

"本，我觉得我们应该结婚。"

我清楚记得我在我们喝韭葱汤时说出这句话后本杰明的反应。那是一种介于惊讶和不解之间的表情。他嘴巴微张着，手里的勺子悬在空中。

"确定吗？"

"当然。"

我承认这并不是一次非常有建设性的对话。我很难冷静地表达自己的想法，和他一样心烦意乱。

"不仅仅是为了我，我是说，这样做不仅仅是为了我们。"

我把双手放到那件粉色安哥拉羊毛衣下面微微隆起的肚子上，但他并不理解我的心思。

"我们仨已经是一家人了。"

他挑起了一边的眉毛。他是我认识的人中唯一一个能只挑起一边眉毛的人，对于这点我还是挺佩服他的。

"但是我们还没有正式组建家庭。这样不行，本。"

他朝我微笑，一脸温柔地问道："这样不行吗，小不点？"

"不行，一点也不行。你希望我们正式组建成一个家庭吗？"

他笑了笑，又开始喝起汤来。

"好吧，你说得对。那我们定个时间去市政厅登记结婚吧。"

"什么时候？"我结结巴巴地问道。

"你想什么时候都行，无所谓。越早越好对吗？"

"没错。"

我也继续喝着汤，只剩下勺子的声音在厨房里回荡。

本杰明向我投来顽皮的目光。我开口问道："怎么了？"

他笑了。

"你能告诉孩子们是你主动向我求婚的吗？我觉得他们会大吃一惊……"

"本！"

尽管如此，我也和他一起笑了起来。

"那谁当证婚人呢？"后面我打破沉默问道。

他又挑起了眉毛，我觉得这是他想给我留下深刻的印象。

"雅恩和卡桑德拉行吗？"

"行，当然行。"

证婚人的人选从来都不是问题。

为什么我们非得执着于婚姻登记这件事呢？本杰明是对的。相比于肚子里我们共同孕育的新生命，结婚证书又有什么重要意义呢？

对于我们的婚礼，我记得那是简单而愉快的时刻。婚礼在3月底举行。我从夏装衣柜里拿出了一件橙红色连衣裙。尽管在这个季节里裙子可能有些单薄，但宽松的款式足以包住我的肚子和里面的宝宝。卡桑德拉又借给我一件非常优雅的黑色修身外套。但它没有什么用。我们甚至没有拍照片，只是在离开市政厅的时候拍了一张自拍。在照片里，本杰明和雅恩的脸上带着相同的调皮笑容，而我和卡桑德拉的脸上也挂着泛红的灿烂微笑。时间在那一瞬间定格，给我们留下无尽幸福的短暂光芒。

"我们去喝一杯吧？"卡桑德拉提议道。

我们当时就像一群放学后的高中生一样轻松。我们选择了里昂老城区的一家爱尔兰酒吧。他们每个人喝了一杯啤酒，而我则只点了一杯石榴汽水。

那时的生活对我来说就像石榴汽水一样。天哪，我是多么快乐啊！

我日复一日地数着时间，查看着休格斯太太的日历。独自一人的休格斯太太会在1月份做些什么呢？我又该如何充实每天的生活呢？

安妮在平安夜所说的话再次浮现在我的脑海。"你知道吗，有时候，即使再美好的生活对于我们来说也是不够的。我们可能需要其他东西，来自另一个层面的东西。"

安妮和理查德是有信仰的人，尽管他们并不一直都是虔诚的信徒，雅恩也一样，尽管卡桑德拉是一位坚定的无神论者。他们能从信仰中汲取继续前行的力量。而我只在乎事实，在乎这些残酷的事实。一个即将成为父亲的三十二岁男子会在卡车撞击的瞬间死于肝脾破裂，一个尚未出生的婴儿会在某一刻死于心脏骤停。现实就是如此。没有什么能够扭转这悲惨的真相。我甚至不敢想象他们在天堂相遇，一起守护着我、等待我的情景。

我真希望我能有信念。我真希望能给自己编织出美好的故事，营造出美妙的幻想，但我做不到。也许我应该在小时候就被种下信仰，但我母亲什么都不信，除了她自己的自由。每次讲到上天的时候，她都是带着讥笑。她不应该这样，她应该让我自己做出选择，但现在为时已晚。在三十岁的时候再去建立信仰已经太迟了。然而我觉得自己还是需要在生活中注入一些神圣的东西。

这个想法是在看到窗台上的蜡烛时萌生的。我的四十二支蜡烛让自己想起了以前看过的一则报道，那时我还不认识本杰明。那是一个在印度尼西亚举行的印度教供奉仪式。仪式上能看到鲜艳的花环和摆满水果、饼干、植物、贡品的铁盘。花环五颜六色，有粉色、红色、橙色、紫色、黄色……熏香萦绕着嘴角上扬的脸庞，伴随着轻快、有节奏感的仪式音乐。那场面美极了，色彩斑斓又充满活力。

为什么这些画面现在会浮现在我脑海中呢？这个问题被我搁置在午后时光里。我躺在那把灰色扶手椅上睡着了，灰猫蜷在我的膝盖上。

当我醒来时，夜幕降临，月色正浓。蜡烛、印度教仪式、皎洁的月亮，一切都让我深深着迷，然后一切都变得清晰明了。

我在客厅的旧铅笔盒里找到了一支钢笔，在从笔记本上撕下的纸上写下了"仪式"这两个字。然后我把这张纸贴在了原来贴着"进来"的位置上，用胶带固定住。在套上本杰明的旧连帽衫后，我手里拿着蜡烛和火柴盒出门了。

我真不知道这一刻自己在想些什么，也许只是想点燃我的四十二支蜡烛，把它们放到雪地里，与月争辉。当然，灰猫也跟在我后面。它很少从我的腿边离开。垂柳的暗影被夜空划破。月光下的大棚看起来就像荧火一样。我望着自己朦胧的小世界，渐渐迷失自我。

轻风拂过，我在泥泞中弯下腰来，一一点燃我的蜡烛，确保它们不会熄灭。我们不需要上天来帮助我们找到生活中的神圣。我一边重新点燃那些熄灭的蜡烛，一边思考着。我想躲在那棵垂柳裸露的枝条帷幔后面，那是保罗的树。我抱着熄灭的蜡烛钻了进去。这里没有风，也没有雪，只有无尽的宁静。草地仍然绿油油的，抬头是高大的树干、屏障般的树枝以及我的灰猫。这里太完美了。我深吸一口气。

我们不需要通过祷告和死者交谈。我把蜡烛摆放到树干周围，一支一支地点燃它们。然后我满心欢喜地站了起来，眼中闪烁着泪光。微弱的光芒如薄雾般照亮了高大的树干和我的秘密藏身处。如果我此刻内心翻涌，那么灰猫一定也会感同身受。

我们不需要仪式来创造庄重和美丽。这是我在观察树干上的影子时产生的第三个想法。我的影子宽大而扭曲，但灰猫的影子瘦小而神秘。今晚我创造了美丽。连灰猫也无法否认这一点。它那绿色瞳孔里反射着火焰的倒影。我任由自己的思绪完全沉浸在混乱的状态里。

感谢你的树，保罗。

我微笑着，我觉得自己也许看起来有点蠢，也许没有。我只是在嘴角上扬。

感谢你的房子，休格斯太太，还有你的日历和笔记。

树枝在寒冷的夜晚中颤抖。一阵轻风渗透进来，但烛火仍然屹立不倒。我们的影子紧紧相连。

感谢这四年多的时光，本，谢谢你让我认识自己，让我变得轻松。

我还在微笑，知道灰猫正专注地观察着我。我的灰猫，那只收留我的灰猫。我把手放到它的脑袋上，它开始咕噜咕噜地叫起来。

感谢你让我成为一个母亲，即使只是短短的一段时间，我相信这是你最美好的礼物。

远处，我的房子一直亮着灯，我甚至忘了关上它。今晚我产生了一种紧迫感。满月高悬，仪式和神圣正当时。

安妮当然是对的，但我并不需要教堂、祈祷或者念珠来纪念逝者。我有一棵以逝者之名命名的垂柳、一只收留我的灰猫，还有我自己做的蜡烛。我拥有满月和轻风，没有它们，蜡烛如一潭死水。别忘了我们的影子。

—*13*—

我日复一日地等待着，等待着有什么东西出现在客厅的窗外。究竟在等待什么呢？我真的不知道。也许是一缕阳光，是一道彩虹，是任何能让我走出小窝的事物，能够唤醒我的内心，让我再一次想要举行仪式。可是什么也没有发生。天空是灰蒙蒙的，沉重而阴郁，没有什么能穿透窗户。时间仿佛停滞了，我甚至没有意识到……

然后有一天，生活以电话铃声的形式突然闯入。

"喂？"

"是阿曼达吗？我是安妮。"

她的语气让我担心会有坏消息到来。我躺在灰色扶手椅上，身上搭着格子毛毯，而灰猫倚靠在我的膝盖上。我刚刚睡醒，正试图让自己清醒过来。

"卡桑德拉要去医院了。"

"怎么了？"

"不是什么严重的事，就是宝宝要出生了。"

"哦……"

我在这里住得失去了时间的概念。

"宝宝应该会在晚上出生。"

我找不到任何话语来回应，其实自己非常害怕听到这条消息。曾经有人和我保证过，我会在天亮之前看到我的小玛侬，但她在见到光芒前就去世了。灰猫像灰暗的天空一样把我钳制在椅子上，让我满怀忧虑。

"一切都会好起来的。"安妮补充道，好像她能看穿我的心思似的，"你会一直待在电话旁吗？到时候我们会给你打电话，告诉你情况。"

我含糊不清地应了一声"嗯"。

"你想和她说几句话吗？"

"我不太想……"

我没有把话说完，不过没关系，安妮并没有认真在听我说什么。我听到电话里传来一阵骚动声，那边正有人快速走下楼梯。毫无疑问，那是雅恩，拿着卡桑德拉精心准备的待产包，也许里面还有玛侬的睡衣。然后听到的是金属钥匙的开门声以及一些模糊的声音，应该是轻松愉快的卡桑德拉在开玩笑。我听到了她的笑声。

"我们会给你打电话的，阿曼达。"

"好的，替我抱抱卡桑德拉。"

"我会的。"

安妮挂断了电话。我静静地坐在老扶手椅上，可心中狂跳。我最好不要和卡桑德拉说话，这样我就没有那么焦虑了。

现在还不到17点，但天色已经暗淡下来。我有些紧张，灰猫也感觉到了这一点，它趁机溜了出去。我看着手机上的时间。卡桑德拉离开家有半小时了。她到医院了吗？她是不是已经住进病房了？她和雅恩在一起吗？

　　我必须做些什么，让自己保持忙碌，以消除潜在的忧虑。然后我想起了我的花园，我的越冬蔬菜。现在外面的雪已经融化了，气温正在变暖，也许有些菜苗已经冒出地面。我的卷心菜呢？它们能活下来吗？

　　我拿起手电筒走进黑夜里，心里想着自己身上本杰明那件旧连帽衫该洗一洗了。

　　大棚就在那里。我小心翼翼地掀起防水布，很清楚自己糟糕的种植技术可能不会有成果。果然，种着罗莎生菜的土地上仍然空无一物。贫瘠的土壤中看不到任何叶子，什么都没有。我重新放下防水布，努力克制住自己失望的情绪。明年春天我一定能做得更好，我会再仔细研究一遍休格斯太太的笔记内容。

　　成排的大蒜没有令人满意的成果，但休格斯太太写过，大蒜会在六七月收获。萝卜也还没长出来，现在还不到时候。我开始有些绝望，但黑色防水布下的菜地里还有惊喜在等待着我。那是五棵努力破土而出的卷心菜，正将它们叶脉分明的宽大绿叶伸向天空。我对此感到激动不已，这些都是我种的！是我在杂草丛生的荒园里播种，让这片土地重新焕发生机。我成功了，有五棵卷心菜从土地里诞生，有五棵卷心菜正在生长。我忍不住想到，就像在近百千米外即将诞生的宝宝一样，这一夜诞生了太多生命。我再次瞪大眼睛，又发现了更多惊喜，茂盛的莴苣正长势良好，看起来生机勃勃的。今晚我就可以采摘它们做成三份沙拉。

　　我的思绪一下子又飘走了。我想到了朱莉，如果朱莉知道她母亲的花园里收获了第一批蔬菜，一定会很高兴吧。我要给她打电话邀请她共进晚餐吗？我要做个奶酪焗土豆来搭配我的第一批莴苣吗？味蕾觉醒的同时，我暂时忘记焦虑，心中只有诞生的蔬菜和即将到来的晚餐。

我跑回房子，为的是拿来刀子和塑料袋收获莴苣。我差点儿踩到那只灰猫，它正身体舒展地躺在厨房里。

"我们能吃沙拉了，猫咪。"

它依然一副镇定的样子，对这件事毫不关心，我觉得它在嘲笑我。我从水池上方的橱柜里拿出工具，去迎接在年初温和冬日中的第一次收成。

我跪在地上，并不在意自己的衣服。

"你好，莴苣。"

我的声调兴奋地升高起来。这是我的沙拉，我的第一份沙拉。

"你知道吗，是我把你种下的。"

我用刀割开根部，然后小心翼翼地把莴苣摘下。要是本杰明能看到这一切就好了。我又对另外两棵莴苣重复了这个过程，然后自豪地挺直身子。休格斯太太是否也曾因为见证过生命的繁衍、成长和绽放而感到满足呢？我带着装满莴苣的塑料袋走向房子，脚步轻快，忘记了所有忧虑。现在，我只考虑一件事：如何洗干净我的第一批莴苣并把它们做成晚餐？对了，还有宝宝，我打算为她在窗台上点一支蜡烛。

在我清洗莴苣叶片的时候，思绪始终没有离开卡桑德拉。烛火在窗台上摇曳着，我相信这会给她带来好运。当清凉的水流淌过我的手时，我试着想象出宝宝的脸庞，一定是一张小小的、红彤彤的、有些皱巴巴的脸，头顶上稀疏地分布着棕色的细软头发，因为雅恩和卡桑德拉都是棕发。他们会选择玛侬的哪件睡衣？我打赌是那件黄色的长颈鹿睡衣。如果我要准备一个待产包，如果本杰明那天没有出事，我也会选那件衣服。我关掉了水龙头，甩干莴苣表皮的水分。

用餐的过程中，我的手机一直都很安静，陪伴我的只有莴苣沙拉和蘑菇煎蛋。在我的舌尖上，莴苣叶片的触感是如此柔软和细腻。我闭上眼睛，让味蕾沉浸在这奶油色的淡淡余味中，是我一个人创造了它。

我努力让自己保持清醒，一直用旧蜡烛的残渣重新制作新蜡烛，在厨房里待到深夜。橙子和玫瑰的香味与热蜡的气味交织在一起。窗台上的烛火已经熄灭，但我并没有注意到。午夜时分我依然没有收到安妮的消息，我不得不强迫自己去睡觉，努力驱散心中的焦虑。宝宝马上要诞生了，这一过程需要时间是很正常的事情，没有理由会出现任何偏差，至少今晚不会，活下来的莴苣就证明了这一点。

早晨醒来时，阳光透过窗户照射在我身上，而灰猫正在脚边打盹儿。床头柜上的手机显示有三通未接来电以及一条来自雅恩的消息，消息里面有几句话和一张照片。"梅在5点出生，母女平安。"在照片里，婴儿的脸皱巴巴的，有着棕色的绒毛和深蓝色的眼睛。我猜对了样貌，却猜错了睡衣，她穿着的是那件粉色的熊崽睡衣。

咖啡正静静地注入咖啡壶，我站在窗前伸了个懒腰。这是一个晴朗的早晨，天空是明亮的蓝色。今天的天气是几周以来的第一个晴天，像是为庆祝梅在1月29日的诞生一样。

我准备给卡桑德拉、雅恩、安妮和理查德打电话，向他们表示祝贺，告诉他们我有多么高兴，梅看起来有多么漂亮。不过得等一会儿而不是现在就打，因为我还需要独自享受一些时间。所以我选择站在窗前，看着那些重生的阳光，自己已经有好几天没有被这些光线组成的光明笼罩了。我注视着蔚蓝的天空、轻颤的松树树梢和随风摇曳的垂柳枝条。

没错，我才发现这是一个被风吹过的清晨。大棚的防水布正迎风翻涌，生命渗透到清晨的每一个角落。

咖啡已经准备好了，然而我没有去倒。现在还不是吃早餐的时候，同样也不是给卡桑德拉打电话的时候。今天早上，梅出生了。今天早上，阳光再次灿烂，天空从未如此湛蓝。今天早上，风吹过无数树枝，休格斯太太的粉色遮阳伞在风中旋转。我凝视着这幅生动的画卷，它还需要一些色彩。我想到了印度教徒的供奉仪式，想到了鲜艳的花朵、五颜六色的布料、神圣的歌声以及生命的庆典。是的，这里还缺少一些色彩，我想我知道该做什么了。

随着灵感的迸发，我回到了房间里，路上惊醒了那只灰猫。我很难解释自己的行为，但我需要颜色，这是最重要的。我打开沉重的柜门，随意拉出里面的东西，有一张水绿色的床单、一床蓝色的被套和一个红色的枕套。在灰猫好奇的眼神中，我拿走了所有的东西。

我把厨房里的那块褪色的橙色抹布也放进了布堆里，然后从抽屉里拿出剪刀，开始费力裁剪这些东西，准备把它们剪成细长的布条。我一遍又一遍重复着自己的动作，先用剪刀剪上一个口子，然后再用手撕开，最后扔到桌子上。灰猫像往常一样坐在冰箱上关心地看着我。甚至我好像听见本杰明也在问："你在做什么，小不点？"

我在创造生命，创造色彩，以此来庆祝梅的出生和莴苣的到来。当我剪得只剩下一条不能用的细长三角布时，终于停下手里的工作。桌子上堆着扎眼的布条，水绿色、蓝色、红色和橙色交织在一起。它们很快就会迎风翩翩起舞。

由于没有梯子，我不得不选择站在椅子上。地面并不平整，各种各样的凹坑和土堆都在妨碍我的工作。我裹着羊毛外套站在椅子上，试图把布条系到垂柳的枝条上。这并不容易，因为冷风正猛烈地吹在我脸上，冻得我手指僵硬，好在还有阳光带来的一丝温暖。我不断移动椅子的位置，打算将垂柳周围都系上布条。"小不点，小心那个坑！"太晚了，我没有注意到它。当我踩到椅子上时，椅子滑倒了，尽管我试图抓住树枝，但还是双手着地地摔在地上。布条脱手而出，在空中划出一道美丽的彩色轨迹。我拍了拍裤子，膝盖因为摔倒而变得淤青，但我没有停下来，一次挫折不足以改变我的想法。我要为保罗的树增添万紫千红。

只有在没有风的地方，比如厨房里，我才会欣赏自己的作品。

树枝摇曳，布条飞舞。我突然想到，这里还缺少一些声音。如果我把风铃挂在树枝上，那柔和的声音会非常美妙。但是现在没工夫去补救了，手机上显示时间已经快到中午，我必须得给卡桑德拉和雅恩打电话，祝贺他们有了孩子，说出一些他们期待已久的陈词滥调，然后再收到他们的感谢。在窗外，蓝色天空下飘扬的布条正无声地庆祝着梅的出生。

"沙拉？真的吗？从妈妈的花园里收获的？"

朱莉提高了声调，我知道她对这条消息感到非常兴奋。

"是的，莴苣做的，地里的卷心菜也很快就可以摘了。"

"哇！如果妈妈能看到这个景象该有多好！"

电话那头陷入短暂的沉默。我想象着朱莉正身处一套现代化的公寓内，穿着优雅的衣服，脚上还踩着高跟鞋。

"话说，阿曼达……"

"怎么了？"

"你打算让我过去看看吗？"

"当然，我正打算邀请你过来一起吃饭，尝尝我的第一批莴苣。"

电话那头传来轻微的笑声。

"那明天中午怎么样？我周日有空。"

我没有考虑过午餐，不过这个想法也不错。如果天气不错的话，我们可以一起在花园里散步。

"好的，那就约明天吧。"

"太棒了！"

第二次沉默留给了微笑，至少我是这么想象的。然后朱莉轻快的声音再次响起："我会带些甜点来！"

"很好。"

"继香薰蜡烛之后，在这个冬天我又有了疯狂的新想法。"

"哦？是什么？"

"国王饼，我做了一大堆。你喜欢杏仁奶油饼吗？"

这次轮到我笑了，我很惊讶朱莉在做国王饼。

"非常喜欢。"

太阳在这几天似乎一直在努力重现光辉。自从梅出生以来，它始终高悬头顶，把蓝天照得更加纯净。丝带在风中翩翩起舞，时而猛烈，时而柔和，不但点亮了我的花园，甚至还赢得了灰猫的喜爱。灰猫能够静静地看着它们飞舞好几个小时。在保罗的垂柳上挂上风铃一直是我心中的计划。我渴望音乐，这是我搬到这个僻静之地以来第一次有这样的渴望。我渴望听到那种来自风的轻快旋律，这就是我今天想要做的事情。

朱莉明天会来吃午餐，我希望她到来时满眼都是生机。

　　我需要不同的材料来创造不同的旋律。我把柜子和抽屉里的东西都倒在地上，思考着如果自己把叉子挂在树上会不会看起来像是个疯子。也许吧，但我很高兴注意到自己并不在意这一点，甚至我还一个人在厨房里大笑起来。

　　我收集到餐具、旧外套上的纽扣、无用的钥匙、铃铛和我从未佩戴过的珠宝。我还在行李箱内的底部发现了三枚贝壳以及一些罐头和拉环，贝壳是一段巴西之行的纪念品。我满意地审视着这些杂物，现在只需要给"乐器们"上一点漆。到时候保罗的树上就会变得黄一块儿粉一块儿的。

　　我趁着去超市的机会，购买油漆和第二天做奶酪焗土豆需要的食材。周六的下午超市人满为患，但我觉得自己开始慢慢适应喧闹了。

　　我怀着轻松愉快的心情满载而归。瑞布罗申奶酪和鲜奶油可以放上几个小时，我要先制作风铃了。

　　我想我完全忘记了吃饭这件事，只在刷油漆的间隙吃了一颗柑橘作为晚餐。我仔细地给叉子、纽扣、贝壳和其他临时找来的铃铛上了色，放到阳光照得到的门廊台阶上晾干，然后再剪取一些绳子来悬挂它们。太阳慢慢落下，当我决定把它们挂在柳树的枝条上时，灰猫狩猎归来，坐在我的脚边。对它来说，这是参与我打造风铃的一种方式。

　　"猫咪快听！"

　　今晚的风很轻柔，几乎感觉不到，然而每一丝微风都能触发叉子撞击贝壳时的清脆声，以及纽扣敲击罐头盒时与清脆声完美呼应的低沉声。

　　当夜幕降临，我把晚餐残局收拾完毕，回到垂柳前。今晚没有月光，这种现象有时候会发生在月末，如果我没记错的话，它被称作"黑月亮"。我在保罗的树前闭上眼睛。起风了，铃铛、钥匙和贝壳为我合奏起一段隐秘的旋律。声音随着黑夜升腾而起，越过奥弗涅的松树和山丘。

今晚，我赞美了风，赞美了风和即将到来的卷心菜。

一切准备就绪：当蓝色汽车突然闯进我的院子里时，我已经准备好了奶酪焗土豆和餐具，自己的头发也打理好了。灰猫跟在我的身后一起来迎接朱莉，我觉得它没有那么害怕生人了。朱莉涂了口红，手里拿着一大束白玫瑰。

"女士先生们，你们好！"

我还没回答她，她就走进了走廊，轻轻抚摸起灰猫。灰猫没有躲开，反而闭上眼睛享受着，真是家里的"小叛徒"。

"送你的，拿着这些花吧，我得去车里取烤饼。"

我手里拿着那一大束白玫瑰。朱莉从我眼前消失不见，只留下一阵淡淡的茉莉花香。

我听到从后备厢里传来她低沉的声音："我说，咱们在吃午餐前能去花园里看看吗？"

就像上次一样，我高兴地看着朱莉的高跟鞋踩进新鲜的泥土里。似乎她还没注意到这一点，一边大叫一边欣赏着花园。

"你知道吗，我没想到妈妈的花园能重新恢复起来！这里已经有三年没人打理了！三年！你敢相信吗？"

我小心翼翼地盖好防水布。夜晚气温很低，我可不想看到自己的宝贝们被冻死。

"对了，你是把它当成圣诞树了吗？"她指向那棵挂满丝带和各种"乐器"的垂柳笑道。

"算是吧。"

我更愿意留给自己一些幻想的空间，毕竟有人会赞美风、沙拉和卷心菜。

"你知道这是我爸爸最喜欢的树吗？"

我假装自己很惊讶，但其实我知道她家里的事情比她自己知道的还要多，这也是我不想让人知道的一个小秘密。

"他觉得那垂下的枝条给人一种忧郁的感觉，让他想起了维克多·雨果的一句话：'忧郁，是忧伤的幸福。'"忧伤，是从悲恸里绽放的绚烂。

她脸上堆满笑容地望着我，我用微笑回应她。

"现在，他的垂柳已经不再忧郁了。你赋予它新的颜色。"

从她的语气判断，我觉得她认为这是一件好事。

在风铃声中，我们打开窗户品尝着我做的奶酪焗土豆和莴苣沙拉。朱莉谈起了她的新工作，那就是向其他地区的企业联合会推销团体旅游项目，她负责亚洲地区。

"你去过亚洲吗？"我问道。

"当然，我去过泰国、越南、柬埔寨和老挝，其他地方还在我的计划名单上。"

在与她探讨重要话题之前，我先吃了几口奶酪焗土豆，然后问了她关于庆祝仪式以及仪式上的色彩和歌曲等问题。

"我在那些地方学到了很多印度教和佛教的知识。事实上，我也皈依佛教了。"

看到我感兴趣的认真样子，朱莉谈到了佛教的"六道轮回说"。佛教徒并不相信灵魂的存在，而轮回指的是人在不同的生命中不断修行，以达到像佛陀那样觉悟的境地，最后实现涅槃，摆脱所有的苦难。

我停下手里的动作，叉子悬在盘子和嘴唇之间。

"没有灵魂？真的吗？"

"是的，没有灵魂。这就是佛教中'无我'所传达的含义，没有自我，没有灵魂。"

"我好像不太明白你的意思。"

"作为个体的存在是一种心灵的幻觉。如果我们的'自我'真的存在，比如我们的身体、感受、知觉、意识和心理活动，也就是佛教上的'五蕴'，那么我们应该可以掌控自己，比如让自己不衰老，让自己不生病，让自己不死亡，然而我们无法控制任何事情。所谓的'自我'永远不会屈服于我们的意志，不是吗？"

我深有同感，于是点了点头。朱莉继续自豪地说道："这就是为什么我们不能说这是我们的身体、我们的灵魂或者我们的实体，你明白吗？"

"我想我懂了。"

"佛教否定了任何独立和永恒的'自我'存在，因此不可能有不朽的灵魂。"

这次我觉得自己开始理解朱莉所说的内容。待我喝了几口水后，朱莉补充道："虽然没有灵魂，但在不同的生命中确实存在一些共通的东西。"

我松一口气。对我来说，"无我"的概念让我感到不安。

"是什么？"

"'因果报应'，我们在前世种下的善恶最终也会由我们自己承受。"

她又滔滔不绝地讲了起来，在"因果报应"之后谈到了"无常"的概念。

"没有什么是永恒不变的，一切都趋向于消失或改变。正是对世上事物的执着，正是因为一切注定都会消失，导致我们产生了痛苦。就像越南禅宗僧侣一行禅师所说的，正是世事无常，让生命充满无限可能。如果没有'无常'，一粒麦子无法长成麦苗，麦苗也无法长出我们食用的谷穗。你看，我们所见的生活只是一连串瞬间，是'无常'的小插曲。纵使是太阳、山脉、我们行走的大地，也都在不断地变化中。"

我们开始一起收拾桌子。我一边思考着一边问道："那么痛苦与'无常'有什么关系呢？我不确定自己是否理解了。"

"痛苦是我们对安全和永恒的渴望。接受'无常'是摆脱痛苦的第一步。"

好吧，但是朱莉所说的一切都只是理论。不过我同意她的观点，死亡是生命的一部分，应该被我们接受。另外朱莉的话中缺少了一些重要内容。我们该如何平静地看待死亡呢？如何承认永恒是不存在的呢？

还好朱莉及时打断了我的思考。

"我有东西给你！"

她离开了房子，只留下我一个人面对蓄满洗碗池的水。过了一会儿，她回来的时候，手里拿着一本漂亮且年代久远的黑色皮革相册。

"这是什么？"

她打开了满是灰尘的封皮，里面有一张黑白结婚照。一位年轻的深色头发男人和一位年轻女人站在照片里，他们的眉眼和朱莉很像。我想我知道这是什么了。

"你来泡咖啡，我来切烤饼？我们边吃边看！"

我很高兴自己终于能直面房子前主人了。

"她叫什么名字？"我指着身穿大摆裙的休格斯太太问道。

"露西。"

"哦，真是个好名字。"

露西，露西……我反复念叨着这个名字，觉得这个名字很适合我心中的形象。露西·休格斯，那个在日历上涂鸦的女人。他们是露西和保罗·休格斯。

"照片上的她有多大年纪？"我问道。

"二十九岁。他们很晚才认识的，在相遇的那一年就结婚了。"她喝了一口咖啡，"妈妈在保罗姑母的店里做裁缝，在克莱蒙费朗。妈妈总是说她喜欢爸爸的温柔以及他那有些忧郁的眼神。"

"就像那棵垂柳吗？"

朱莉笑了。

"没错。"

她又喝了一口咖啡，翻到下一页。在新的一页里，可以看到这对新婚夫妇出现在教堂门口的场景。他们站得很直，有点拘谨。

"爸爸总是喜欢妈妈的安静以及她在布料上几个小时的专注力。她真的非常努力。"

"那后来她不干了？"

"才不会！她一辈子都在制作窗帘、床帏和裙子。她把缝纫机放到阁楼里，就在那里工作，每周还会去一次城里，把做好的成品送到店中，然后带着支票回来。

朱莉翻到新的一页。我们看到露西和保罗手牵着手站在一辆古董车前，还是发生在他们结婚的那天。

"你看到她的婚纱了吗？"朱莉问我，"那是她设计的。"

我轻轻挑了挑眉，表示自己很羡慕。

"爸爸去世后，她就不再制作东西了，也就是从那时起，她开始种花种草。"

在下一页中，婚礼的照片已经看完了，接下来我们看到露西和保罗站在他们的房子前，就是我们现在所处的这座房子。露西盘着高高的发髻，而保罗穿着垫肩外套。

"他们在结婚后搬到了这里。在这里住了差不多六年。后来因为妈妈怀孕，他们决定搬到离市区近一些的更大的地方。"

"那么他们就搬走了？"

"他们卖掉了这座房子，租了一座离克莱蒙费朗只有十几千米的联排别墅。妈妈不喜欢那里，她一直在等着回到这里。"

"他们打算回来吗？"

"爸爸答应过妈妈，说他们会在这里安度晚年。"

我全神贯注地听着朱莉诉说关于房子的故事，关于房子和那些曾经发生在这里的不同人生。

"那他们买回这座房子了？"

"当然没有！事情没有这么简单！"

"没有吗？"

"爸爸在那年春天退休了，后来他在夏天联系上了房主人，但他们不愿意卖，因为他们在这里过得很开心。"

照片上有一个被白布包裹着的婴儿，她就是朱莉，看起来有些秃头，而且半睁着眼睛。成年后的朱莉正站在房子里亲自讲述着："爸爸很绝望，妈妈也从未如此悲伤。你能想象吗，她一辈子都想回到这里，却不得不放弃。"

我点了点头，被她父母的故事深深迷住了。

"于是，爸爸只剩下一个办法，那就是通过加钱来说服房主人搬离房子，又告诉他这座房子并不是这个时代的产物，尽管环境优美，但是建筑已经破旧不堪，而且内部也不宽敞。房主人意识到这是个机会，最后以远超预期的价格卖掉了房子。"

朱莉又翻到下一页，但我没有去看相册，而是继续盯着她。

她笑着总结道："就是这样，他们在搬走三十年后搬回到这里，实现了重返的诺言。"

我慢慢喝完咖啡。这是一个美好的故事。我明白朱莉为什么坚持要留下这座房子，以及为什么当她看到这里重新焕发生机时会如此感动。

我们继续翻阅相册。上面记录了保罗和露西最初共同生活时的样子，还看到朱莉第一次学会走路的照片。他们看起来夫妻恩爱，是个和睦的家庭。

"他们没有要第二个孩子，毕竟两个人年龄都太大了。但我认为他们并不在意，即使在我离开后他们也能相互依靠。"

后来，她带着我从未见过的悲伤合上了相册。

"爸爸回到这里仅仅一年就去世了，因为流感病毒引起的肺炎。我想如果不是他们当初选择回到曾经爱过的家，妈妈可能永远都无法摆脱失去他的悲伤。多亏了她的花园，让她成功走出低谷。"

　　沉默笼罩着厨房。朱莉轻轻转动杯底剩余的咖啡。我感慨地看着相册，感觉现在自己更爱这座房子了，因为我了解到它背后所承载的爱情故事。我想到了照片里的婴儿，她正坐在我的身边，年轻的脸庞上带着微笑，热衷于谈论她的父母，看起来充满活力。于是我想到，如果命运可以改变，如果本杰明和玛侬还活着，我们是否也能在这个世界上留下如此美好的印记？我愿意告诉自己："是的，一定可以。"

—*14*—

    在2月的寒冷早晨，一系列仓促做出的决定把我带到了本杰明的坟墓前，那里空无一人。虽然今天是周日，但弥撒仍照常进行，信徒们此刻正坐在教堂里冰冷而坚硬的长凳上，双手合十。而我独自一人站在成排的墓碑中，只有几只阴森的乌鸦陪伴着我。在清冷的空气中，我捧着一束菟葵，这些花朵看起来很精致，花瓣呈现出美丽的浅粉色，点缀着鲜艳的紫色斑点。

    "嗨，本。"

    就这样，我艰难地开口说出了第一句话。

    "我打算给你个惊喜，你看到了吧。花店里没有美国石竹，甚至没有普通的石竹，于是他们给我推荐了这种花，它在寒冷中也开得很好。我特别喜欢这些花，它们叫菟葵，你肯定已经知道了，对吧？"

    我一直不理解为什么人们要对着一块生硬、冰冷且粗糙的石头和逝者说话。为什么他们不在自己的脑海里随时随地地和逝者沟通呢？这是我一直努力想要做到的，逃离墓地，远离冰冷的石头，在我的内心中，在花园里，在客厅里，在任何地方，和本杰明交谈。

　　然而，就像其他人一样，我冒着冷风去与他见面，站在他的墓碑前，旁边是一些枯萎的花朵和其他几座墓碑。"致我的哥哥。"墓碑是雅恩设立的，黑色的墓碑周围有一圈白色的边缘，墓碑上刻着一只飞翔的鸽子，嘴里衔着铃兰。我觉得这座墓碑并不是特别漂亮，拜访墓地也不是一件心情畅快的事情。我手捧着鲜花站在砾石上，面对着墓碑，脚底疼得难以忍受。为什么我会站在这里呢？我把手里的鲜花放到两块冷酷丑陋的牌子间，试图想清楚今天早上是什么把我带到了这里。

　　最初是卡桑德拉的消息。她告诉我他们都在等我回去。如果我选择坐火车，他们会到火车站接我。

　　"宝宝每天都在发生变化，阿曼达，再过一段时间她就要开始长牙了。"

　　我当然很想去看看他们，卡桑德拉也知道这一点。问题是回去的路太过遥远，我得走出我的舒适区，穿过卢津家的大门，来到本杰明的房间和一年前我们宣布怀孕的客厅。

　　卡桑德拉给我发了梅的照片，她和之前已经不一样了。现在梅的眼睛睁得很大，瞳孔是深蓝色的，头顶的绒毛也被真正的棕色的稀疏头发所取代。

　　雅恩也在电话里劝我："阿曼达，卡桑德拉需要你。"

　　卡桑德拉需要我？我对此表示怀疑，但雅恩的语气变得严肃起来：

　　"她的姐妹们都不在身边，很少出现。我觉得她需要一些来自女性的支持，需要有人在她身边，认可她作为母亲的身份。"

　　这纯粹是胡言乱语，我敢肯定雅恩自己也不相信这些话，甚至觉得他们已经准备好用这番话把我骗到身边。

我的卷心菜在一周前就成熟了。朱莉正在格勒诺布尔出差，她不能赶来和我一起采摘。那我和谁分享这些成果呢？我又把这些卷心菜送给谁呢？和与其他人分享收获的欲望相比，从第一批蔬菜中得到的自豪感显得微不足道。

我知道这很可笑，需要三棵卷心菜作为理由才能面对本杰明的墓地，只因三棵卷心菜和那位小侄女。

"周日来吧，"卡桑德拉说道，"雅恩、安妮和理查德都在，我们去车站接你。"

坐火车去是不可能的。开车去的话，我可以保证自己的行动自由，如果事情变得困难可以随时离开，甚至还能在最后一刻决定不出发，或者在到达里昂后掉头返回。我为什么要这么做呢？明知道路上不会堵车，我还是提前两个半小时就出发了。我的车里有一个自己手工制作的粉色风铃，它就在后备厢里。风铃上没有任何尖锐或者锋利的东西，我不想存在任何伤害梅的可能。风铃上悬挂着一些漂亮的木棒——我尽可能收集到的最漂亮的木棒，上面覆盖着一层粉色薄片。梅可以向这些木棒伸出她的小手，倾听木棒碰撞的声音，脸上露出天使般的微笑。

理查德和安妮去做弥撒了，所以卡桑德拉让我午后再来。但我的汽车停在他们家门前时，才刚刚10点。我该怎么办呢？去本杰明的坟墓前看看吧。他已经去世八个月了，现在是时候面对他了，不是吗？

"我不知道这是不是我给自己设下的一个陷阱。"我对着沉默的墓碑说道，"我们总是潜意识地期待着什么，对吗？"

总之，我提前两个半小时就到了，有足够的时间步行前往墓地。途中我顺便在花店停了下来。

"您买花要送给谁，我的小姐？"花店老板问道。

你知道吗，原来在21世纪还有人称呼别人为"我的小姐"。我敢打赌你听了肯定会笑，至少我自己笑了，在你的墓前。

"给我丈夫买的，我想买一束漂亮的花，虽然他喜欢石竹，但这次我想给他一个惊喜。"

当我问他有没有能在寒冬存活的花时，他有些惊讶地反问我道："是要放到坟墓前吗？"我只好承认了。为什么要对他撒谎呢？但是你知道吗，买花的过程让我感到很有趣，这就像以前你还在的时候，我给你买花那样。

墓地空无一人，沉寂了几秒钟后，教堂里传来风琴的声音。

"你知道吗，你的父母就在那里。是的，你听了一定会笑的。他们又开始参加弥撒了。这是因为你，他们说弥撒可以帮助他们缓解痛苦，找到生命的意义。但别笑得太过火，要知道这对他们来说很难。我也在做各种傻事，来给我的生活增添色彩。我的房子现在看起来像是个老巫婆的小屋。哦，我还有一只猫，本！这下更像个老巫婆了，对吧？"

对着一块白色的石头说话已经让我觉得不那么奇怪了。我想我被自己的话感染了，对此我还有点窃喜。我轻轻地笑着，用手捂住嘴巴。

"天哪，本，我开始打理花园了。我做了果酱和苹果派，还有香薰蜡烛。你看，其实去教堂也不是一件特别愚蠢的事。"

远处，有一位老人推开了墓地的大门。他穿着一件黑色外套，戴着一顶灰色的毡帽。本能地，我压低了声音，尽管那人从他所在的位置根本听不到我的声音。

"其实我本来没打算来看你。我是为了见你的侄女梅才来的。你从来没想过自己会有个侄女吧……"

我有意沉默了一会儿，好让他有时间理解这些信息。

"她一个月大了，而且变化很快。我已经在照片上见过她。这种感觉太神奇了，你知道吗，她给我的感觉很大，比玛侬大多了，而且看着更健康。你没见过玛侬，她当时太小了，只有一千二百克，紧闭着眼睛。梅就不一样，她是个健康的婴儿。我想当我们抱起她的时候，就不用害怕把她弄伤。"

我拿起手提包，看着那位老人停在一座插满鲜花的坟墓前。

"我期待看到雅恩和宝宝在一起的样子。你知道的，有时候他有点笨手笨脚的，我敢说他为了避免伤到她一定会在抱她的时候戴上塑料手套。至少，你肯定会告诉我这些好笑又惹恼他的事。你不一样，大家都觉得你能照顾好玛侬，你把活动中心的孩子们都带得很好。虽然他们年纪要比婴儿大些，但你天生就有这个本事，大家都说你会成为好爸爸。这也是你妈妈在得知我怀孕时说过的话。那时她眼眶湿润，你拍着她的背取笑她，叫她奶奶。甚至她没想去责备你，毕竟这太意外了，而你取笑她是为了不让她因为祝贺而过于脸红和感动。当然，我注意到了这一点，理查德也注意到了，我们并不傻，本……你知道距离那时候已经过去快一年了，我不知道时间过得是快还是慢。有时候，我觉得像是过去了好多年。那是你的意外把我带入另一个世界。我因此转换了时空，甚至到了别的星系。有时候，我又感觉好像它刚刚发生一样，好像还能感受到玛侬在我的肚子里用小脚踢我。"

我长长地叹了口气，目光迷离地望向虚空。这样和他聊天真的让我感觉好多了。我在想为什么自己之前没有这样做。

"你知道吗，本，幸好他们都在这里，你的父母、你的弟弟和卡桑德拉。你无法想象他们有多关心我。我一点也不后悔我们结婚。当然，婚姻对玛侬很重要，让我们三个正式成为一家人，到现在依然很重要。现在你不在了……多亏家庭的纽带让我成了卢津家的一员。"

我笑中带泪。

"现在没有人能把我从这个家分离出去了，对吧？"

然后，我离开白色大理石，把那束菟葵摆放好。弥撒马上就要结束了，我不想碰到那些信徒，尤其是安妮和理查德。我想一个人走走，从墓地前往卢津的房子，给自己一些时间和空间。我不知道我是否很快还会回来，但今天早上自己的确感觉轻松许多，这让我心情很好。

回到家，迎接我的是百里香炙烤的香气和卡桑德拉。她瞪着蓝色的眼睛高兴地看向我，隆起的肚子已不复存在。

"阿曼达，我还以为你会给我们带来一只兔子呢！"

我发现她容光焕发。生孩子怎么让她看起来更成熟了？她的肩膀笔直，脖子也更加挺立了。和圣诞节那时候比，她看起来好像变大了十岁。难道是因为有了孩子？

"进来吧，雅恩在做饭。家里的那位小家伙整个早上都叫饿！"

卡桑德拉一边扣上黄绿色衬衫的最后一个纽扣，一边说道。她很漂亮，比平时更漂亮。丰满的身材和显而易见的幸福使她更加迷人。

"把外套放下吧，阿曼达。"

我把外套放到沙发上，将装着风铃的礼盒放到桌子上，然后直接把百合花束递给了卡桑德拉，那是我从墓地返回时在路边花店买的。花店老板似乎对我上午第二次出现在花店内而感到惊讶。

"那么，他喜欢吗？"他腼腆地笑道。

他开玩笑的语气让我感到很开心，甚至笑得很大声。

"是的，他喜欢。现在我需要一些快乐温柔的花送给一个新生命。"

他什么也没有问，但我继续补充道："送给我的侄女。"

他很高兴能为我定制花束，搭配了淡粉色、糖果色和紫红色的百合。

"安妮和理查德还没有回来。他们一定是在弥撒后去他的坟墓了。不过他们应该马上就会回来了。来嘛，来嘛，我带你去看宝宝。"

她把我带到楼上，那里曾是雅恩的卧室，现在已成为他们共同的房间。

"你们准备彻底搬到这里了吗？"我在爬楼梯时询问道。

"彻底？当然不是，只是怀孕的时候住在这里更方便一些。你知道的，安妮那时候在疗养院，只有理查德一个人住在这里。其实在梅出生后，我们就想回到我们的公寓，但安妮坚持让我们再住一段时间。梅在家里让她很开心。"

我点点头，向她表示理解。

"我们想等她长到两个月时再搬走。"她说道，"这样能给安妮留出充足的准备时间，也能让我们休息一下，在这里大家可以轮流照顾她。"

我们上楼后，雅恩穿着睡衣迎了上来。

"嗨，阿曼达！"

"你还没起床？"卡桑德拉不满地说道。

"现在几点了？"

"到欢迎客人的时间了。"

"嗨，雅恩。"

他抱了我一下，看起来很高兴。

"你是开车来的？"

"对，我顺便去了一趟墓地。"

没有人再开口。几秒钟后，雅恩指着他们关着的卧室门低声说道："她在睡觉。你可以去看看她，但不要把她弄醒，否则卡桑德拉会责怪你的。"

卡桑德拉抓住我的胳膊，拉着我走进卧室。

房间里一片漆黑，但透过百叶窗漏进的几缕阳光能勉强分辨出婴儿床和躺在床尾的小身影，这张床原本属于玛侬。梅仰面躺着，腹部随着呼吸慢慢起伏，双手紧握在脸庞两侧，看上去很平静。她的呼吸轻缓，眼皮微颤，仿佛在做着属于婴儿的梦。婴儿会做什么样的梦呢？

卡桑德拉满含爱意地凝视着我，等待着我的回应，而我朝她微笑。我不敢去碰梅，生怕会吵醒她，只是站在床边远远地观察她。

"她长得像天使，对吗？"

当然如此，卡桑德拉，有谁会否认她长得像天使呢？

"等会儿再让你抱她。"她压低声音说道，又指了指门口，示意我们让小天使梅继续安睡。

当我们回到楼下客厅时，安妮和理查德已经回来了。他们的脸颊因为外面的寒冷而微微泛红。两个人还没有脱下外套就张开双臂拥抱我，显然很高兴看到我来了。

"那是你送给他的莬葵吗？"理查德皱起眉头问道。

"是的。"我回答道。

"我就知道！一定是她！"安妮欣喜地说道，"它们还很新鲜呢，是早上刚摘的。"

"它们真的很漂亮，"理查德也说道，"非常漂亮。你是一大早就去的吗？"

"是的。"

他们脱下外套，换上拖鞋，然后和我们谈论起教堂的新神父。那是一个从巴黎来的家伙，现在他会负责周日的弥撒。

"你知道吗，他以前在巴黎圣母院主持仪式！"

我当然不知道，但我点了点头。雅恩突然再次出现。他已经穿好了牛仔裤、网球服和休闲鞋。这身符合理想女婿的打扮一定会招致本杰明的嘲笑。

"都坐下吧！"安妮用手拍了拍桌子命令道，"理查德把开胃酒端上来吧。阿曼达，快坐到主座上去。"

她指的是理查德坐过的那把笨重但舒适的椅子。我想今天自己一定是贵宾。

在客厅里，我们端起盛着马天尼酒、波特酒和甜白葡萄酒的杯子。卡桑德拉半坐在沙发上，好像随时准备跳起来照顾哭泣的婴儿。理查德看起来有点疲惫，我发现他脸色苍白。

"你过得怎么样？还顺利吗？"我低声询问道。与此同时，雅恩和安妮正在争论街道施工什么时候会结束，一个说周五，一个说周六。

"我很好。"

我能感觉到他在回避我的问题。

"我觉得我得了点小感冒，没什么大不了的。"

"你去看医生了吗？"

"没有，其实没必要。"

安妮看起来好多了。我甚至注意到她又开始化妆了。

"阿曼达，你的猫怎么样了？"卡桑德拉问道。

"它很好，都长了三公斤了。"

"长了三公斤？真的吗？"

"真的。"

"肯定是喝早餐粥喝的！"

"可能吧，确实有这个可能。"

雅恩和安妮这时也加入我们的聊天。

"那你的花园怎么样了？"

"我有些东西要给你们看……"

他们的目光跟着我来到入口处，看着我从包里取出一棵卷心菜。这是首批收获的三棵卷心菜中最漂亮的那棵。当它从塑料袋里掉出来时，泥土抖落得包里到处都是。

"哇哦！"卡桑德拉叫道。

"这是什么？"安妮愣了一下问道。

"一棵卷心菜吗？"雅恩谨慎地回答着。

我点了点头，把卷心菜递给他们。他们小心翼翼地传递着。卡桑德拉看着我的卷心菜，就好像她从来没有见过卷心菜一样，一脸难以置信的表情。安妮则带着感动的微笑——这让她想起了自己在汝拉山种的蔬菜。男人们对此保持冷静。

"你还收获了很多吗？"雅恩问道。

"目前只有这第一批，当然第一批不只这一棵，还有一些卷心菜。其他的就需要再等等了。我的罗莎生菜死了，它们没能承受住霜冻。萝卜要到早春才能成熟，大蒜也要等到6月份。"

"哦。"卡桑德拉回应道。她一定想知道我是如何让这么一大堆菜叶从地里长出来的。

"做得好。"安妮说。

他们把卷心菜还给我，但我摇头告诉他们："这是给你们的。"然后我的卷心菜被放到了桌子上，与百合花束和装着风铃的红色礼盒放到一起。

我们慢慢喝完了开胃酒，又吃了一些花生。我询问着他们每个人的近况。我没有猜错，安妮现在的情况好多了，她从1月份重新开始了教学工作。班上的孩子们也表现出特别理解的平和态度，也许是因为校长已经提前向他们告知了情况。她的睡眠质量很好。她已经在心理医生的建议下停止服用抗抑郁药物，现在开始专注于6月份的海洋教育课。

"每件事都有它的时机。我的心理医生告诉我，要一步一步来。"

安妮重回她的海洋教育课堂。那其他人呢？雅恩为梅和卡桑德拉而努力。幸福不会单独到来，随着孩子的降生，工作上他也被任命去管理一个新的项目，但他的心思却不在那里……

"你知道吗，那些办公室里的猴子，每次在我17点离开时，他们都傻笑个不停。'嘿，卢津，你又请假了吗？'这些笨蛋觉得他们的话很有意思。"

"但他还是到点就走了。"卡桑德拉得意地补充道。

是的，现在雅恩每天17点就下班，比平时提前两个小时，下班后去接卡桑德拉和梅。他会给梅洗澡，阅读一大堆育儿书籍，准备晚餐。他和以前不一样了。我不是唯一一个感到惊讶的人，我能从安妮投向他的目光中看出骄傲。

我猜卡桑德拉不需要上心太多事情。她很幸福，幸福得爆炸。原来的医生工作呢？她一点都不想念。她在这里玩得非常开心，整天照顾一个需要和她一直亲密接触的小家伙，那是她最大的惊喜。然后呢？她已经开始考虑在乡下找一份工作，能够自由安排自己的日程，留出时间照顾梅。

"要去哪个乡下？"

"我不确定，可能会去里昂附近，也许在安省。"

雅恩前去关掉烤箱，向我们示意马上开饭了。我离开了我的主座，脑海中萦绕着所有回忆。于是我告诉自己，现在已经是2月份了，在意外发生的八个月后，生活终于重回正轨。安妮振作起来，回到工作岗位上，开始打扮自己，照顾自己的孙女。卡桑德拉正享受着母亲的角色。雅恩已经成为家里最大的孩子，也是他母亲的骄傲。尽管依然痛苦，尽管一切不再，尽管世界停止运转，但无论如何，生活已然继续，虽然这对我来说并不是。我远离了一切，远离喧嚣、纷扰、普通人的生活。我待在自己的房子里，在墙面贴上各种古怪的目标，为柳树赋予新的颜色。这不是正常的生活，而是我努力改造出来的另一种生活，一个为我量身定制的生活。它契合我的节奏，还为那两位缺席者留有一席之地。

理查德呢？他的生活恢复正常了吗？刚才他一直保持沉默，我不确定他是否听到了我们的谈话。

午餐时，我们不可避免地谈到了梅，聊起她的睡眠、她握紧的小拳头、她第一次本能的微笑。这样的谈话对我来说很困难。我感到自己被排除在外。本杰明呢？那个只谈论他的时代已经结束了。这种行为是很自私的。我很难咽下这一切，并试图把它从喉咙中吐出来。

突然楼上传来一声啼哭，卡桑德拉紧紧抓起我的手。

"来吧。"

她并没有询问过我愿不愿意，就把婴儿硬塞给我。梅热乎乎地贴在我的胸前，让我不知所措。我坐在卡桑德拉和雅恩的床上，小心翼翼地保护她，防止她摔下去。

"就这样，好好抱着她的头。很好，你很棒。"

卡桑德拉朝我微笑。而我开不了口，正被这种爱的猛烈潮水吞没。

"她在找奶吃。"

"我知道了。你把她先交给我吧。"

我需要振作精神。玛侬是一具小小的尸体，毫无生气。而梅正活蹦乱跳，像天使一样。我心里一团乱麻，需要一些空气来缓解。

"等我喂完她再把她抱给你。"卡桑德拉说道。

她从我的怀里接过梅，留下我一个人在那里不知所措。卡桑德拉仍然面带微笑，解开自己的衬衫开始给梅喂奶。当孩子吸吮时，她又笑着轻轻抚摸孩子的头。

"会很疼吗？"

我努力打破沉默，试图说点什么掩盖我的慌乱。

我看到百叶窗渗透进一缕阳光。我们坐在床边，雅恩床头柜上的收音机散发出绿光。我听着楼下聊天的回响、梅的吸吮声和她小声的幸福呻吟声。我觉得这是我们共享的私密时刻，但我不知道还能说什么。

"你在想什么呢？"

卡桑德拉的问题让我感到意外，我傻乎乎地耸了耸肩。

"没什么。"

"你在想玛侬吗？"

我需要几秒钟来接受这个突如其来的问题。我摇了摇头。

"不，没有。"

卡桑德拉小心翼翼地抬起梅的头，方便自己喂奶，然后她轻声地说道："你知道吗，我时常想起她。"

我再一次需要时间来消化她的话并做出反应。

"真的吗？"

"真的。她们本该只相差几个月出生，本该一起长大的，这是原本计划好的。"

我不想回答。说实话，卡桑德拉不提这个话题会更好，现在我有点生气。我对生活、对他们、对没有照常进行的计划、对所有人都感到愤怒。

"我相信玛侬会是两个孩子中最睿智的那个。我们肯定会讨厌你和本杰明，因为你们拥有一个完美的孩子，一个漂亮的公主，一个聪明、有教养的小淑女。她会让所有父母都羡慕。"

我嘴角抽搐了一下。

"别说这些蠢话了。"

卡桑德拉微笑着，眼睛闪闪发光。

"我打赌你小时候很乖巧。"

"是吧。"

"我相信玛侬会像你一样。"

"如果她像本呢？"

卡桑德拉想了一下。

"顽皮而又勇敢吗？"

"没错。"

"嗯，那我们四个就有得忙了。但我觉得她会像你，我认为孩子会在母亲怀孕期间感受到她所有的情绪，受到她个性的影响。"

"所以？"

"你一直都是一个很平和的人，我从未见过任何孕妇像你这么平和。"

"我没什么可害怕的，我有信心。"

"我嘛，是个有点疯的人。我会为芝麻大的事情生气。哪怕雅恩迟到一分钟，我都会在电话里对他唠叨个不停。"

"那是荷尔蒙的影响。"

"不全是因为荷尔蒙，还有我快言快语的习惯。等着吧，将来梅会像我一样话痨！"

"你怀孕的时候事情也多，就像本杰明发生了那样的事，安妮还在疗养院。对你来说这并不容易。"

"还好吧。"卡桑德拉坚定地回答道，"这对你来说很难，对我们来说不是，我们没有资格抱怨。"

我不知道该说什么，只好闭嘴。

卡桑德拉继续说道："对我们来说，尽管发生了那么多事情，这段日子也是我们人生中值得回忆的时光。在这种情况下，梅是雅恩和安妮的救赎。"

她把梅的身体从胸前移开，系上内衣，用一只手整理好衬衫。

"虽然本不会再回来了，但小生命的诞生也在告诉我们，如果生活要从我们这里拿走什么，也会给我们其他东西。"

卡桑德拉把小小的梅放到我怀里。我一动不动，想着卡桑德拉和朱莉的话，以及花园里的蔬菜和发酵的堆肥。如果没有"无常"，一粒麦子无法长成麦苗，麦苗也无法长出我们食用的谷穗。

梅的身体越来越沉重，渐渐地在我的怀里睡去。她的手指紧紧抓住我脖子上的细银链，这是本杰明在我们恋爱一周年纪念日时送给我的。

房间里，微弱的阳光消失了，可能外面的天光正变得暗淡。几个小时后夜色就会到来。楼下的声音似乎更加遥远，也许是他们放低了声音。

梅沉睡着，她天使般的脸庞呈现出毫无波澜的宁静。

在准备回家的路上，我想我的灰猫一定在椅子上等着我。夜幕降临，打开的车灯格外刺眼。我想到本杰明的墓，我想在回去前再去看他一次，跟他讲讲梅的事情，讲讲卡桑德拉挂在梅的床上的风铃、安妮的无花果酥饼，以及理查德疲惫的脸。理查德不愿意向我透露太多事情。

"我答应会尽快回来的。"我在离开卢津家的时候向他们承诺道。

当我离开市区时，外面起风了。我逐渐驶离主干道、路灯和其他车辆，驶入乡村。风咆哮得更加猛烈。我将收音机调到新闻台，上面说奥弗涅—罗讷—阿尔卑斯大区发布强风预警，可能会有降雪。我想到花园里的大棚和柳树上的丝带，继而想到老房子、灰色扶手椅、散发咖啡香味的厨房和可以望到松树的卧室。我感觉自己正在远离卢津家，远离这个阳光明媚的周日，远离烤小牛肉，远离梅……我离他们越来越远，但没有忘记对本杰明的承诺：去他的墓地再和他好好聊聊。

"你好啊，老朋友！"

那只灰猫在昏暗的走廊里与我相遇。哦，它看起来很高兴见到我！它一边咕啾一边蹭着我的腿，试图通过叫声获得我的爱抚。

"你今天乖吗？"

我穿着外套走进厨房，用目光打量着我的小世界：一张旧木桌子，四把椅子，水池里还放着早上留下的脏杯子，脱水器里放着两棵卷心菜，墙上贴着一张纸，上面写着"仪式"二字。窗外呼啸的狂风到处横冲直撞。我很高兴自己回到家。我只离开了一天，这是我自从搬进来后第一次整日不在家，我想念我的房子。晚上我以愉快的心情入睡了。这一天发生了许多事情：我与本杰明事后的第一次对话，我与梅的相见，还有老房子和灰猫与我的重逢。东拼西凑攒下的幸福，同样是幸福。

—*15*—

之后，我开始疯狂地、绝望地等待春天。

席卷房子的风暴带来了雪花。我的花园、大棚和那些正在挣扎求生的蔬菜上覆盖了十厘米厚的积雪。暴风雪使我无法在艰难的2月底完成我真正唯一关心的事情：去墓地看望本杰明。我向他承诺过的。

几件事情逐渐扑灭了我胸中燃烧的小火苗，首先是母亲的电话。

"嗨，亲爱的，是我。我会在3月的第二周来和你待上一段时间。"

这不是一次询问，而是告知，这让我感到震惊。当我沉默不语，陷入恐慌时，她继续补充道："我已经订好了机票，很期待看到你的房子。"

接下来的日子里，雪没有融化。我渴望再次向本倾诉，告诉他那只灰猫把一只田鼠捉到我的门前；那些属于我们的书被理查德从我们的公寓里整理出来，在上周日去他们家的时候由安妮转交给了我；我准备了焗卷心菜，时间改变了菜肴的味道；我昨晚做了一个无比真实的梦，梦中，本出现在老房子里，靠在床上，离我很近，他把手放到我的肚子上，抚摸着疤痕。对另一半的渴望把我从睡梦中拉回到现实，残忍又令人心碎。我都忘记和他睡在一起是什么感觉了。我在床上哭泣，被他在梦中给我带来的快乐震撼到了，为自己还能享受这一切而感到羞愧。我以为从他离开世界的那一刻起，自己的所有欲望都已经熄灭。我的身体怎么还能容纳任何对生活的冲动呢？我责备自己，怨恨自己仍然按捺不住的冲动和那颗笨拙的心脏，它还在狂跳，不知道发生了什么。我感觉发生的这一切都很荒谬，想要告诉本杰明，但雪依然在徐徐地下着……

我的巴西手链掉了下来。我们曾经拥有相同的手链，他戴在手腕上，而我戴在脚踝上。它在我的脚上坚持了两年，在今天我脱下睡衣的时候掉了下来。我看着卧室地砖上的那条红棕相间的手链，心想：看来一切都在走向结束。我用整个下午才调整好自己的情绪。我觉得自己和本杰明之间最后的那一点联系似乎也断了。

我正这么想着，目光落在窗户上。我笑了。窗外的世界依旧在那里，如以往一样美丽、圆润、充满活力，风景中散发出银色光辉。

"你来了啊。"

每当我感到迷茫的时候，它都会出现在我面前。

我试着想起，上次被它点亮时我做了什么。我曾为垂柳举行仪式。我点燃蜡烛，向它表示敬意，感谢它创造的美丽和神圣。我在我的世界和那些消失的人所在的另一个世界间建立起联系，然后终于顿悟了。

如果头灯还有电的话，我想现在就出门，然而并没有电。森林一片漆黑，我最好还是等到明天再出去。后来，我渐渐入睡，手指间放着那条巴西手链。

早上醒来后，我穿着暖和的衣服站在家门口，手里拿着装满小玩意儿的塑料袋。暴风雪无法阻止我到"月球"去执行任务。

我壮着胆子朝房子后方走去。那只灰猫没有跟来，它还在睡懒觉。

地上有一层厚厚的积雪，要找到通往花园的小道非常困难。我怕自己迷路，就随手抓起身边的纸团、布条和塑料袋里各种乱七八糟的东西，像播种一样撒在路上。我聚精会神地盯着周围的松树，寻找着那棵可以成为我的圣树的松树。在我的想象里，这棵松树的树干上会有一个洞，可以容纳进手链和戒指。虽然不知道这棵松树是否存在，我还是在努力搜寻。我越走越远，直到彻底迷路，标记路线的"弹药袋"也空空如也。但我还是很高兴，因为我找到了，找到了那棵可以埋藏宝藏的松树。它真的存在，就在我的眼前。我看见了！

我静静地站在那里，心怀谦卑，像石头一样纹丝不动。这棵松树太引人注目了，看起来高大庄严。但让我着迷的是它树干的质感，粗糙的树皮像有成百上千个鳞片完美地贴合在一起，又好似一个个独立的生命，形成一幅奇妙的棕色拼图。每个鳞片在我看来都是大自然的杰作，设计得如此巧妙。

"你有点上头了，小不点。"本在提醒我。

"可你说过你喜欢大自然啊！"

他的声音继续在我的脑海中回荡，带着一丝嘲弄："我只是你创造的复制品，一个源自金发女郎冰冷内心世界的声音罢了。"

"好吧。"我不得不大声叫出来，以结束自己漫无目的的胡思乱想，开始付诸行动。我一下子跳到树干边缘，把巴西手链塞进安全的树干里，又犹豫了几秒钟，才决定摘下自己的戒指也放进去。虽然有些不情愿，但它更适合属于这棵神圣之松。

我围绕着神圣之松摇摆身体，上气不接下气地跳跃起来。然后，我从塑料袋里拿出一罐粉色的油漆，那是我为梅制作风铃时剩下的。我不想破坏这棵神圣之松，但我不得不用油漆标记一下，以便再来时能认出它，只需要一点点不同。

我蹲在林中的细雪上，仔细地涂着树皮。当我站起来时，看到这样的成果：在普通人看来，这棵松树平平无奇，但是在那些查看过树干底部的人眼里，泛着粉色光泽的标记是如此明显。

我的冥想圣地有点简陋，但这只是个开始。以后我会用鲜花来装饰它，再放上蜡烛，可能还会有一些礼物。我按照之前在地上留下的提示回到了家。在能闭着眼睛往返之前，我不会把这些痕迹打扫干净，因为我需要参照物。

我已经咬掉了两个大拇指的指甲，又开始咬手指的皮肤。在火车站等待母亲的时间无比漫长。我紧挨大厅的公告牌站着，感觉身体僵住了。

我没有勇气也没有其他理由来拒绝她的到来。那需要一个非同寻常的借口。直到母亲的票已经买好，我只能接受现实。还好春天来临，花园的工作变得十分忙碌，这样我就能避免她的纠缠。她讨厌泥土、蚯蚓和其他土里的虫子。事实就是这样，当雪融化后，花园就苏醒了。在2月底的时候，我收获了十个左右的萝卜。朱莉仍然在出差，所以我把这些萝卜拿来做了馅饼、焗菜和汤，通通放到冰箱里保存。重要的是，这次种植让我记住了休格斯太太在她笔记某一页的底部写下的一句话："为了确保全年都有蔬菜收获，为了避免蔬菜供应时多时少，应该合理安排种植时间。"我从错误中吸取了教训，下次会做得更好。

火车站大厅里传来一声广播：来自里昂帕尔迪厄站的火车即将到达2号站台。我提起手提包，挺直身子。是时候出发了。

她晒黑了。这是她迎面走来时给我留下的第一印象。我看到她拖着行李箱。每次和她见面时，她的肤色都比上一次更深。很明显，母亲现在的生活很安逸。她穿着一身时髦的黑色西装，脚上踩着黑色高跟鞋，金发被剪到和下巴平齐的高度。她以前总是留时髦的波波头，而现在换成了更短的发型。

我努力微笑着，生怕自己的微笑看起来有些虚伪。伴随着高跟鞋的声音，她身上"香奈儿5号"香水的气味扑鼻而来。她紧紧抱住我。

"嗨，亲爱的！很高兴看到你！你看起来很好！"

我努力用积极的一面欢迎她，因为我知道她是什么样的人。在此之前，我把自己的金发绑了起来，因为头发能够到肩胛骨下面。我还在脸上涂了腮红，为了让自己看起来气色好一些。我身上穿着一条黑色工作裤、一件粉色圆领衫和一双高跟鞋，看起来朴素又精神。难以置信的是，几个月前的时候我还穿着高跟鞋走来走去，现在穿着它却感觉又痛又笨拙。我想自己已经习惯了穿雨靴，所以穿起高跟鞋才觉得自己像是个演员。但这是我必须做的，为了让母亲相信我一个人活得很好，减轻她的内疚和负罪感，从而使她尽快离开。

"路上顺利吗？"

"累死人了！你知道吗，我在路上花费了好几个小时。你不会不相信吧？"

我控制住自己，没有和她说那句酸楚的话。不是我决定让她到离家几千千米的留尼汪岛的。

我指着火车站出口礼貌地问她："你要我帮你拿行李箱吗？"

在回家的路上，母亲告诉我她遇见了一个男人。这个消息让我感到震惊。我知道她一直保持单身，倡导女性独立。如果我还笑得出来的话，我会觉得这件事很滑稽，但现在并没有这个心情。

"他退休了。"

"啊，真的吗？"

我了解我的母亲。在我的印象里，我本以为她会找一个比她年轻的男人，可能和我年龄差不多大的男人。

"是的，他的儿子接手了他经营的餐厅。那是一个非常可爱的年轻人。"

"我对此深信不疑。"

"怎么听起来话里有话？"

"我只是随便说说而已。"

她把脸凑到车窗前，过了几秒钟后又说道："刚开始的时候，我告诉他我可以在餐厅里当接待员。你要是见过他，你会觉得他是位温文尔雅的绅士。'克里斯汀，当然没问题！'他是这么回复我的。"

她笑了。我也注意到，在单身这么多年后，终于有人照顾她了。

"他叫什么名字？"

我对此并不感兴趣，只是为了回避关于我的问题。

"丹尼尔，但大家都叫他丹。"

"你们认识很久了吗？"

"快一年了，我本来之前就想告诉你，但你总是突然挂断我的电话。"

我把她的行李箱搬到房子里。为了她的到来，我买了一张崭新的聚酯纤维面料的深蓝色沙发床，这是唯一还有库存的颜色种类。它和家里的橙红色墙纸、深色实木厨房和灰色扶手椅的颜色并不搭，但这样我就可以远离母亲，单独睡在一张床上了。

"好了，你可以去我的卧室睡觉。那里很安静。猫咪会待在客厅里。"

"猫咪？"她的声音更像是一声歇斯底里的尖叫，而不是惊讶的呼喊，"什么猫咪？"

"我收养了一只灰猫。"

"真的吗？"

"真的，待会儿介绍给你。"

我很高兴自己在这时候还能保持冷静。

"但是收养的猫很脏吧！也许它身上有跳蚤和细菌！"

"所以我让你睡我的卧室，那里的床铺很干净。我把门关上它就进不去了。"

然而，她并没有松一口气，开始四处张望，好像准备在灰猫靠近时逃走。

"它很胆小，不会打扰你的。"

她把行李箱放到床边，在房间里绕了一圈，然后停在窗户前，看起来情绪激动，从那里可以看到周围的山丘，以及一片茂密的树林。

"看到你住在这里，我简直不敢相信。你真的住在这种地方吗？"

我想自己喜欢看到她难以置信的样子。

"这地方很偏僻，没有人来打扰。你还没有看到重点的呢，现在我有一个花园。"我准备去脱掉高跟鞋，以免再听到她的大惊小怪。

"你要不要一起来？我带你到处看看。"

　　显然她在这间房间里待得并不舒服。她像走钢丝一样小心翼翼，生怕触碰到什么。

　　"这让我想起了你祖父母的老房子。"当我们走进厨房时，她说道。

　　"你不喜欢吗？"

　　"那像是到了另一个时代。"

　　我让她坐下，并在她面前放了一个杯子。

　　"你要不要来杯茶，还是要喝咖啡？"

　　"咖啡吧。"

　　"好的。丹的家看起来怎么样？"

　　我转到了正确的话题。她笑了起来。

　　"那是一座现代化的别墅，有一个可以俯瞰游泳池的巨大露台。你知道那种地方露台是必不可少的。"

　　她开始滔滔不绝。我没有听她在讲什么，但我知道她很高兴能说这些。

　　我们喝着咖啡。灰猫不在家里，我敢肯定它讨厌"香奈儿5号"的味道。我听说丹尼尔有六十八岁了，但他看起来像刚刚六十岁。他和原来的妻子离婚了，但把餐厅经营得不错。他的儿子和我同龄。我预感到她要提到我的事情，但我假装不知道。

　　"你现在还时常感到难过吗？"

　　在说到丹尼尔的儿子后，她自然而然地问起了这个问题。我想母亲在考虑把我带到留尼汪岛那边去。

　　"我现在还时常感到难过吗？"我用嘲弄的口吻重复道。

　　"是啊，你现在怎么样了？"

"你是在问我过得怎么样吗？"

"对，你现在过得怎么样？对未来有什么计划吗？"

她在问的时候几乎没有犹豫。母亲确实想知道我是否在工作上重回正轨了，是否考虑与其他男人交往。

"过得很好，对未来我有很多计划。"

"真的吗？"

"当然。我的花园蒸蒸日上。我真的花了很多时间在上面！我要种植奶油生菜、菊苣、甜菜、洋葱和韭葱。苹果树也需要尽快修剪。我得去拔杂草，腾干净土地，杂草可以用来堆肥。我可能还需要割草，然后在花园里用木板制作庭院家具。朱莉可以帮我找一些木板。她是前房主人的女儿，我们经常通电话。她非常喜欢来这里。"

母亲惊呆了。我看着她逐渐崩溃的样子，觉得很有趣。她没有开口，礼貌地默许了我的计划。我笑着喝完了咖啡。

之后，我提议带她去看看我的花园。当我们沿着蔬菜大棚行走时，她终于问出了酝酿已久的问题："那你打算什么时候回去工作？"

我耸了耸肩，其实我没有想过这件事。我觉得自己无法再次融入那个贪婪、冷漠、没有人情味的环境。这就是为什么我会和本杰明组建家庭。这就是为什么我愿意和卡桑德拉、雅恩在一起，和活动中心的孩子在一起，和卢津一家人在一起。他们都让我感受到生活的人情味、温暖和意义。

我在这里过得很好，这就是我对母亲的回应。

我没有告诉她，这里不仅仅是一座房子，也是一个我为自己搭建的小世界。这个小世界有飞舞的色彩、月光下的蜡烛、神圣的松树和快乐的供奉仪式。我没有告诉她，在这里，我做的每一件事都是有意义的：我在我的花园里为逝者和新生举行仪式，就像人类数千年来的传统一样。

"但你总有一天需要赚钱的。"

"我知道。"

她的话犹如给了我一记耳光。我不想去想这件事，至少现在不想。

"我现在是无薪休假，想什么时候回市政厅都可以。"

"你最好别拖延下去，人们可能会忘记你。"

我更情愿把注意力放到那只在林间穿梭的灰猫的影子上。

—*16*—

第二天，我和母亲的二人生活逐渐步入正轨。我知道她早上喜欢睡懒觉，我正好可以自己一边安静地看着窗外的风景一边吃早餐。灰猫在我吃早餐的时候卧在我的膝盖上。我喝完咖啡，然后去花园里工作：挖地，拔草，喷洒醋、水和盐混合而成的除草剂，准备种植新的蔬菜。当我回到家想看看时间的时候，她正站在卧室门口，头发凌乱，眼睛红肿。

"你起来了？"

"是的，现在很晚了吗？"

"快11点了。"

她看起来很惊讶。

"我好久没有这么好好睡上一觉了。"

"我和你说过这个地方很安静！"

我指了指咖啡壶、冷面包、烤架和果酱。

"你尽管吃吧，我还需要差不多三十分钟把我剩下的事情完成。"

然后，我穿着雨靴和本杰明的旧连帽衫，像中学生逃课一样离开房子，来到房子后方的小道上。这条小道通往树林。之前在地上撒下的软木塞和其他标记都不见了，但我对这条路线已经烂熟于心，甚至不需要粉色标记就能辨认出我的那棵神圣之松。我特地装扮了一下这个隐秘而美丽的地方：用常春藤编了一个松果花环，在树下放置了一个从水池底下拿过来的闲置小凳子。我在小凳子上放了薄薄的蓝色坐垫，这样就可以面朝神圣之松坐下。在两个粗大的树根之间，还有一只腐烂得很厉害的老鼠，被虫子啃食。尽管有些不合适，但我怎么能拒绝灰猫送给本杰明的这份礼物呢？

"嗨，本。"

我在小凳子上坐下，双手放到膝盖上。我总是乐于来到这个地方。

"好吧，妈妈来了，事实就像我告诉你的这样。但是一切还好，目前我们相处得不错。我正按照自己的方式生活，她也是。她并没有说太过冒犯的话，我们暂且相安无事。"

我微笑地望着松树的树干，目光停留在粉色标记上。

"现在我需要找借口抽出时间来看望你。绝对不能告诉她我在这里做什么，否则她肯定会彻底把我关进精神病院！"

我们俩都笑了起来，至少我是这样想的。

"拿我来说，在一年前的时候，至少我自己会认为这种事就是个笑话。不过现在，我们都变了很多。你知道最好笑的是什么吗？我妈妈有了个对象！他叫丹尼尔，或者应该叫丹。她喜欢叫他丹。你想听我告诉你这些吗？"

总的来说，这棵神圣之松还有另外的作用，那就是能友善地嘲笑我的母亲。

"你想吃什么？"

"我不知道。"

"我这里有一个奶油南瓜。我们可以做焗南瓜。"

"好的。"

很明显，尽管母亲刚来这里二十四小时，但她已经觉得非常无聊了。这里没有电视，没有收音机，只有几本她翻阅过的书。

"如果你无聊的话，可以来花园里帮我。"

她没有回应，但我能看懂她的表情。幸运的是，准备这道焗南瓜花费了我们一个半小时，直到很晚才吃午餐。我妈妈礼貌地询问了花园的情况，其实也只是因为无聊，而我假装没有注意到这一点。

"你有邻居吗？"

"当然有，但是离得比较远。去他们那里还得往前走一会儿。"

"你没见过他们吗？"

"没有。"

"你不觉得孤独吗？"

"不觉得。"

在收拾完餐桌后，我告诉她下午我要去一趟园艺商店。她表示她会留在家里享受阳光，她想保持她的小麦色肤色。

我们之间保持一定距离，这样挺好。

共处的夜晚时光是最难度过的。我们默默吃完晚餐，试图找到一个轻松的话题，然后两人分别坐在灰色扶手椅和深蓝色沙发床上，手里拿着茶杯。这时候我们得找点事情做，或者聊一些东西。通常在晚上，我会因为白天在花园的辛勤劳作而疲惫不堪。但今晚，母亲坐在我面前，不安地晃动着脚，于是我想到了米卡留下的纸牌游戏。

"你想玩'科西嘉战役'吗？"

"'科西嘉战役'？这是什么？"

"很简单，我来教你。"

我发现我的反应比母亲更快，每次击打牌堆时我都能先她一步，这让我觉得心情大好，这个夜晚也变得不那么令人讨厌了。

我以为她不会停留太久，很快就找个借口赶紧回到她的岛上。在这座位于乡村的房子里，只有几本书和一只满身跳蚤的猫。但四天过去了，她还住在这里。

她一直起得很晚。我端着咖啡和灰猫一起闲逛，抬头感谢蓝天，小声向保罗的垂柳打招呼。每一阵微风拂过，都会为我们创造出一道彩虹。我计划着早上在花园里做些什么：在冻死的罗莎生菜的地里翻土，从而为韭葱提供养分；种植菊苣苗；给花和草莓浇水；采摘几株蒲公英，我想用它们为我的神圣之松做一个亮黄色的花冠。不过在我看来，蒲公英花的颜色还不够鲜艳。

我通常整个上午都待在户外，无论刮风还是下雨。在回家前，我总是去树林中和本杰明聊天，那是我的放松时刻。

我们在准备午餐时，都会选择那些耗时长而且步骤烦琐的菜肴。这可以让我们共同参与其中，毕竟我们在很多方面都没有共同语言。我们一起做炖菜，这一过程需要几个小时。等菜出锅后，我们会品评菜肴，倒上一两杯葡萄酒，在揭起锅盖的时候假装表现出一副迫不及待的样子。这种享受无聊时光的方式让人感到非常愉悦。我发现我开始享受这种感觉了。

天气还是太冷，我们在屋里用过午餐后，在阳台上一边喝着咖啡一边晒着太阳。

当我们打算再做些消遣的事情时，往往午后的时光已经过半。有一次，我在下午开车去五金店购买了一把修剪器、一个折叠梯，还去书店买了一本详尽的园艺书（我打算进一步提高我的园艺技能），母亲陪同我前往。还有一次，我们一起去添置一些食物，路上她坚持让我去做头发。

"你的发梢需要修剪一下了，这样能让你这个人看起来更精神些。"于是我剪了头发。

每天晚上，我们都会一起用餐，然后玩"科西嘉战役"。这一过程中没有争执，也没有任何危机。

"你最近见过他的家人吗？"

这个问题突然冒出来，就像落在晚餐汤里的一根头发。

"本杰明的家人吗？"

"是的。"

卢津一家人和我母亲之间从来没有过多的交流，最多只是互相问候而已。

"见过，我最近见过他们。他的弟弟雅恩和他妻子有了一个孩子。"

"哦，是吗？"

"是个女孩。"

我能感受到她情绪有些波动。她不再咀嚼食物。眼睛深处似乎有一层悲伤的阴影。至少看起来是这样的。

"你知道的，"她停顿了几秒，"已经发生的事情是无法改变的。"

我听过更让自己感到慰藉的话，不过这句话已经让我很满足了。她尽力用她的方式安慰了我。

中午的时候，母亲在洗手间和丹尼尔通了电话。我听到了她咯咯的笑声。后来她从里面出来时，容光焕发，眼睛变得神采奕奕，就像返老还童成一位少女。那时我发现，我们的角色似乎颠倒了，我成了与猫咪和花园为伴的老太太，而她则是一位热爱生活、无忧无虑的年轻女性。

有一天，当我从神圣之松那边回来时，她拦住了我。

"你去哪儿了？"

"没去哪儿，我在找猫咪，我以为它跑到树林里去了。"

"它就在客厅里。"

"真的吗？"

要么是我撒谎撒得太好了，要么是她有些心不在焉。

"你在找我吗？"我看到她焦躁不安地问道。

"是的，这里有位女士，她说你们认识。"

我们朝着房子前面走去。蓝色汽车在阳光下闪耀。朱莉·休格斯一袭红衣站在那里。

"惊讶不惊讶？我刚刚出差回来！"

我向她们介绍着彼此，察觉到母亲有些不知所措："朱莉，这是我妈妈克里斯汀。克里斯汀，这是朱莉。"

她们有些害羞地相互握手，然后又拥抱了一下。

"我是来看花园和实习园丁的。"朱莉说道。

"你来得正好。"

"真的吗？"

"我需要修剪苹果树，但我没做过这种事。"

"你有修剪器吗？"

"有，全新的。"

"那我来教你！"

她指着自己的汽车说道："我还带来了一份胡萝卜炖牛肉当午餐，应该足够我们三个人吃了。"

当看到我们朝房子后方的苹果树走去时，母亲提议道："要不你们在外面干活，我去把午餐热一下？"

"好主意。"朱莉说道，"它被放到副驾驶的座位上了。"

我站在我新买的折叠梯上，处理那些更高位置的树枝。朱莉蹲下处理那些伸到低矮地方的树枝。她指点着我，告诉我哪些树枝需要剪掉。当然指点里也夹杂着一些闲聊。

"我不知道你妈妈在这里。"

"她有点像你，从不提前打招呼。"

"说得不错！不是剪这个，要剪上面那个。"

"她通常一年来一次，因为住得很远。"

"在哪里？"

"在留尼汪岛。"

"她和你隔着这么远没问题吗？"

"没问题，这样更好，省得我们吵架。这个也要剪吗？"

"这个你可以剪短一些。你们为什么要吵架啊？"

"相互不理解呗。"

"啊……"

"我们是截然不同的两种人。我不理解为什么自己会成为她的孩子，她也不理解为什么会生出我这样的人。"

朱莉笑了起来，不小心把一根树枝扔到我的脸上。

"抱歉，抱歉！"

胡萝卜炖牛肉已经热好了，桌子也布置妥当。母亲在翻阅一本小说，耐心地等待我们回来。当看到我们走近时，她站了起来。

"菜已经准备好了！"

这顿饭比预想的更有趣。朱莉和我母亲之间的交流令我感到惊讶。两位漂亮的女人在优雅中争芳，其中一个在这个不属于她的世界里坐立不安，另一个则如鱼得水。提到露西、保罗、鸟舍以及柳树下的周末聚餐等话题时，我发现母亲显得寡言和胆怯。

当听到母亲说她准备在明天早上离开时，我并没有觉得很难过。我很高兴能重新开始自己的独处时光，不再需要照顾别人，也不再需要为了避免无聊而寻找可以共同参与的事情。我重返自己的房间，成为时间的支配者，这样的生活将会无比愉快。然而，我也可能会再次陷入空虚和迷茫中。

"我不能陪你待太久，本。今晚我们要为妈妈准备一顿特别的送别晚宴。她想做一道留尼汪岛特色风味的香辣番茄炖香肠。据说丹尼尔是做这道菜的大师！哦！你真小气，竟然嘲笑她。好吧，好吧，是我自己在嘲笑她，但我确定你也会和我一样！"

我瞥了一眼那具可怜的老鼠尸体上的虫子。

"说到父母，本，我得给你父母打个电话，已经有一段时间没联系他们了。上次见面时你爸爸的状态让我担心。我要在今晚回家前给他们打电话，然后就可能会被炖香肠的气味包围。谁知道它是什么味道呢？也许能催生出强大的荷尔蒙。这就可以解释为什么我母亲会在六十多岁的丹面前表现得像个小女孩。"

我在离房子稍远的地方拨通了电话。接电话的是安妮。电话那头还传来宝宝的叫声。

"我打的不是时候吗？"

"没有，"安妮回答道，"没有什么，只是梅有点闹脾气。"

"我想听听你们的近况。"

安妮告诉我今晚雅恩带着卡桑德拉出去看电影了，于是她就被指派为临时保姆。她终于找到了6月份上海洋教育课的地方：一座休闲中心，位于马赛附近的小渔村。

"有四间各有十五张床位的宿舍，一个游乐区和一间食堂。他们会在那里过得很开心的。"

她从老师工作中收获了小小的快乐。这听起来有些让人感动。

"哦！我还没告诉你！卡桑德拉和我计划在房子后方收拾出一个迷你花园，到夏天开始种番茄。雅恩会帮我们挖土。"

我为他们感到高兴。但很明显，安妮似在避免谈论理查德。不过最后我还是提到了他："理查德过得怎么样？上次见到他时，他看起来有些疲惫。"

接下来的沉默证实了我的猜测：之前安妮一直在试图掩盖事实。

"他有点抑郁。"

"有点抑郁？"

电话的另一头再次陷入沉默，我觉得安妮正在犹豫要不要告诉我。

"就是抑郁症，他正在吃药，而且被要求休假两周。"

"真的吗？"

情况比我想象的更严重。我十分揪心。

"他在工作中心神不定，"安妮压低声音，"差点割伤了自己的手，让他休息也是件好事。"

"发生了什么？是因为本的意外吗？"

"是的，医生说他受到了影响。"

我有些懊悔，在此之前自己没有想到过这一点。理查德在面对浑身颤抖的妻子和儿子残缺的尸体时，表现得像一块坚硬的岩石。然后，他又来到产房，握住我的手，鼓励我坚强起来，尽管他知道玛侬可能夭折了。他在安妮因情绪崩溃被送到疗养院后撑起了整个家，在卡桑德拉怀孕期间成为她和雅恩的后盾。那时雅恩尽管要当父亲了，但依然因为本杰明的事情整日郁郁寡欢。理查德还从未忘记给我打电话，确保我能好好生活下去。这个家最终挺了过来。理查德也可以喘口气了。可是痛苦却在此时将他彻底击倒。这是符合常理的事情，我们怎么没提前注意到呢？

我感到羞愧，于是一言不发，听着安妮安慰我，说理查德会好起来的，说他是个坚强的人。这让我更加内疚了。

"他可以过来在这里住一段时间。"我心虚地小声提出这个建议。

"这是个好主意，阿曼达。但他说过不让我告诉你他得抑郁症的事。

你知道的，他不想让你担心他。"

理查德的想法对我来说并不意外。我放下电话，心情无比沉重，始终无法摆脱那种内疚感。

我母亲的心情则完全不同。她穿着那件不合时宜的清凉裙子，一边端着红酒，一边翻动着香肠。她很快就能回到她的丹尼尔身边了。

"你和你的蔬菜们道晚安了吗？"她没有恶意地开玩笑道。是丹尼尔把她变成这副样子了吗？在过去的十天里，她喝酒时甚至往酒里兑水。事实是无法否认的。

"是的，我把它们都盖好了。"

"你要一起吸烟吗？"

我一时没有反应过来她的话。

"我以为你已经不吸烟了。"

"只有节日的时候才吸两口。"

显然，对她来说今天是个节日。我对此半信半疑。

"你要和我一起去吗？炖香肠一会儿就好。"

"好。"

我和她来到门廊上，心情复杂。她坐了下来，伸出她那小麦色的长腿，感受着3月微凉的风。身穿破旧牛仔裤的我也照着她的样子坐下，舒展开自己的双腿。

"明天几点送你到火车站？"

"8点。火车8点15分出发。"

"好的。"

我看着她点燃香烟，深深地吸了一口，然后又递给了我一支。我不知道为什么自己接受了。我一直都不喜欢烟草的味道。但今晚我想有点不一样，也往自己的"红酒"里兑点水。于是我拿起她的香烟，点燃它，吸了一口。

"路上会很顺利的。"

我挤出一个苦涩的微笑。是的，这次不用让安妮送她到火车站了。我们沉默了一会儿。太阳落进树林里。我在想我能出现在这里是多么幸运，这个地方改变了我的生活。

"你知道吗，如果你真的喜欢这个地方，你可以在这里工作。"

"在这里工作？"

"远程工作。随时都可以。"

又回到工作的话题上。

"我的工作需要到里昂几次，我得组织一些活动。"

"那你可以换个工作啊。"

"是吗？换什么工作呢？"

我感觉有些不耐烦了。她耸了耸肩，吐出一圈烟雾。

"我也不知道，但钱很重要，你总不能一直靠你们的遗产过日子。你又不是什么大富豪。"

"我知道。我只是需要时间，有些事情不是一下子就能过去的。"

"都过去九个月了，你还需要多久？"

我有些无语了。我为什么要和她吸烟？为什么要和她讨论这些？

"不知道还要多久，也许是因为仁慈，也许是因为共情。"

"又开始讲空话。"

"有什么问题吗？我又没有向你要钱。我也没有向任何人要钱！"随后的话已经超出了我的理智，"我又不是那种靠退休金过日子的人！你凭什么来评判我？"

我站起身来，尼古丁让我过于焦虑。

"亲爱的，别太生气了！我们过去共处的一周很美好。"

"每个人都能过好自己的生活，一切都会好起来的。"

"我只是担心你，仅此而已。"

"那你就更不应该担心了，我很久没有活得这么好了。"

她轻轻拍了拍石砖，想让我陪着她重新坐回到台阶上。我坐下了，不是因为她，而是想为这段我们共同度过的时光留下一个美好的结尾。就剩下几个小时了。

"有时候我很难理解你的想法。但是如果孤独和封闭对你有好处，那我也没有什么好说的了。"

"我并不总是一个人，也不是无所事事。"

"你不理解——"

"好吧，你是不是认为当我们身处人群中间，就不会孤独，当我们努力挣钱，就是好好活着？"

她在石砖上掐灭了香烟，揉了揉自己的金发。

"我只是想让你变好。"

"我现在很好。"

"我还是觉得你应该会更好。"

我不想和她争论。我不知道自己应该要怎样才算更好。一个真正的家？一份体面的工作？一个丈夫？赶快再生一个孩子来忘记我的失女之痛？找一个会做炖香肠的新欢？在说出难听的话前，我宁愿就此离开。

"我去看一下菜炖得怎么样了。"

她来不及阻止我。我拿着烟蒂，心中狂跳地消失在门廊。

幸运的是，那只灰猫立刻依偎在我的肚子上。陪伴我的有灰猫和红酒。

正如所料，香辣番茄炖香肠的味道有些苦。克里斯汀努力让我们忘记在门廊上的争论。

"我给你带了一样东西。"

今天下午她去了最近的那家购物中心。我把车借给了她，然后忙着修剪自己的苹果树。我看着她走向卧室，从里面拿出一个大盒子，盒子外面有宝蓝色的包装纸。

"我这里什么都不缺。"

我当然记得她对我"挥霍"本杰明微薄遗产的指责。

"你需要这个。"

"是吗？"

我慢慢地打开盒子，发现里面是一个粉色的便携式收音机，带有CD播放器和USB接口。

"一个收音机？"

"每个人都需要音乐，对吧？"

"好吧，我想没错。"

她骄傲地对我笑着补充道："它是便携式的，你可以带着它到花园去。"

看来，她对于挽回自己的错误还是相当有一套的……

—*17*—

好天气慢慢来临，到春天了。我又开始担心理查德的情况。

我手上的活越来越多：首先我得用木板制作好自己的庭院家具，然后为梅制作一架秋千。我计划到夏天时邀请她来这里。安妮向我保证，这能让雅恩和卡桑德拉喘口气，对我也有好处。花园里，我没有一刻闲下来。我不断地播种、除草、浇水，还要拆除大棚，翻动堆肥，撒下碎蛋壳来驱赶蛞蝓、地老虎和蜗牛。这是休格斯太太的另一个秘密诀窍。即使在花园里劳作，理查德依然出现在我的脑海里。

新买的园艺书为我这个实习园丁带来了更多想法。我从中了解到，裸露本色的土地在自然界其实是很少见的。为了解决这个问题，书里建议我在土地上覆盖一些东西，所以我用木屑、枯叶、松树皮和割下的草来覆盖。我决定自己修剪草地，因为我想米卡不会再来了。我理解他，对于一位十六岁的男孩来说，他还有更有趣的事情要做。

我从早到晚都在户外工作，一有时间就会去神圣之松那里看望本杰明。虽然我不再每天都去那边，但这并不会淡化我对他的思念，对于理查德也同样。我怎样才能让他来这里呢？我相信，在我的老房子里住上几天会让他感受到温暖。有时候，我会带着收音机坐在神圣之松旁，让本杰明听我们最喜欢的音乐。我用脚尖打着节拍，摇摆着头。周围的鸟儿会一脸好奇地观察我。

到晚上，我的思绪都被月亮占据。这颗卫星处在上弦月阶段。我数了数日子，距离满月还有八天。我想要庆祝满月。所以，当我闭上眼睛躺在灰色扶手椅上时，眼前浮现出一场在柳树下举行的、洒满月光的宴会。我计划把餐桌搬到户外，铺上漂亮无瑕的白色桌布，再摆上一个烛台。当然会有红酒和水果。我想自己也许能穿上一件白色的裙子，向月光致敬。宴会还需要音乐。我还在考虑要选择哪些曲目。选择小提琴曲？我非常喜欢小提琴。还是选择钢琴曲？为什么不是艾拉·费兹杰拉的音乐呢？我一直对艾拉·费兹杰拉情有独钟。

第二天早上从神圣之松回来时，我不小心被一个粗大的树根绊倒，还好摔向地面前我及时撑起了双手，没让膝盖重重摔在地上。当我平复心跳，慢慢从地上爬起来时，才感觉到了疼痛，疼痛来自我的右手手腕。我试着扭动它，并没有特别疼。

我松了一口气。不过在手腕扭伤或骨折的情况下，我怎么才能继续完成所有的工作呢？于是我微笑着拨通了安妮的电话。

"安妮，你好，我是阿曼达。你能帮我叫一下理查德吗？"

电话的那一头陷入迟疑和恐惧。

"理查德吗？"她显然以为我会有什么坏消息要告诉他。

"我想请他帮忙，恐怕我需要让他来我家待上一段时间。"

"哦，真的吗？发生什么事了？"

"没什么大问题，只是不小心摔了一跤，手腕扭伤了。"

"那可真糟糕。"电话里再次安静下来。她心里是在怀疑我，还是相信了我的话？

"你去看医生了吗？"

"是的，医生让我最好别勉强自己。然而我不能让花园就这样荒废着，而且里面还堆着木板等待制作庭院家具。当然这些不算是急事，不过既然理查德正在休假……"

这次她揭穿了我的目的。我可以听到她在电话那头轻微的笑声。

"你说得对，我们不能让花园一直这样荒着，而且理查德对木板和木工都了如指掌。"

"没错！"我对着电话大声说道。

我猜想我们两个一定都很高兴。我听到理查德在安妮身后问她道："发生什么事了？她需要帮忙吗？"

安妮回答道："我把电话给你，她会和你解释的。"

安妮向我道再见，她带着调皮的语气说道："下次见，阿曼达，照顾好自己。"

电话里传来一阵嘈杂的声音，然后是理查德清晰而令人愉快的声音："阿曼达，你过得怎么样？还好吗？"

"很好，你呢？"

"我也很好。"

哼！这个撒谎高手。听他这样回答，谁能想到他会因为抑郁症而请假呢？

"发生了什么？"他焦急地问道。

他上钩了，乐于助人是理查德的"软肋"，也是他最大的优点。

"我不小心摔了一跤，手腕严重扭伤，医生让我休息。但我在花园和其他地方还有工作要做……我知道你工作很忙，但我想知道你能不能在周末过来……"

"噢！你知道吗，我现在正在休假。"

"真的吗？"

"真的，我可以立刻过去。"

"看你吧。"

我给理查德思考的时间。

"明天下午我约了医生，但晚上可以过去。"

"不着急，这里没有什么要紧的事情。"

"那后天吧，我可以早上早点出发，中午左右到你家，你看可以吗？"

"可以，这再好不过了。"

"需要我帮你拿药吗？消炎药之类的？"

"我这里都有。"

"好的，那就这样决定了。"

我急忙补充道："带上几套耐脏的衣服，花园里有很多工作。"

"好的。"

"还有带上电锯，如果你有的话。我有几块木板需要你帮忙切割。"

"我会带上我的电锯和砂轮机。"

"那太好了。"

"还有其他需要带的吗？"

"你的睡衣和牙刷，工作可能得干好几天。"

他笑了，我成功地让理查德笑了。

我对他们撒了谎，所以现在我必须努力维持这个谎言。我用绷带包扎好右手腕，并且逐渐减少使用右手，让它看起来真的像受了严重的伤。另外，我告诉他们家里已经有木板了，所以我现在得去找一些木板。我只有一天的时间。幸运的是，朱莉告诉我，在离家二十千米的地方，有一家木材加工厂。我第二天一大早就去了那里。

"夫人，您需要多少块木板？"

我有些不确定。"大约二十块，至少二十块吧。"

"放进您的车里吗？"他咬着香烟笑了。的确我没有能力一口气运回去二十块木板。

"我可以来回跑两次。"

"您可能得跑上不止两次。"

他察觉到了我的窘迫。

"您住得远吗？"

"离这里大约二十千米。"

"住哪里啊？"

"塞萨特那边。"

他吐出烟雾，抓了抓自己的胸口。

"好吧，那这样吧，您先尽可能地装些木板开车带回家，剩下的我今晚回家时用我的货车给您送过去。我住圣乌尔那边，刚好顺路。"

我不知道该说什么好。他再次问道："这样可以吗？"

"这样啊，谢谢您，只是我不想劳烦您。"

"顺路而已。"

"好吧，谢谢您。"

他用头示意了一下我的汽车所在的方向，然后说道："把后座放下去，我帮您把木板搬进去。"

我们把四块木板堆放到汽车的后侧。空间都占满了，也只能放得下四块木板。

"我和您说过了，您不可能运走二十块木板。"

"看样子是的。"

"给我写下您的地址。"

他从口袋里掏出一张纸。我把地址写在那张纸上。

"20点后才能送到。"他提醒道。

"没关系。"

尽管理查德尽可能让自己看起来身体状况良好，但他的脸上依然写满疲惫。我在他开车到达时迎接他，还准备帮他拿行李。

"路上还顺利吧？"

"让我来拿这个吧，你不是受伤了吗？"

我忘记了自己手腕受伤这件事。我尝试了四次才让自己的绷带看起来非常真实。

"你是怎么受伤的？"

"我被树根绊倒了。"

"那你还比较幸运，没有磕到头或者受更重的伤。"

"我的手救了我。"

我帮他把门打开，灰猫在那里恭候他的到来。

"你可以把包放到我的卧室里，你就在那里睡觉吧。"

"那你呢？你要睡在哪里？"

"客厅，我有一张沙发床。"

但是理查德听不进去我的话。

"不，不行。我睡沙发床吧。"

"说晚了，我已经帮你铺好床单了。"

然而理查德并不打算按我说的去做。他有两个理由：第一，不能让女性去睡沙发；第二，不能让伤号去睡沙发。事实上，他没有征求我的意见，就直接走向客厅。

"你手腕受伤了还做饭？"

他闻到了我用小火热过的意大利烩饭的香味。我言不由衷地撒谎道："你总不能饿着肚子干活吧。"

他环顾了一遍我的客厅：颜色突兀的沙发床，墙上的白纸上写着的"仪式"二字，以及窗外的花园。

"五颜六色的，真漂亮。"

"是的，你看到了吗？"

他看向保罗的树，那棵系着万千丝带的树。我注意到了他的微笑，那是一个难以理解的苦笑。

"我给你倒杯开胃酒吧？我有波特酒和甜白葡萄酒。"

"白葡萄酒吧，谢谢。你也坐吧，我自己去倒酒就好。"

我让他自己去倒酒，因为现在他很乐意去做这件事。

理查德在我的厨房里忙碌起来。他为我们准备了开胃酒，在桌上摆好盘子，盛好意大利烩饭。不仅如此，他还打算给我的盆栽榕树浇水。

"坐下吧，没关系。我也不是无法动弹。今天早上我还给榕树浇了水。"

于是他尴尬地停了下来。我朝他微笑。

"来，喝一杯吧。"

我想我是对的，他希望自己能沉浸在忙碌的工作中，他渴望被需要的感觉。

我们喝着甜白葡萄酒，谈论着梅。那个睡起来像天使、几乎从不哭闹的梅，也开始有自己的性格、自己的声音了。这让我想起之前在卢津家和卡桑德拉的那次对话。她说她小时候和梅的表现一模一样。后来我们开始吃意大利烩饭。理查德在餐桌上努力规划着未来的日子：制作庭院家具、播种、浇水，所有那些因为手腕受伤而不能完成的小任务都被他规划好了。

"房子西边的墙外爬满了常春藤。"他说道，"刚才我看到了，等会儿我帮你把它清理掉。"

"我挺喜欢这些常春藤的。"

"它会爬满整座房子的。"

"那算是个不错的隔热材料。"

"随你吧。"

我明白他在找事情做，于是立即补充道："我想给梅做一架秋千，就挂在松树的枝干上，你可以帮我吗？"

"当然可以。"

"我还在想，要不要把百叶窗重新粉刷一遍？百叶窗的棕色很沉闷，而且到处脱皮掉漆。你觉得绿色怎么样？苹果绿这个颜色好看吗？"

理查德一边点头一边吃着意大利烩饭。

"还有，我想把休格斯太太的遮阳伞重新刷成粉色。我还想做一个稻草人，吓走花园里的鸟。"

他的眼睛闪闪发亮，我想他不会很快离开这里。

"那我们吃完饭就开始干活吧！"他说道。

我放好我的便携式收音机。那只灰猫正趴在垂柳的树荫下。天气晴朗，温暖的气温印证春天的到来。我推着红色手推车，里面装满了各种园艺工具。理查德看见了立马说道："放下吧，你的伤会加重的！"

我拿起种子袋，蹲在地上。今天要种的是萝卜。理查德认真倾听我的指示：先小心翼翼地铲土，挖出间距三十厘米的长沟。我会在沟里撒上自制的肥料，再由理查德将萝卜种子一粒一粒播种进去。任务安排好后，理查德忙着铲土挖沟，而我则开始用新鲜堆肥、咖啡渣和蛋壳制作天然肥料，然后撒进挖好的长沟里。理查德挖好后，开始在撒好肥料的长沟里播种。

"是这样做吗？"

"没错，然后你往上面再盖一层土，轻轻拍实，之后浇水就行了。"

我熟记那本园艺书的内容，感觉自己已经成了一个经验丰富的老园丁。理查德负责把喷水壶灌满，他得时不时地跑回家灌满水。

"你应该考虑买一根水管。"

接水管当然好，但我更喜欢这种令人疲惫但亲力亲为的浇水方式。

我为我们俩去做冰茶。窗外，查尔·阿兹纳弗的歌声回荡着。理查德正在给花园剩下的部分浇水。

"接下来做什么？"

冰茶正在冰箱里冷却，所以我们先去完成堆肥工作，然后再开始制作庭院家具。

"你有什么想法吗？"

我给他看了之前朱莉发给我的一张照片，照片上有一个由白色反光木板做成的转角沙发，沙发上铺着漂亮的天蓝色坐垫。至于桌子的工艺就比较基础了：将三块木板叠放并粘在一起，然后再往上面放一块玻璃板。显然理查德对这个效果图很满意，对我的想法也相当感兴趣。

"你觉得我要现在就开始做吗？"

"由你决定。"

"好的，那我现在就去拿电锯。"

晚上我们都没怎么说话。当我们洗过澡、换上干净衣服坐在桌子旁时，疲惫感马上袭来。收音机里播放着一些新闻，我们心不在焉地听着。理查德神情茫然地吃着东西。就在我端上苹果酱的时候，他突然打破沉默："桌子是不是应该装上轮子？这样移动起来会更方便。"

我愣了几秒才反应过来他在说花园的桌子。

"可以，这主意不错。"

于是我们将这项事宜纳入明天的工作计划。喝完咖啡后，他愈发感到疲惫，于是我便表示他可以在客厅自由休息了，而我则回到卧室与灰猫相伴。我试图专心致志地阅读一本旧书，但心思不在书上。今晚理查德的疲惫情绪似乎传染了我。我熄灭床头灯，将被子拉至下巴，把头靠在枕头上，心里想着住在客厅的理查德，他的情绪似乎比平时更加低落。回想几个月前，我也曾陷入同样的境地，当时恍若梦游，徘徊在各个紧闭百叶窗的房间之间。但我深信我的房子能治愈他，这里的宁静与魅力、窗外树上飞舞的色彩、柳树上传来的轻柔的风铃声，以及满地蒲公英的香气，都能让他感到轻松愉快，就像我一样。

与理查德共处的前几天，我想说喜忧参半。我们每天几乎都遵循着相同的流程。

早上的时候，我们在阳光充足的厨房里享用早餐，咖啡和烤面包的香气在空气中飘散。灰猫会舔舐盛满果酱的勺子。我们望向花园，那里有丝带在风中舞动，到处无不宣示着宁静的幸福。每到这种时刻，我都会有同样的想法：理查德一定会好起来的。而我们也总是在这时候谈论本杰明。

"我和你说过那次我逼他剪头发的事了吗？"他笑了，"他说他不在乎，无论如何都要留辫子，让我直接无话可说。"

早餐后我们就开始工作。起初，我们去五金店购买了材料，又确定了螺栓、打孔的位置以及玻璃板的尺寸，并且为转角沙发选择一款靠垫。我们是用汽车把巨大的玻璃板运回来的，我们把玻璃板用绳子绑在汽车后座上，半开着后备厢门。接下来的一天，我们开始做庭院家具。理查德不让我搬任何东西，所以我负责粉刷百叶窗，这项工作忙了一整天。同时我还得做饭，泡茶。当理查德开始打磨木板时，他终于答应让我帮忙。我固定住木板，他操控着机器，然后我们一起给木板上油漆。

每个下午，我们总要到花园里走走，拔拔杂草，检查一下土壤的情况，必要时往地里浇浇水，扶正茎叶。我们帮助那些植物茁壮成长。理查德和我都积极参与其中。

到太阳渐渐落下时，我们会回到屋子里。通常天色越黑，我们就越安静。理查德陷入沉默寡言的状态，而我想着我的神圣之松，总希望能在晚餐前和本杰明小声聊上几句话。与我母亲在时的情况不同，我和她能给彼此创造出一些空间，但我不敢把理查德一个人留在花园里，哪怕只有十分钟。我想他会担心我，仿佛他在照顾着我，而我又在照顾着他。

晚上我不会像和母亲一样和理查德玩纸牌。当20点30分喝完咖啡时，基本上到了理查德该休息的时候了。也许他入睡困难？也许他需要吃安眠药？也许他在床上辗转反侧几个小时？不管怎样，客厅里一片寂静。所以我猜在我一回到卧室后，他就会关上灯。这时候我会和以往一样看书，翻来覆去地阅读一些之前看过的小说，试图从文字里挖掘出新的含义。这种感觉就好像我的认知已经改变，仿佛我不再是原来的我。在入睡前，我会欣赏窗外的夜景。月亮正一天天变圆，我该如何告诉理查德月光晚宴的想法呢？我不能退缩，我答应过的。

那天从午餐时开始，我注意到他的情绪明显比往常要低落。庭院家具就要完成了，只剩下粘贴玻璃板的工作。我们匆忙吃着一盘番茄意大利面，打算赶紧吃完然后回去继续工作。我看到正在吃饭的理查德脸色很差。

"你还好吗？"我问道。

他用微笑回答我，但我并不笨。

"下午休息一下吧，我们时间充裕，我一个人也可以弄完。"

这两天来，我忘记缠上手腕上的绷带，但我不确定理查德是否已经注意到。

"没事，我能接着干。"

他没有多说，而是继续吃饭，但我已经没有食欲了。我不知道该说什么，于是当我们收拾碗盘的时候，我试着换一种方式和他对话："其实我的手已经好了，如果你想回去陪安妮和其他人，我会理解的。"

他摇了摇头，脸上紧绷的表情让我觉得他快要哭了。

"我不想让你太累。"

"我知道。"他的声音异常沙哑，但他还是控制住了自己的情绪。

"我觉得这里的宁静对你有好处，我很抱歉。"

"我很难离墓地太远。"

"我很抱歉。"

然后是一阵沉默，我费力吞咽口水。

"我不应该叫你过来的。"

"不，是我自己的原因。我知道这很荒唐，但我已经习惯每天去墓地走走，那样能让我好受一些。其实我什么也没做，只是待在那里站一会儿。这确实听起来很荒唐。"

"不，这并不荒唐。"

"但这能让我平静下来，尽管面对的只是一块白色的石头。"

我把脏盘子丢进水池里。我很自责，自己早该这么做的。

"来吧，理查德，我带你去看一些东西。"

他皱起眉头，但我指了指前门。

"我也会做一些荒唐事，来吧。"

我在台阶上穿上雨靴，理查德穿上那双满是泥巴的旧运动鞋。他脸色苍白，看起来苍老许多。

"小心树根，我就是在这里摔倒的。"

　　我把他带到房子后方。我走得很快，可能对他来说太快了。我们深入树林，周围变得更加安静，只剩下我们的脚步声和急促的呼吸声。

　　"我们要去哪儿？"

　　"去神圣之松那里。"

　　"神圣之松？"

　　我加快脚步，没有任何语言可以描述我眼中的这个地方，我希望他能理解我的感受。

　　我们很快就到达神圣之松旁。

　　"哇哦！"理查德惊叹于干枯的花环、铺着垫子的小凳子，以及放置在树干脚下的布娃娃。这是我最后离开时的样子。

　　"这里是做什么的？"

　　"这是我和他说话的地方。"

　　他瞪大眼睛盯着那棵神圣之松，然后又迷茫地看向我，不明白我的意思。

　　"你会适应的，要知道这比一块石头更有生气。这里充满生命、树液和蚂蚁。"

　　他对着我的神圣之松一脸茫然，眨着眼睛，目光试图捕捉所有颜色。

　　"你看到树干上的洞了吗？"

　　"看到了。"

　　"我把我的结婚戒指和巴西手链放到那里，就好像他在那里一样，你能感受到吗？"

　　我不知道理查德是否理解了我的感觉。此刻，他看起来更像是一个小男孩，而不是一位老人。我开始不停地向他解释，不知道自己为什么这样做。我已经向他透露了神圣之松的秘密，就没有理由再对他隐瞒其他事情。

"我来到这里和他说话。有时，我会带上收音机前来，让他听听音乐。不仅如此，我做过很多荒唐事。我往树上悬挂厨具、罐头盒和贝壳，来庆祝风的礼遇。我撕碎床单绑在垂柳上，为梅和我的卷心菜庆生。我点亮窗台上的蜡烛，祈求一切顺利。我甚至还与蔬菜、树皮和月亮对话。顺便说一下，你知道吗，我现在正在准备庆祝满月。我为下一次满月策划了一场盛宴，还有三天时间。月光晚宴会在垂柳下举办。我以前害怕告诉你这件事。这听起来很荒唐，不是吗？我们每个人都有自己的信仰和仪式。"

我停顿了一会儿，观察着理查德的反应。他瞪大眼睛，显得有些惊愕。

"你和安妮，你们有对教堂和天堂的向往，对吧？而我拥有脚下的这片土地，拥有这里的一草一木。它们虽有凋零，但终会重获新生。我歌颂微风，它赋予枝头舞动的色彩。我赞美万千生命，深信本杰明就附身在松树的树干里。这里的生活毫无意义，但又充满意义。我只知道，天哪，这种感觉真是无与伦比。"

理查德笑了。我又大声说道："我不应该在你面前亵渎神灵！"

他笑得更欢了。一对知更鸟落到我们上方的枝头上。它们看起来圆润可爱，正好奇地盯着我们。

"如果你不在这里，我会和它们交谈。"

理查德没有停止笑容。我明白他一时间找不到合适的话开口，于是提议道："好吧，我把你留在这里怎么样？你可以坐在为你准备的小凳子上。如果你担心找不到回去的路，我可以撒上一些松果作为指引。"

但理查德摇了摇头说道："我应该能找到回去的路，谢谢你。"

于是我长舒一口气，悄然离开。

我知道他不会马上回来。他有好几天没能去墓地了，需要一定时间来弥补。我去看看我的花：郁金香、风信子、番红花和水仙花。再过几周它们就要绽放了，也许只是几天的时间。虽然它们此刻含苞待放，但我可以想象出它们的锦簇花团，尤其是那精致的紫色番红花。我该拿这些花做什么呢？也许我可以把它们编成花环，放到小溪里，让它们随波逐流，以此来庆祝即将到来的春天。一想到这些，我不禁兴奋起来。没错，一场春天的盛宴。让我的花儿漂到远方，为更多人带去快乐。我满怀激动地回到家中。

我一边开始准备做浓汤，一边收听收音机。收音机里传来雅克·布雷尔的歌声："这世上有两种时光，一种是等待，一种是期待。"理查德的声音突然出现，打断了布雷尔的歌声："它们偷了你的戒指和手链。"

我吓了一跳，差点割伤自己的拇指。我看向理查德的脸，发现他的神情和一个小时前完全不同。除了泪水洗净他的双眼外，脸上还多了许多其他东西。

"你的戒指和手链不见了。"他接着补充道。

"真的吗？"

"是那对知更鸟干的。"

"你怎么知道的？"

"在你离开后，它们就进了树洞。所以我探进去看了看，发现里面什么都没有了，只有一个鸟巢。"

也许我本该为这件事感到气愤或者难过，毕竟自己失去了与本杰明最紧密的联系，但我却笑了。我回应道："我和你说过的，它比石头更有生气。"

当天晚上，我们在外面摆了餐桌，这是理查德的主意。

"为什么要等满月才开晚宴呢？"他问道。

木板打造的转角沙发准备好迎接我们的落座，桌子的玻璃板也已经粘牢。理查德临时拉出电线供我们照明。但我提醒他，晚宴绝对不能使用电力，人工照明会破坏这一时刻的神圣感。

我们裹上格子毯子和旧外套，虽然已经进入春天，但这个地方仍然有些寒冷。

"我对你的满月仪式有一个主意。"理查德一边喝汤一边说道。

"哦？什么？"

"我可以为神圣之松雕刻一些东西，图腾什么的，我还不确定。"

"你有工具吗？"

"有，它们就在我的汽车后备厢里。"

"这个主意不错。我们可以在满月的时候把雕像放到松树下。"

我十分赞同理查德，很高兴他能与我分享这些想法。我终于不再是唯一的"疯子"了。

18

今天早上，我们正在准备月光晚宴时，我的手机发出振动声。

"去吧，"理查德说道，"我来就行。"

我拿起角落里的手机，看到上面的短信内容笑了起来。看来有一个离开的人要回来了。短信中这样写道："需要帮忙布置房间吗，卢津夫人？"

"理查德？"

"怎么了？"

"你介意有客人参加我们的晚宴吗？"

"不，当然不介意。有客人要来吗？"

"可能要来，是一个很了解本杰明的客人。"

他紧锁眉头，但我没有再开口。我把注意力转回到手机屏幕上。我相信理查德会很高兴认识米卡。

"你好，米卡。草地已经修剪过了。你觉得和成年人一起吃晚餐无聊吗？我这里有个人想和你见见。和上次一样，晚上我会送你去火车站，这样你就能赶上22点30分的火车。"我笨拙地在文字后面加了一个笑脸符号，发送后回去继续和理查德一起裁剪桌布。

"我们需要再买一些酒吗？"他问道。

"嗯，我想不需要——"

然后我被手机的振动打断。

"没问题，但是我能带女朋友一起参加这场无聊的晚宴吗？"米卡的回复还打错了几个字。

我抬起头，看向正在裁剪桌布的理查德，平静地说道："好吧，今晚我们会有四个人了。"

理查德出于礼貌什么都没有多问。他点头表示同意，而我嘴角上扬。我相信自己做出了正确的选择。

在我的构想中，月光晚宴本应是一场孤独的盛宴、一次精神的交流、一种神圣而庄重的仪式，但生活做出了不同的安排。

傍晚时分，我得独自开车去克莱蒙费朗火车站，迎接米卡和他的女朋友。理查德正忙着做秋千。他选中了一棵枝叶繁茂的松树，这棵树至少能支撑得起梅乃至六岁女孩的重量。他在我的阁楼里发现了一块木板，那本是百叶窗的一部分。于是他开始进行切割和打磨。

太阳开始下山，但我们还有两个小时的时间。水果被摆放到漂亮的银碗里，那些碗是从休格斯太太的食品储藏室里找到的。但考虑到米卡和他的女朋友的到来，我不得不给水果搭配上薯片、比萨和可乐。

我刚把汽车停在火车站的玻璃门前，就注意到了他们。米卡棕红色的凌乱头发似乎又长长了十厘米。在他身边，还有一个皮肤白皙的漂亮的棕发女孩，身穿一件黑色褶边连衣裙，裙子是哥特风里接受度相对较高的款式。米卡的手放在她的腰间，但当他看到我后就把手拿开了。

"您好，卢津夫人。"

"嗨，米卡。"

我转向那个向我伸出手的害羞女孩。

"这是萝拉，"米卡说，"我们乐队的主唱。"

他不安地盯着我，而我朝那女孩咧嘴一笑。

"很高兴认识你，萝拉。"

我很清楚地记得上次和米卡之间关于萝拉的对话。"她本想来的，但她觉得这样不合适，因为您不认识她。""你们应该告诉我的，她当然可以来。""其实她也挺喜欢本吉的，所以……"

我很高兴她不再害怕与我见面，而且能和米卡走到一起。

"上车吧，你们可以把背包放到后备厢里。"

米卡比以前更加冷静、成熟。他现在谈恋爱了。他们俩坐在后排，而我坐在驾驶位置开车。

通过后视镜，我看见米卡的手放到女孩的膝盖上。他们时不时地相互对视，脸上浮现着会心的微笑。我的心稍微咯噔一下。这并不是因为我不喜欢看到他们相爱，而是因为孤独感再次涌上心头。

"你们现在是在放假吗？"我想和他们聊聊天。

"不，卢津夫人！我们刚刚结束寒假！"

"啊，是吗？"

"是的，寒假有两个月，现在已经开学两周了。"

我觉得我们之间有些代沟。

"你们去滑雪了吗？"

"没有，滑雪太贵了。"

"所以你们就一直在里昂待着？"

"没错，我们在准备音乐节的演出工作。您知道我们要表演什么吗？"

"猜不出来。"

"我们要翻唱小红莓乐队的歌曲。您知道小红莓乐队吗？"

"知道一点，那是我们那个时代的乐队。"

"啊，是吗？"

米卡看起来对我的回答有些失望。我忍住没有笑出声来。萝拉在一旁什么都没有说，可能是我让她有点紧张。

"所以你会唱英文歌吗？"

萝拉直了直身子。她的脸颊上绽放出两朵红晕。

"我吗？"

"是的。"

"啊，还好，勉强能唱。"

"她很谦虚，"米卡大声插嘴道，"史密斯老师说她的英语很好。"

"史密斯老师？"

"我们的英语老师。"

萝拉开始低声说些什么，听起来像是在说："她没说我英语很好，只是说我很熟练。"

于是他们俩开始争论起来。

"'熟练'和'好'差不多。"

"不，这不一样。"

"你也太谦虚了，永远把自己放到低位。"

"我没有这样。"

"你有，我说你英语很好，你就是很好。"

米卡把目光转向前方，而萝拉脸颊依然微微泛红。她假装生气似的摇了摇头。我悄悄调高了收音机的音量，面露微笑。

"您还有其他客人？"汽车往前开出几千米后，米卡问道。

"还好你问了，我差点忘了告诉你们。"

我打开转向灯，驶入那条乡间小道。

"是本杰明的父亲。"

"是吗？"

米卡惊讶地睁大眼睛。

"他来这里做什么？"

"他来这里休息一段时间。"

"啊！"

"他也帮了我不少忙。"

汽车里重回安静。米卡默默地点了点头，萝拉还是一言不发。

"我觉得他见到你们会很高兴，比如听你们聊关于青少年活动中心的事。"

"那您听过后肯定会很恼火的！"

我通过后视镜看到萝拉腼腆地点了点头。

"怎么了？"

"新老师糟糕透了！我们已经写了请愿书希望他离开！已经有四十二个签名了。"

"真的吗？他做了什么？"

"您都想象不到他向乐队提出了什么想法！"

萝拉一脸愤慨地表示同意。

"他想解散乐队吗？"

"不！更糟糕！"

"更糟糕？我怎么没看出来。"

"他想让我们成立唱诗班！"

我真的想笑出声来。我重复着他的话："唱诗班？"

然后萝拉终于开口了。她像受到惊吓般地说道："他想让我们唱《哈利路亚，荣耀归主》。"

米卡模仿着用枪顶住自己太阳穴的动作。我忍不住大笑起来。萝拉则仿佛不敢相信地重复道："没错，《哈利路亚，荣耀归主》。"

本杰明的笑声也在我耳边回荡着。那笑声发自灵魂深处。"你听到我的笑声了吗，小不点？这可不算亵渎。"我和他一起笑着，而身后的那两位少年显得很沮丧。

我们仨一起下了车。理查德朝我们走过来，惊讶地看着我和两个十几岁的孩子待在一起。

"你们好。"他打招呼道，然后向他们伸出手。

"这是米卡和他的女朋友萝拉，他们是青少年活动中心的，认识本杰明。去年圣诞节的时候，他们为本杰明制作了剪辑视频，还在音乐室的大门上为他安装了一块刻有他名字的纪念牌。"

米卡郑重地握住了理查德的手。一些情绪涌上理查德的心头。我看得出来他有些手足无措。我应该提前告诉他这一切。我应该提前提到那块纪念牌，还有那个视频。我怎么就没有想到呢？

"您好，先生。"

萝拉也握住他的手。她十分害羞，握手的力度比较轻。理查德一时说不出话。我不知道他是否在生我的气，还只是被感动了。我希望能给他一些时间整理心情，于是指了指房子门口，对其他两个人说道："你们要先放下随身东西吗？我给你们倒点饮料。"

他们跟着我走向房子，不过米卡的目光一直停留在理查德和他那根拖在草地上的白色绳子上。

"他在做什么？"

"给梅做秋千。"

"梅是谁？"

"我侄女，也是理查德的孙女。"

"哦，抱歉，我以为——"

我摆了摆手，打断了他不安的话语。我们走进客厅。今天我故意把窗户敞开，想让春天的气息弥漫在房子的各个角落。

"你们要喝什么？可乐行吗？"

萝拉点点头，但米卡正站在敞开的窗户前观察着理查德。理查德把绳子穿过秋千的木椅，然后打了个结。

"那他怎么把秋千挂起来？"

"那里有个梯子，他爬上去就能挂好了。"

"您觉得他自己能行吗？也许他需要帮忙？"

"我想你可以自己去问问他。"

米卡满意地点了点头。为了去帮忙，他直接从窗户翻了出去，甚至不愿意走房子正门。萝拉想要小声责备他，但他已经跑到外面了。

"你是要喝可乐吗，萝拉？"

"是的，谢谢。"

我给她倒了一杯可乐，又给她找来一把椅子。当我们再次朝外面望去时，米卡已经爬到梯子上了，正接过理查德递给他的绳子的一端。

"他真是坐不住啊。"萝拉腼腆地说道。

我指了指窗外问道："你想和他们一起吗？"

她耸了耸肩，显然不愿把我一个人留在厨房里。

"我自己能布置好桌子的。"我向她补充道。为了向她证明，我开始往桌子上摆放盘子。

几分钟后，身穿黑色连衣裙的萝拉双腿盘坐在松树下。她采摘了一些雏菊，并以一种有趣的方式将它们系在一起，制作成手链，一串接着一串。时不时地，我能听到她青涩的笑声，原来是米卡正自鸣得意地站在梯子上，做出滑稽的模仿动作，不知道模仿的是谁。而这幅场景中的点睛之笔是理查德。他看起来像是个困惑的项目经理，不明白自己要负责什么。总之，他笑了。

桌子布置妥当了，蜡烛也已经点燃。萝拉蜷缩在我的大衣里，套着我借给她的裤子和灰色袜子。米卡坚称说他穿着牛仔夹克不冷，并谢绝了我借给他背心的好意。我看着他从背包里掏出一提啤酒和一包香烟，准备笑迎生活带来的惊喜。

"我们要不要生个火？"他说道，"现烤比萨应该很好吃。"

萝拉表示赞同。我仿佛听见本杰明在我耳边窃笑："收起你过时的银酒杯吧。"理查德注视着我，不确定该怎么做。然后我宣布，如果有人能在几分钟内做出一个自制的烧烤架，那我就答应。

"我爸爸能把一个旧热水器改造成烧烤架。"米卡认真地告诉我们。

理查德提议摆个篝火，然后再把烤箱的烤架放到上面，用石头支撑起来。这个提议点燃了米卡的热情。他一手拿起啤酒，一嘴叼着香烟，来来回回穿梭在树林间，忙着搬运理查德收集来的石头和树枝，将它们码放好，还问我要不要喝啤酒。

萝拉的羞涩正随着时间的推移逐渐消散。她为我们打开啤酒，递给了我和理查德。

"我们往树枝底下塞一些报纸。"理查德说道。

我从家里拿来了一些旧报纸。萝拉把它们撕成条，而我再把枝条放置在一起。大约花了半小时，篝火才正式完成，多亏了米卡在森林里找到的大木头。当篝火终于燃烧起来时，我们都满意地坐了下来。这样再来一瓶啤酒也没问题。

这就是月光晚宴的场景：一场有趣的篝火烧烤派对，参与的有两位少年、一位喜气洋洋的六十多岁老人，还有一位满脸酒气的三十岁女人。我不知道自己是否醉了。我不想说一句话，更愿意静静看着月亮、火光、星星，还有围绕在我身边的三副面孔。偶尔传来一两句话或一阵笑声，然后我就跟着他们一起笑了。我看到米卡似乎试图在向理查德解释各种类型的吉他。嘴唇湿润的萝拉把一缕头发别在耳后，听着米卡的讲解。我觉得她是个可爱的女孩。不知道本杰明之前是否注意到米卡和萝拉的微妙关系呢？

我们忘记烤架上还烤着比萨，是理查德及时把它们从烤焦的边缘拯救出来。之后我们又喝了些啤酒。米卡问我们是否可以放点音乐。我把收音机放到柳树下。通过数据线和USB接口，米卡可以用收音机播放手机上的音乐。

"这是我们在21日要演唱的歌曲。"

收音机里传出吉他和弦声，然后是桃乐丝·奥里奥丹那独特的嗓音。曾有人说她的声音里蕴含着一场风暴。我闭上眼睛聆听着，仿佛能看到米卡正在摇头晃脑地敲击架子鼓，而萝拉跟着轻声吟唱。几分钟后，我睁开眼睛时，看见理查德礼貌性地笑着，米卡叼着一支香烟，萝拉把头靠在他的肩膀上。

然后，他们提到青少年活动中心的那位新老师——雷米·德拉高迪耶尔。他的外号叫"老顽固雷米"。除此之外，他们还聊到乐队的近况：伊萨姆因为旷课被校长请了家长，他的父亲一气之下把他的吉他砸坏了；纳唐不再来活动中心，而且还不理他们了；提奥想成为乐队的队长……理查德对此很感兴趣，还问了他们一些额外的问题。我觉得理查德今晚很不一样，变得神采奕奕。不可避免地，话题又来到本杰明还在时的那段美好时光，那是活动中心的黄金时期。那时乐队团结一心，埃莉亚会笑盈盈地观看他们的演奏，排练经常持续到深夜。有一次伊列斯不小心被关进了储存柜里，本杰明惩罚了他们，也给他们买了软糖吃。

"草莓味的最好吃！"

理查德显得异常安静。我知道这是因为什么，他想记住每一个细节，以便以后回忆。

我进屋去打开一瓶红酒。当我回来时，理查德正在谈论他那个时代的乐队：滚石乐队、平克·弗洛伊德乐队、皇后乐队……米卡用手机切换歌曲，于是收音机依次播放了《墙上的另一块砖》《波希米亚狂想曲》《让我开始》……

"是啊，听起来确实不错。"

篝火熄灭了。米卡看了看手表，吓了一大跳。

"卢津夫人，我们要错过火车了！现在都22点10分了！"

我想如果没有理查德，我们可能无法准时到站。

米卡和萝拉只剩下短短三分钟来买票，但他们似乎并不太担心。

"没事的，卢津夫人，别担心。"

我要给他订票，但米卡坚定地摇了摇头。

"再割草的话一定要叫我，您不用亲自做。"

"啊？不用麻烦，已经割完了。"我感到有些意外，不知道说什么好。

"您没注意到，草地其实很不平整，最好还是叫我帮您吧。"

我想说些什么，但米卡他们没有时间了。离火车发车的时间又缩短了一分钟，他们就要错过火车了。

"谢谢您的晚餐和陪伴，再见卢津夫人，再见卢津先生。"

他们坐在汽车后排向理查德点头告别。和我拥抱后，他们就手挽着手飞快跑开了，然后消失在火车站的玻璃门后面。

半小时后，我们回到了家。房子显得空荡荡的，火焰只剩灰烬。柳树、庭院家具、便携式收音机、空啤酒瓶、脏盘子，种种的一切都沐浴在月亮的银色光辉中。我面带微笑地进行清理工作，几乎没注意到理查德走进屋子的声音。虽然这不是我的本意，但最终我还是和其他人一起共享了这场月光晚宴，和理查德、米卡和萝拉一起，尽管他们可能并不知道我原本打算一个人。

我把盘子堆叠在一起，思考着这次仪式活动和以往不同的地方。首先它并不孤独，也没那么庄严，然而却让我感觉很棒。我想也许是时候设定一个新的目标了。我要再在墙上贴上一张新的白纸。写什么好呢？我不知道。我的思绪开始发散。分享生活？敞开心扉？寻找生活的意义？接纳世界？尝试新事物？帮助别人？

理查德从房子那边过来的脚步声吓了我一跳。

"你还记得这个吧？"

他的声音变得低沉起来。此时只剩下我们两个人。他将手中的东西递给了我。起初，由于光线很暗，我没有看清楚，依稀只能认出是一根棕色的藤蔓，然后雕像的轮廓逐渐清晰起来。那是一件细长的雕像，上面通过好几道曲线雕刻出两条蛇的象征形象。那两条蛇相互缠绕，融为一体，而蛇头是人类的面孔。它们正相互接吻，看起来是一对情侣。这代表着爱和结合。理查德把雕像交到我的手里。我突然间哑口无言，只好不停地点头，来表达我的感激之情。

"很晚了，你明天再送过去吧。"

我再次朝他点头。理查德把手轻轻放到我的肩上，然后开始收拾桌子。而我则默默向月亮致以由衷的感谢，为理查德，为美好的夜晚，为彼此相爱的米卡和萝拉，为雕刻，为篝火，为每一个降临到我身上的意想不到的美好。

19

　　理查德和我本可以就这样在老房子里一直住下去，彼此相依相伴，直到永远。我们就是那种人，可以轻而易举地相互扶持着，因为我们彼此之间留有沉默和距离，因为我们可以相互映射出彼此。时间在不知不觉间流逝。最终。理查德要离开了，因为安妮给他打电话，提醒他休假即将结束，他的老板等着他下周一恢复工作。他现在已经好多了。安妮、卡桑德拉、雅恩和梅都需要他。他带走了我几个月前藏在厨房抽屉里的U盘。

　　"我一到家就会看它的。"他答应道。

　　我知道那些照片会让他流泪，但也会让他感到骄傲，这就是我把U盘送给他的原因。

　　理查德走了，我的花儿也开了。番红花是第一个登场的。这些花虽然看起来小但生命力顽强，深紫色的花瓣围绕着金色花蕊微微颤动，中间伸出一粒粒橙色的花药。接着开放的是水仙花。我惊叹那白色花瓣展开时，里面露出的喇叭形状的深黄色副花冠。水仙花是春天的使者。

　　那天晚上，我拿起手机本想给朱莉打电话，最后又改变主意。现在还为时过早，至少等到郁金香开花后再说。我从墙上取下了那张写着"仪式"的纸条，又贴上了一张新的，上面写着"分享"。

我把种下的蔬菜抛在脑后，一边计算着日子，一边想象我的花环或鲜花木筏会是什么样子。到第二天的时候，郁金香依然没有开放的迹象，但我决定给朱莉打电话。

"我有一个特别的计划，想请你帮帮我。"

她很自然地回答道："当然没问题，你的计划是什么？"

我很难找到合适的词来描述我的想法："我想庆祝春天。"

"庆祝春天？"

"是的，用鲜花来庆祝。"

"花园里遍地都是鲜花了吗？"

"还没有，现在只开了番红花和水仙花。"

"那我一定要去看看。"

"你什么时候回来？"

"这个周末。我们一起在家里吃午餐吗？"

"不。"

"不？"

"我另有安排。"

我的预想还很模糊，但我需要朱莉。她比我更了解这个地方。"分享"——我不想再独自庆祝。

"我想在小溪边野餐，房子附近就行。你觉得可以吗？"

"行啊，当然可以。但是别忘了花园，我想看看你的那些花。"

"你来找我吧，你会看到花园的。"

"好的，没问题。"

"我们将在小溪边庆祝春天。"

朱莉没有回应。过了一会儿，她开口嘲讽道："阿曼达，你总是有奇怪的想法，但我不知道这样久了是否会让你更糟糕。"

"不会的。"

"不会吗？你确定？"

"非常确定。当你第一次敲响房门时，我正因吃安眠药而浑浑噩噩。"

朱莉花费几秒钟来消化我的话，然后用平静的语气问道："那现在呢？"

"现在，我只是想往水里扔一些花环。"

她笑了起来，我也跟着她笑了。

"好吧，没问题。那我就给你带去一点小小的奖励，但不是太多。"

"是吗？那定在周六中午？"

"我负责带野餐垫吧。我妈妈以前有一块红金相间的旧野餐垫，还挺复古的。"

我同意她的提议，并和她确认下周六见面。

在等待朱莉的这段时间里，我并不感到无聊。我把休格斯太太的十个日历挂在我的客厅墙上，它们形成一道连续的画卷。我把它们都打开到4月份，因为今天是4月6日。时间还在一天天过去。毫不意外的是，每个日历4月份的图片都是花朵。我认出了水仙花和番红花，又知道了一些之前不认识的开在树上的花。我想也许朱莉能告诉我更多。

我在森林里收集了一些小树枝，打算把它们绑成盛放鲜花的小木筏。我坐在柳树的树荫下，享受我全新的庭院家具。我花费更多时间去想象，想象保罗和露西的日常生活，而不是把注意力放到组装木筏上。不过我的工作还是有进展的，小木筏逐渐成形。我将小树枝排列成一排，用白色绳子把它们绑起来。这些白色绳子也是我在花园里常用的工具。到特定的日子，我就会把鲜花放到小木筏上。

我把小木筏放到我的卧室里，一共做了十二个，这足够了。我在几天前就决定好了要做十二个小木筏，因为十二是一个完美的数字：代表着一年的十二个月份。

一天下午，我决定把理查德做的秋千涂成苹果绿色，并在吊绳上挂满蒲公英花。同样在那天，我注意到风信子初绽花苞，那淡紫色的散发着香气的花串如同小铃铛，簇生在同一根茎上。在我看来，这预示着风信子也能及时赶上我的春日庆典。

到周六早上还不到10点的时候，我就已经用鲜花装点好了小木筏。我还提前准备好了三明治和水果沙拉，分别用保鲜膜包好。另外，杯子和甜白葡萄酒也被我摆放到厨房的桌子上。是的，我已经准备好了，比预定的时间还要早两个小时。

我坐在花园的柳树下，看着我的十二个鲜花小木筏，上面交织着水仙花、番红花、风信子和野生的紫罗兰。它们看起来如此新鲜、美丽，香气扑鼻。灰猫嗅了嗅被丢弃在一旁的花堆，那些是我剪下来但在小木筏上放不下的鲜花。它眯起眼睛走远了，对它来说，这里的香味过于浓郁。我分辨着这堆花的颜色、纹理、形状，以及从花冠、花瓣和一串串

"小铃铛"中飘来的阵阵芳香。真是可惜。我在思考应该拿这些鲜花怎么办。做成香包吗？还是不了，那肯定又会是一种浪费。还是带给本杰明？可神圣之松树根那里已经被蓝色、紫色、白色和黄色的花瓣盖得严严实实了。

我伸开双腿，瘫倒在转角沙发里，思绪逐渐飘远。我想到了梅的秋千和它的制作过程。在我的眼前，仿佛浮现出这样的场面：理查德牢牢握住绳子，米卡爬着梯子，而萝拉则身处草地上。萝拉穿着黑色褶边连衣裙，一边拔起雏菊，一边优雅地制作手链。她的手指快速交替着，但注意力却在米卡身上，寻找他的目光。没错，她只是无意识地把雏菊编成手链，然后套在她纤细的手腕上，一个、两个、三个、四个……

我收回双腿，站起身来。我知道自己要怎么处理这些多余的花朵了。

在我正专心制作水仙花项链时，蓝色雷诺丽人行汽车传来的动静吓了我一跳。

汽车停在房子门前，有人从车门里伸出赤裸的双腿，随即车门砰的一声关上了。朱莉穿着春天的衣服出现在我面前，那是一件点缀着红色虞美人的白色连衣裙。棕色的发丝从她脸前飘过。她迈着自信的步子朝我和柳树走来，同时发出欣喜的赞叹声。

"你又让这地方焕然一新了！"

她把双手放到我的肩膀上，给了我一枚香吻，然后眼睛闪闪发光地继续说道："你给百叶窗刷了漆，做了一些庭院家具，除此之外还有什么？"

我指了指刚刚涂上颜色的秋千，它在松树的树荫里。

"是你做的吗？"

"是我公公做的。"

"那这些呢？"她用手伸向我的花环。

"是我做的，我正在尝试。"

"这些花很漂亮，也很新鲜！"

然后她转向鲜花小木筏。

"天哪，你真是太有创造力了，阿曼达！"

"我只是试着打发时间而已。"

"你知道吗，你可以为婚礼做这些！"

我本以为她说的是我的鲜花小木筏，但她抓起了我手腕上的手链。

"还没到那个程度。"

"当然还差点火候，你只是没有材料！但如果再买一些弹性线、搭扣和挂钩，你就可以做得更好了。"

她拿起那条长项链，在自己胸口的花裙子上摆弄着。

"快看！你看到这个效果了吗？我可不是开玩笑。你能想象到这个主意吗？用鲜花打造的短期珠宝首饰？我敢肯定，在婚礼旺季时，这种东西会很火爆！而且它的味道无可比拟！新鲜的芳香！"

她闭上眼睛，用指尖轻轻地触碰这些花朵，然后深吸一口气。

"我感觉曾经的幸福回来了，回到我妈妈在时的那些日子。"

我的灰猫走上前和她打招呼，让她不得不睁开眼睛。野性十足的灰猫竟然开始和她撒起娇来，如果她不是朱莉的话，我肯定会嫉妒她。

"好了，今天还有其他事情呢。我们要出发了。"她起身宣布道。

"你找到合适的小溪了吗？"

"绝对让你满意。"

我们坐进朱莉的汽车。我把装满食物的袋子放到膝盖上。今天是个好日子，春风和煦，阳光明媚。驶向一条乡间小道时，我不禁想到这是我和朱莉第一次在家里以外的地方待在一起。这似乎是个好兆头。

大约十五分钟后，我们停进一个只停放着一辆汽车的停车场内。朱莉坚持不告诉我这地方叫什么，我只好假装自己没有看见旁边标牌上写着"塞伊瀑布"。我拿着装满食物的袋子跟着她走在石子路上。

我们身上东西很多，再加上小道尽头是一段苔藓覆盖的攀岩路线，行进尤其不容易。于是我们被迫采取了新的策略。朱莉先放下她手里的袋子，自己爬上去。然后我把袋子都递给她后，再爬上去。克服重重阻碍后，我不得不承认这条行走路线让人身心愉悦：翠绿色的柔软苔藓、沿途溪水的流淌声、从树枝间倾泻而下的阳光、行走的脚步声和碎石的滚动声。我们还遇到一对向我们礼貌打招呼的徒步者。最终，走在前面的朱莉把自己的袋子放到地上。

"我们到了。"

这里水声很大，因为我们面前有一处瀑布，这里也是这条徒步路线的最高点。水流从面前奔涌而出，飞落到下方的岩石上。

"我们在这里野餐吧？"朱莉提议道，"我们也可以在下方的河里放你的鲜花小木筏。这样它们就不会在通过瀑布时被岩石撞坏了。"

我非常赞同她的提议，于是我们开始寻找一个能晒到太阳的平坦岩石来铺开野餐垫。

白葡萄酒略带甜味，三明治也很好吃。我仍然很难相信自己竟然出现在这里，在奥弗涅的中部地区，远离房子，和前任房主人的女儿在一起。我的生活和十个月前相比已经天翻地覆，我也一样。我隐隐感到有些不安，于是把注意力放到聆听朱莉讲述她的工作、她在克莱蒙费朗的公寓、她那患有双相情感障碍的邻居和令人讨厌的公寓管理员。我们将酒瓶重新封上，收拾好剩余的食物，准备沿着河流到下游去，去那里放下那些装点着鲜花的小木筏。我帮朱莉收好她妈妈的野餐垫，然后我们开始下山。路上，我们与一大家子人相遇，他们带着野餐篮和气球迎面走来。

我们从一块岩石跳到另一块岩石，小心避开容易滑倒的苔藓。朱莉捡起一根木棍作为登山杖。我看见一对知更鸟在绕着我们飞舞，很像是住在神圣之松上的那对。然后朱莉向我开口道："阿曼达，我可以问你一个私人问题吗？"

我尽量不去犹豫，但这很难，因为她的问题如此突然。

"可以。"

"嗯，就是，我想问问，除了我，你还见过其他人吗？"

我对她的问题感到困惑，尤其是摸不准她到底是什么意思。

"见过，不多，但我有时候确实会和其他人见面。"

"男人吗？"

好吧，我现在明白她的意思了，但是我故意点头答道："是的。"

"是和你年龄相仿的人吗？"

"不是。"

"如果是你的公公——那个制作秋千的人，那就不算。"

我实在不知道该怎么回答，所以没有开口。我们就这样继续向前走了一会儿。

"他走了多长时间了？"

她的语气中没有评判的意味，我能感觉到，所以我愿意回答她。

"再过两个月就是一周年了。"

朱莉默默点头，我继续补充道："他叫本杰明。"

朱莉笑着轻声重复"本杰明"，就好像在摸索这个名字的发音。

"人们都说，每个悲伤差不多要一年才能抚平。你相信这种说法吗？"

我耸了耸肩。悲伤？我甚至都不知道这个词代表着什么。怎么可能有人可以宣布它的开始或结束呢？

"我花了六个月的时间才逐渐接受我爸爸不在的事实。当然，情况还不太一样。那时我妈妈还在我的身边，我的职业生涯刚刚起步，社交生活也很充实。对我妈妈来说，走出的时间就要长得多。我想她可能用了两年，甚至更长。所以他们关于悲伤多久才会消散的说法，我一点都不信。"

她转过身来，面露天使般的微笑。

"我只知道一点，也只说一点。那就是你还年轻，春天总会到来。"

她似乎想暗示我什么，但我们已经来到下游一段平静的溪流旁，这里条件很好。

我说道："这里很适合放我们的鲜花小木筏。"

我小心翼翼地从帆布包里取出鲜花小木筏。而朱莉正盘坐在一块光秃秃的岩石上。

"我可以讲几句话吗？"

我惊讶地抬头看向她。

"讲几句话？"

"对，在小木筏下水前。"

"你是在开玩笑吗？"

"不是，我只是想到了几句话。"

我不知道她是否在开玩笑，但我没有阻止她。

"当然可以，如果你想的话。"

然后朱莉从她那光秃秃的岩石上站了起来。当我带着第一个鲜花小木筏走向水边时，她郑重地清了清嗓子。

"那么今天，阿曼达，你带我来到这里，是为了庆祝春天的到来。但是，春天的到来也是冬季的结束。冬天是一段特殊时期，动物会冬眠，而人类会习惯躲藏，习惯自我封闭，这很正常。中国古人曾将冬天描述成一个沉思冥想的季节，一个自我更新的时刻。你知道他们用什么词来形容冬天吗？"

她期待着我的反应，于是我摇了摇头。

"他们说冬季是'关财门'的日子，关上大门，守护财宝。这种说法很有趣，不是吗？"

"是的，确实有趣。"

"所以说，你关上大门是为了守护财宝，现在是时候打开它了。"

她郑重其事地朝我点头，示意我可以把鲜花小木筏放到水里，于是我照做了。小木筏很难在水中保持稳定，它在水中随波摇摆，但我还是成功让它顺流而下。我的鲜花、王冠和铃铛，消失在溪流的怀抱中。然后朱莉从岩石上跳了下来，自豪地说道："我还能补充点什么吗？"

"当然可以。"

"那我说一句尼农·德·朗克洛的名言吧。她是一位女性文学作家，同时也是一位交际花。你知道她吗？"

"不认识。"

她脸上露出顽皮的笑容。我听到她声音洪亮地大喊道："为那些只在春天接吻的知更鸟哀悼！"

那一刻，我不知道自己应该生气、惊讶、仰望天空、发誓，还只是笑笑。我知道朱莉在等待我的反应。在重获新生的日子里，是我自己选择她成为朋友的。所以，我抬头仰望天空，送给她一个微笑。朱莉欣喜若狂地宣布："我要放下一个鲜花小木筏！"

没错，我的庆祝方式正潜移默化地发生变化。但朱莉说得对，"关财门"只属于冬季，现在春天到了。春天的证明就是厨房墙壁的白纸上那两个黑色大字——"分享"。

—20—

尽管朱莉为我带来了春日盛典，尽管鲜花为我带来了花园的色彩，尽管4月为我带来了羞涩的阳光，但我还是无法回避那个命中注定的日子——4月13日，本杰明的生日，他本应该三十三岁了。

本杰明是白羊座。我不知道星座是如何描述他的性格的，我从来都不信星座。我只是知道他是白羊座，就像我知道他是在那天中午出生的一样。如今想来，我了解本杰明生活中的许多细节。

本杰明吃饭的时候总是先吃肉再吃蔬菜。他手机里的起床铃声是《力量与荣誉》，所以每天早上我都会想起这首歌。其实，他最喜欢的歌曲是吉米·克里夫的《我心叛逆》。但他没选择它作为铃声，是因为它节奏缓慢又过于抒情，会让他想要和我一起赖床。他拒绝剪掉发辫，因为它们代表着他的青春。每当电影演到煽情部分时，他总是突然去上厕所，他天真地以为我没有看出他的小心思。他只穿黑色或深蓝色的内裤，没有什么特别的原因。他更喜欢咖啡而不是茶，但他总会为我们的甜点搭配伯爵红茶，以保持他的"英伦风范"。他每天至少会笑上十次。他更喜欢亲吻我的头发而不是嘴唇，因为他觉得这样更有情调。他只在周三和周六刮胡子。啊，而且他喜欢看我穿着他的大号羊毛袜子和毛衣，尽管我从来没有明白为什么。

我心中认为，正是这些微不足道的细节，构成了我们对一个人的爱。我爱本杰明胜过爱自己，我相信现在对他的爱更加深沉了。时间在面对痛苦时发挥了作用，使得它现在不再那么尖锐，但自己却越陷越深。

当他生日临近时，我很难保持刚刚获得的轻松和宁静，仿佛一夜之间又回到从前。我没有再去打理花园，也没有再给理查德、安妮、雅恩和卡桑德拉打电话。他们也许也承受着同样的痛苦。4月11日，距离他的生日还有两天的时候，我做出了一件让自己无法理解的事。我拿出手机，给埃莉亚打了电话。她现在还在青少年活动中心上班。正值午休时间，她接通电话时，声音中带着惊喜。

"阿曼达？"

本杰明的葬礼后，我就再也没见过埃莉亚。刚开始的时候，她给我发了一些短信，比如"我想你""我一直在你身边""希望你一切安好"等，并且不需要我的回复。而我总是回复她一些简短的客套话，就像"谢谢，拥抱你"。后来，她也不再给我发短信了。虽然这不是我的本意，但我当时确实没有精力和她或者其他任何人保持联系。

"一切都好吗？"她问道，并不期待我的回答。

"还好，我现在还好，只是……"

我真的不知道为什么今天给她打电话。我笨拙地组织着措辞。

"我只是想问问你近况。"

很难理解，我无法理解自己的行为。是不是米卡的到访影响了我？因为他告诉我埃莉亚和以前不一样了，他们再也没有见过她开怀大笑。

还是对本杰明上次生日派对的回忆影响了我？那次生日派对是在酒吧的包厢里举办的。

那时聚在一起的有雅恩、卡桑德拉、埃莉亚、我忘了名字的埃莉亚的男朋友、弗雷德、活动中心的经理和他的妻子塞琳、每周都来活动中心上课的体育教练尤瑟夫以及埃莉亚的实习生。那名实习生叫安东尼还是安东宁我记不清了，只记得他是一个可爱又不怯场的年轻人。我们围坐在一张圆桌前，啤酒源源不断地被端上桌。包厢里有一个属于我的沙发位置，以避免我隆起的肚子碰到桌子边沿。他们为本杰明准备了一件"超级奶爸"的衬衫，除此之外还有一些为玛侬出生准备的礼物：静音耳塞、粉色奶瓶、水杯、维生素和印着"我爱爸爸"的婴儿背带。

当然，我没有喝酒，即使没有酒精的刺激我也感觉到非常兴奋。

我们一起玩了飞镖，接着又去打了台球。当大家明显喝多了时，卡桑德拉帮我把所有人带到酒吧外。附近有一家二十四小时营业的烤肉店，正恭候着我们这群酒鬼进去大吃一顿。那天晚上我们就是在烤肉店结束的。

是的，也许正是这段回忆让我在今天中午给埃莉亚打了电话。

"嗯，我还好。"她在电话里说道，"我是说，这里一切如常，到处都是乱跑的淘气包、机灵鬼和小霸王，和以前一样。你明白我的意思吗？"

从她的语气中我可以感觉到她被我的电话打扰到了，这很正常。

"那你呢？"她问道。

"我也挺好的。"我只好这样回答。说实话，我已经后悔打这个电话了。

接下来两个人都没有开口，我听到她清了清喉咙，也许她在椅子上换了个姿势。

"正好你打电话来，我们……我们想在周三聚在一起喝一杯。"

"周三？"

"13日。"

电话里再次安静下来。我张开嘴，但是喉咙干涩，一句话都说不出来。

"好久没见到你了。你知道的，我们都挺想你的，但没人敢给你打电话。"

我知道我自己现在必须给出一个明确的答复。我咽了咽口水，用尽可能轻松的语气回答道："我……当然可以。但是，你知道的，我住得离你们很远。"

"你可以住到雅恩和卡桑德拉家。"

我听出来，埃莉亚在椅子上不断变换姿势。

"阿曼达，周三20点我们会在里昂老城的詹姆斯酒吧见面，然后一起去吃烤肉或比萨。如果雅恩和卡桑德拉那边不方便，或者你担心打扰到小孩子，你可以来我家。我这里有一张还算舒服的折叠床。"

"谢谢，我看看怎么安排吧，好吗？"

我只是想争取一些时间，现在无法做出决定。

"那周二晚上给我回电话行吗？"

"好的。"

"我们都期待见到你。"

我的声音被埃莉亚背后的叫喊声吞没。

"阿曼达，我得挂电话了。好像有人在那边打架。周二记得打电话给我。"

"好的。"

她挂断了电话。

在接下来的几天里，我反复改变着自己的决定，来来回回有二十多次，这让我难以入睡。到了周二晚上，我并没有给埃莉亚回电话。她稍晚的时候给我留了语音留言，告诉我为以防万一，她已经为我准备好了折叠床。我不知道自己应该感动还是恐慌。

4月13日对我来说真是一场噩梦。一想到自己要开车到酒吧去，面对尤瑟夫、弗雷德、赛琳和其他人的关切目光，我就浑身冒冷汗。我无法集中精力做任何事，也无法在神圣之松面前说出任何话。我只是移动双手，用手指拂过那层被染成粉色的树皮。我知道本杰明一定支持我去，这种决定对他来说很容易。在面对其他人时，他的灵魂也许会附着在啤酒杯上。

下午朱莉给我打了电话，我当然没有接。她又留了一条语音留言，我也没有听。

什么时候会做出最终决定，我真的不知道。不管怎样，这一切都不是有意识地进行的。然而，到了18点的时候，不知怎么，我发现自己正站在浴室镜子前，身穿一件黑色连衣裙，已经化好妆、喷好香水。我的眼影画过头了，嘴唇上的口红也太浓艳，头发被打理得一丝不苟。这件黑色连衣裙原本是为出席重要场合添购的，现在穿上有些不合时宜。

我知道，如果自己想按时到达詹姆斯酒吧，现在就必须出发了。然而，我依然把双手放到洗手盆边沿上，待在镜子前一动不动。我一一列举着不去的理由：以后还有机会，此次不是非去不可；那只灰猫还没有从外面回来，我不能把它留在外面；本杰明生日这天晚上并不适合和朋友们见面；我不喜欢在晚上开车。

不知道哪个理由最终说服了我，我拿起卸妆棉和卸妆水，把脸上的所有颜色都抹掉了。这样很好，我改天再去吧。

我开始收听朱莉早些时候留下的语音留言，她的声音听上去比平时还要欢快。

"回我电话，阿曼达，我有急事要告诉你。"

这就是她信息的全部内容，很简短。我坐在灰色扶手椅上，手机让我想起埃莉亚几分钟前发给我的回复："可惜，下次吧。"我应该告诉她真相，告诉她我还没有准备好，还不行，而不是编造一个让自己头痛的谎言。为了不让自己一直去想这件事，我拨通了朱莉的电话。她一如既往地充满热情。

"嗨，阿曼达！好吧，你收到我的信息了吗？"

"收到了，刚刚收到。"

"我得告诉你，是好消息哦！"

"哦？是吗？"

"我和一个同事谈到了你的鲜花珠宝首饰。她和我一样都是负责推广产品的，她负责普罗旺斯—阿尔卑斯—蓝色海岸大区，但这并不是重点。重要的是，她下个月就要结婚了，而且她对这个新概念，即短期的天然首饰非常感兴趣。"

朱莉没有继续说下去，急切地等待着我的反应，但我却让她有些失望了。

"你还在吗，阿曼达？"

"在，在听呢。"

"你听见了吗？"

"听见了。"

"她愿意让你给她介绍两三个你推荐的样品。她想要一个花环手链和一个花冠头饰。"

我禁不住开始吞口水。天哪，朱莉到底想干什么？

"你不用亲自过去。如果你同意的话，我可以在这个周末过去取，然后到周一时把它们送到她办公室去。你觉得这样可行吗？"

"周一吗？"

"你有三天的时间准备。"

她停下来，让我考虑一下。

"我……我从来没有打算过正经做。你知道吗，你看到的那些成品只是无心之举，根本没有什么设计。我只是做它们来打发时间而已。"

"你在搭配色彩和塑造形状方面很有天赋。阿曼达，最重要的是眼光，而不是设计。至于材料，你可以在手工艺品店买到你想要的配饰，比如扣子、胶水之类的，我不知道你需要什么。你是有创造力的，你自己要知道这一点！"

"让我想想，朱莉。"

我从扶手椅上站了起来，紧张地在厨房里踱步。

"我从来没有做过——"

"我不是在给你压力，阿曼达，这只是一个建议。"但她听起来非常兴奋，"真的，只需要两三个手链和花冠而已，足以向她展示你的作品了。"

"还有三天时间是吗？"

"对的，我可以在周日上午的时候过来拿。"

我站在窗前。在一片漆黑下，沉睡的是我难以看清的花园。今天早上我发现了第一朵草莓花，精致的白色花瓣映衬着黄色的花蕊。我知道这朵花会慢慢酝酿出小草莓，小草莓随着成长由绿变红。我的郁金香还没有开，不过是这几天的事了。我试着想象出手链和花冠的成品样子，也许草莓花会与番红花、风信子完美搭配。

"我不想给你施加压力，阿曼达。我再说一遍，这是一次机会。如果成功了，我们可以向其他婚礼推广这个概念。如果她不喜欢，那我们就把这个主意忘掉。就这么简单。我到时候还会把你的手链还给你，以后不再提起这件事。"

"我明白了。"

"那你愿意试试吗？"

"试试吧。虽然我不能保证什么，但我愿意试试。"

"太棒了！我周日早上来取这些东西，好吗？"

"好的。"

"爱你。"

"我也是。"

"周日见！"

我们挂断了电话。我不太清楚自己将要涉足的领域是什么样子的，但有一件事可以确定：朱莉刚刚救了我，暂时避免了我的焦虑。

我先在纸上画出手链和花冠的草图，这有助于我更好地策划它们。纸上，我勾勒出风信子的紫色"铃铛"、水仙花的特殊"喇叭"和番红花的深紫色花瓣。与鲜花交织在一起的常青藤能带来一抹绿色。纯洁、有活力的雏菊为成品增添一种属于白色的纯粹。

我构想了很多款式。其中，有一种款式融合了多重色彩，包含蓝色、淡紫色和深紫色。它是由番红花、风信子和野生紫罗兰搭配而成的。这个款式充满活力。我还设计出一种更纯洁的以白色为主题的款式，以常春藤为脉络，串联起雏菊、水仙花和草莓花。这种款式的问题在于草莓花。如果我把草莓花摘下来，未来就结不出果实了。因此我想了一种解决方案：在我的花园里另行种植其他类似的花。与此同时，还有一种极简主义的款式，即只由常春藤和水仙花构成手链，就像美国人的毕业舞会上经常戴的那种手链一样。大方向定好后，我的构想基本遵循这三种设计模式：多重色彩、纯洁和极简主义。

第二天，我去购物中心购买了制作珠宝首饰所需的材料——鲜花胶水、丝带和麻绳。回家的路上，我停在一家园艺商店门前，准备解决一下草莓花的问题。

"您需要白花植物是吗？需要已经开花的对吗？"

我的需求似乎让店员感到惊讶，但她还是认真为我想办法。

"您想要多大的花？"

"小一些的，尽可能小。"

她的眼睛中快速闪过一道光，好像想到了什么。

"您知道唐棣吗？"

"唐棣？我不知道。"

"它是一种很奇特的树，更确切地说是小乔木。现在它已经开花了。花朵又白又小，像星星一样。唐棣的花是成簇生长的，整体看起来仿佛树木蒙上了一层白色面纱。这是一种生命力顽强的植物，可以在零下三十摄氏度的条件下存活。"

她一边向我介绍，一边示意我跟着她到里面去。我们来到一间独立的温室内。听着她的描述，我仿佛看到成千上万颗白色星星，这让我越来越确信唐棣就是我正在寻找的植物。

"唐棣在每个季节都给人带来不同的惊喜。春天有星光灿烂的花朵，夏天有甜美多汁的小果实，也就是唐棣果。唐棣果起初是红色的，然后会变成深紫色，看起来像小浆果，用它们做成派和果酱都超级好吃。"

到这时，我已经被她打动了，但她继续补充着，给我带来更多惊喜。

"到了秋天，叶子会变成青铜色，继而转为深绿，最终会变成铜红色，非常耀眼。"

我们走进温室。她稍微停下脚步。

"在那边。"

我跟着她走进一条小道，然后我们停在三棵唐棣树前。成千上万颗白色"星星"盛开着。我不由得双眼放光。

"太完美了。"

回家的路上，我很难将视线从我的唐棣树上移开。事实上，一到家我就会把它种下。我想看到它在我花园里扎根，与绿色的松树和淡紫色的花朵遥相呼应。我应该把它种在哪儿呢？我要为它选择一个阳光明媚但光线又不是很猛烈的位置，而且在客厅里还能看到它，每天早上都能欣赏它的美丽。然后我想到，保罗有他的垂柳，休格斯太太有她的花园和苹果树，本杰明有他的神圣之松，而唐棣则是献给玛侬的。我那美丽迷人的玛侬唐棣树，甜美的果实如同红宝石，绽放着璀璨的光芒……

——21——

5月1日，也就是劳动节的那天，梅会来到我家。这是卡桑德拉在4月底一个美好的早晨通过电话告诉我的。那时我正在为朱莉的同事制作手链和花冠，显然上次通过朱莉转达的样品得到了青睐。朱莉的同事决定为自己选择纯洁的白色款式，为四位伴娘选择多重色彩的蓝紫色款式。这份十件首饰的订单让我感到意外，因此有些措手不及。它也进一步激发了朱莉的热情。她告诉我道："我会帮你建立一个网站的。"从那以后，我每天都忙于设计这些首饰，因为婚礼就在几天后举行。同时，我也在种植新的花卉——大丽花、加州丁香和铁线莲。如朱莉所说，可能还会有新的订单，所以我必须做好应对准备。

然后我接到了卡桑德拉的电话。

"我们想在4月30日的晚上到你那里过夜，理查德说你那里有张沙发床可以供我们晚上睡觉。"

"当然可以，我会准备晚餐的。"

"真是太好了！我们要在5月1日早上离开，雅恩和我订了一个两天的温泉酒店的房间。如果你愿意的话，我们想把宝宝留在你那里，直到我们从温泉酒店回来。你觉得呢？"

"当然可以。"

一连串嘱咐接踵而至，我察觉到卡桑德拉对于要与梅分开四十八小时这件事感到忧心忡忡。不过这很正常，要是我也会有同样的反应。

"好了，我不打扰你了。"卡桑德拉在电话里最后说道，"我会给你留下一份注意事项，咱们聚在一起吃晚餐的时候再说。"

"好的。"

"不用准备甜点，我们会在路过那家黎巴嫩面包店的时候购买新鲜的草莓蛋糕。"

"好的，那太棒了。那家店的草莓蛋糕是里昂最好吃的。"

我已经为梅的到来做好万全准备。家里的每个角落都被彻底消毒，然后放上鲜花做成的花束。

"你要接待英国女王吗？"朱莉在29日早上过来的时候惊讶地问道。

"没有，是我的小侄女要来。"

她发出一声惊叹，说自己从未见过如此美妙的房子。朱莉来这里是为了取走手链和花冠。婚礼就在今天举行，她负责把成品带给新娘和伴娘，并从中收取一点小小的报酬，这是我们之前说好的。我做好的鲜花首饰正放在冰箱里，以保证它们的新鲜程度。

"我给你带了这个用来包装。"朱莉从她的手提包里拿出一摞漂亮的珍珠灰丝绸。

我们小心翼翼地将手链和花冠一个个包好，这一过程非常专业。朱莉越来越兴奋。

"把你车上的空调打开吧，这样它们到那地方时肯定还很新鲜。"

"好的。"

在房子门口，朱莉递给我一张支票。我反复看了几遍才确定自己没看错，这是一张写有三位数欧元的支票，金额出乎我的意料。

"你确定值这么多钱吗？"

"非常确定。"

"原材料并不贵。"

"但艺术家的创意是无价的！"

就这样，朱莉和她的蓝色汽车载着成品渐渐消失，只留下我一个人目瞪口呆地站在门口，手里拿着那张支票。这是我数月来第一次得到报酬。

我将做好的希腊茄盒放在厨房的餐桌上，它看起来热气腾腾的。比起吃完希腊茄盒，我们还有更重要的事情要做，那就是谈论梅的成长。我看着她抓起眼前任何能接触到的东西，一一放进嘴里，然后将这些东西在面前滚来滚去。雅恩在沙发后面朝她大笑。短短几周内，梅的变化实在是太大了。

"你想抱抱她吗？我来给你拿她的玩具。"

我觉得这更像是一次他们对我的测试，确保我能在他们离开后照顾好宝宝。我当然成功地抱起她，没有遇到太大的麻烦。

卡桑德拉在厨房的地板上打开了一个装满玩具的大袋子，里面有梅的毛绒玩具，我能认出有些原本是为玛侬准备的。除此之外，还有不同样式的书籍、一个能演奏摇篮曲的音乐盒、五颜六色的摇铃以及梅最喜欢的游戏玩具。

"她特别喜欢木偶戏！"

"真的吗？"我有些怀疑地盯着梅脚上那双印着狮子、狗和小女孩的袜子。

"真的！雅恩很会这个。每天晚上他都会给梅演上一小段，切换各种声音。每次她都哈哈大笑，你到时候看吧！"

卡桑德拉在我面前打开了第二个袋子，里面装着一个塑料浴盆，用来给梅洗澡，还有其他必需品：温和洁肤香皂、超细纤维毛巾、会吐水的青蛙漂浮玩具以及一张防滑垫。

"我们一起给她洗个澡？这样你明晚就有经验了。"

于是我们把梅放进浴盆，再把浴盆放进我的浴缸里。

"无论怎样，你都会被淋湿。"卡桑德拉告诉我，"有时候我会直接穿上泳衣。"

好吧，我已经准备好了。我们洗净了梅那圆润的小身子。给她洗脚的时候，她挣扎着不愿意；给她擦脸的时候，她又摇晃着脑袋左闪右闪。

我想我做得还不错，因为卡桑德拉已经放手让我帮梅擦干身体，清洁她的耳朵，给她换上尿布，然后再给她穿上毛绒睡衣。当我们来到走廊时，雅恩刚把他们带来的婴儿床放进我的卧室。今晚梅会在这里睡。

"如果你想的话，梅也可以和我们睡在客厅里。"

我已经知道宝宝今晚要和我一起睡了，但我还是害怕万一会有什么事。

"就这样吧，"卡桑德拉说道，"我哄她睡觉，然后我们就可以安心吃晚餐了。"

她到我的卧室里给宝宝喂奶，雅恩和我一起回到客厅。

"你要坐下吗？"我给他拉过来一把椅子。

他坐了下来。我从柜子里取出一瓶波特酒，又从冰箱里拿出一瓶只剩下一点的甜白葡萄酒。

"工作怎么样？"我一边问他，一边在桌子上摆放酒杯。

"我觉得他们要给我降职了。"

"降职？"

"他们不喜欢每天在17点准时下班的人。"

"但是你又没有耽误工作，不是吗？"

"当然，我和其他人一样。但问题不是这个。在这种大公司里，在这种公共办公室里，每个人恨不得要待到20点才行。"

我叹了口气，深表同情。他又继续说道："我才不在乎！我想他们正准备让我退出这个新项目，把我调到研发部门去接手一个停滞已久的老项目。"

"他们要边缘你？"

"肯定的。但这样只会让我每天走得更早。"

他笑了起来。雅恩变了很多，也许是所有人中变化最大的那一个。我想本杰明会为他感到骄傲的，那个曾经在制药行业低头哈腰的实习生现在已经不再沉默。

"卡桑德拉呢？她回到医院工作了吗？"

"她上周就回去了。"

"她过得怎么样？"

"很好，非常好。虽然她一再说自己在产假期间无比快乐，但我认为她更怀念医生护士间的闲言碎语。"

"那理查德怎么样了？"

"他好多了。现在他经常出门，去活动中心参加排练，和本以前的学生一起。我想那个学生应该叫米卡。"

我对此感到有些惊讶，但也很高兴。我给我们俩倒了些开胃酒。雅恩拿起他的酒杯，问我道："你呢？你的无薪休假批准到什么时候？"

这时候我想喝一大口波特酒，这有助于应对棘手的问题。

"理论上是到7月份。"

"啊……"

"是的。"

我明显感觉到他的回应是想听到更详细的回答，但我没有说更多。尽管两周前人力资源总监给我留过语音留言，但我却一直没有回复。她想知道我的近况，问我是否打算回来，或者是否已经找到了其他工作。我只是在尽量拖延时间，假装自己不存在。

"你现在过得怎么样？我的意思是，你的积蓄还多不多？"

我把杯子里的波特酒一饮而尽。

"我的钱还可以再支撑几个月。房租不是很贵，我也没有什么花钱的地方，而且我想我找到了一种赚零用钱的方法。"

他扬起眉毛，显然是我的话勾起了他的好奇心。

"我在用花园里的鲜花制作首饰，一种短期的首饰，通常用在某些活动中，只能是一次性的。"

"这听起来很特别！"

雅恩脸上没有任何怀疑。他喝了一口酒，再次扬起眉毛问道："那永久性的呢？"

“什么意思？”

“你有没有考虑做一些可以永久保存的鲜花首饰呢？”

“那倒没有，植物的特点就是容易枯萎。”

“当然，确实如此。但肯定有技术手段可以把你的鲜花永久保存下来。”他像是一位科研人员，“就像制作永生花的技术那样，我在思考你这里可不可以应用植物冷冻干燥技术，如果不行的话肯定还有其他技术。”

就在这时，卡桑德拉一边扣上扣子一边往这边走来。

“宝宝还不饿。”

她坐在我们对面的椅子上。我站起身来，为她倒了一杯无酒精饮料，因为她还得喂奶。我听到她问：“你们在讨论什么冷冻干燥技术吗？”

我很高兴他们能出现在我的厨房里。卡桑德拉把膝盖靠在胸前，用小勺子吃着自己盘子里的希腊茄盒，她现在饿得难受。雅恩身体靠在座椅背上，把酒杯里的冰块转来转去。而我则坐在椅子上抚摸着卧在自己膝盖上的灰猫。

本杰明离去的事实从未远离我们，但此刻所有人都感到很放松，完全没有一点紧张感。这是我们第一次如此接近意外之前的状态——所有人轻松愉快地聚在一起，会心地笑着。

我们开始直接从大盘子里吃希腊茄盒，然后聊起了本杰明，聊到他去年的生日派对，聊到他那次飞镖比赛的惨败，聊到两年前我们一起参加雷鬼音乐节的日子……

我们回忆着本杰明，谈论着关于梅的趣事，一直到凌晨1点。卡桑德拉因为太饿吃完了所有的希腊茄盒。

"喂奶的妈妈是这样的。"她为自己的饥饿解释道。

我们吃完了草莓，喝光了酒。又过了一个小时，雅恩终于开口宣布道："该睡觉了，明天还要出发呢。"

于是他们站了起来，都打起了哈欠。雅恩搂住卡桑德拉，卡桑德拉自然地靠在他的怀里。即使我告别他们，又重新孑然一身时，依然对他们的到来感到高兴。

"好了，我们该去睡觉了，明天见，阿曼达。"

"明天见，做个好梦。"

"晚安。"

我看着他们在走廊尽头消失后，才走回自己的卧室。我醉醺醺地换上睡衣，甚至没有穿好就躺下了。

每到5月初的时候，露西·休格斯总是很忙，这一点我从客厅墙上挂着的十个日历上就能看出来。种植夏季球茎、切花、摆放天竺葵、播种萝卜、种植番茄、修剪苹果树，休格斯太太的生活满满当当……

5月的前两天，我也热火朝天地忙碌着，但我的工作性质和休格斯太太截然不同。我要给梅冲奶粉、换尿布、晃动摇铃、玩藏猫猫游戏，看着她在我面前笑得前仰后合。我还把灰猫介绍给她，满足她眼中的好奇心。

"它是我的猫咪，亲爱的。是它收养了我，而不是我收养了它。猫咪有时候就是会这样做的。来吧，宝宝，我带你去看成千上万颗白色'星星'。"

我抱着梅来到唐棣那里，让她用小手抓住那些白色的"小星星"。然后我吹了一下，"星星"在空中飘散开来。面对这些"星星"，梅眼里有光。我还带她到神圣之松那边，向她介绍本杰明。

"这是宝宝，本。就是她，她是你的侄女，看她多漂亮啊！"

在神圣之松下，宝宝不明白发生了什么。她只是坐在我的怀里，啃着自己的手。

"看到我抱着一个孩子，你是不是感觉很奇怪。其实我也觉得奇怪。我很高兴卡桑德拉和你弟弟能把这项工作交给我。我相信自己能照顾好她。总之，我会尽力的。现在是午睡的时间，午睡后我会给她讲木偶戏，她喜欢木偶戏。"

在梅睡着的时候，我不敢出去。我害怕自己听不到她的哭声。我待在客厅里，但每隔十分钟就把耳朵贴在她的房门上。

我为她编了一段木偶戏，讲了小女孩被狮子追逐，最后被狗狗英勇救出的故事。洗澡的时候，我又给她编了一个关于青蛙的故事。故事里的青蛙很害怕水，但为了健康不得不洗澡。虽然她没有完全听懂这个故事，却开心地笑了起来。那种婴儿的笑声让我不禁落泪。我已经深深爱上了她。我难以想象以后的日子。当她长到两岁、五岁，甚至八岁的时候，在假期来到我的房子，帮我种植球茎。我会为她制作苹果派，然后我们一起去塞伊瀑布旁漫步。

我希望雅恩和卡桑德拉永远不要回来。我和梅一起荡秋千。我坐在秋千上，她坐在我的膝盖上。她大声笑着，当我停下来的时候，她会拍手让我继续。梅喝奶时总是半眯着眼睛，发出咕噜咕噜的满足声。我亲吻她的头发，计算着我们在一起的剩余时间。有时候梅与玛侬的形象会交织在一起，让我分不清谁是谁。当我看到她那深蓝色的眼睛时就清醒过来，那是和卡桑德拉一样的瞳色，而玛侬的形象也就消失了。

无论如何，我希望雅恩和卡桑德拉永远不要回来。然而当5月2日终于来临，他们神色轻松、容光焕发地站在我的门廊上时，我却满心欢喜。我觉得这次休整对他们很有好处。他们紧紧拥抱梅，把她抱在怀里。我努力让自己理智些，但是内心还是在痛。

"相处得怎么样？"卡桑德拉吻着梅的小手向我问道。

"真的很棒。"

卡桑德拉接下来的举动让我很感动。她用手轻轻抚过我的脸颊，然后说道："你通过了测试，现在可以成为我们家的首席管家了，在家庭成员中享有绝对优先权。我们说好了！"

我激动地擦干眼泪，不知道自己是在笑还是在哭。

"我们想经常见到你！"雅恩补充道。

"不然就剥夺你的'封号'。"卡桑德拉强调道。

我当然希望如此，于是我带着颤抖的声音答应了。

"当然，我们会常见面的。"

"不许哭，阿曼达！"雅恩警告道。

"不会哭的，我保证。"

他笑着抱了抱我。于是我靠在他的肩膀上真的哭了起来，他轻轻抚摸着我的头发。

—22—

　　我在5月份的外出次数比过去一年的次数都多。我常常去种子商人那里购买各种种子和球茎。我还送灰猫到兽医那里检查它的健康状况，然后到药店给它买驱虫药和预防跳蚤的药。当然，我也会去园艺商店。在园艺这方面，我已经驾轻就熟了，所以现在需要更专业的工具。我还给自己买了许多新衣服。我必须承认，我在本杰明发生意外后逐渐减轻的体重和消瘦的身材已经无法恢复到从前。我已经厌倦了穿着宽大裤子的感觉。尽管我外出这么多次，但我依然维持"零社交"的状态，但也算迈出了第一步。

　　朱莉在5月中旬回来了。她到来时，开着她那辆蓝色雷诺丽人行汽车，敞开着车窗，头发随风飘动。我站在花园里，然后她像飓风般席卷而来。

　　"阿曼达！我现在才能来！他们派我去马赛那边做市场调查！尽管我的假期在这项工作任务之前，但只是原则上的而已！实际上，到现在我已经连续两周都没休息过了。你知道吗，马赛人做生意很厉害！"

　　她停下话来拥抱我，然后仔细打量着我。

"你还好吗？"

"还好。"

"你买了新衣服吗？"

"是的。"

"好吧，我给你带来了新的订单！"

"什么？"

我放下铁锹，在我的新裤子上来回擦着沾满泥土的手。

"我很抱歉，没有抽空和你反馈上次婚礼首饰的情况。但是很显然，伴娘和新娘都很喜欢！新娘的表姐当时在场，她要在6月结婚，也想要同样的花冠和手链。对了，手链她想要粉色的。你有合适的材料吗？"

她的话像往常一样让我出乎意料。

"粉色？"

"对，粉色。"

"没有，我目前有郁金香，但它是红色和黄色的，没有粉色。那得等到我的大丽花开花，可我才种下不到一个月。"

"我们会有办法的，别担心！"

我对她参与这件事的积极性感到好笑。

"我们可以再买一些正值花期的花卉，这可以丰富首饰的款式，扩大客户群体。我们不会就此止步的。"

"是吗？"

她从牛仔裤的后口袋里掏出手机，解锁屏幕，滚动着几张照片。

"我顺便把你的作品拍照并发布到社交媒体上，看看反响如何。"

"什么？"

永远不能低估朱莉的决心，这就是我今天得到的收获。

"别抓狂，阿曼达！大家都在问我你的网店叫什么。"

我惊讶地瞪大眼睛。朱莉显得兴奋极了。

"这很棒，意味着市场有需求！"

朱莉的热情有些难以招架，尤其是对于一年没有上班工作，只能躲在这座老房子里的我来说。

"我们要扩建花园，建造一个温室，再买些盆栽植物。到了冬天你甚至可以在室内种植。"

一切都进展得太快了。我觉得自己在花园里几乎要窒息过去。还好朱莉注意到我的神态，她抱住了我的胳膊。

"来吧，我们去喝点凉爽的，天气真热。"

进入房子里，我们倒了两杯橙汁。在橙汁面前，朱莉终于冷静下来，语速也慢下许多。

"我本来还想告诉你另一个好消息，但你今天听到的已经够多了，我可不想看到你心脏病发作。"她用玩笑般的语气说道。

"这是因为你太激动，"我回应道，"你像小狗一样扑到我身上！"

"还不是因为你太顽固了，"朱莉反驳道，"像是位害怕改变任何习惯的老太太，一看到新鲜事物就晕头转向。"

我对她的说法有些生气，但我尽量不表现出来。

"我从来没有做过生意。"我说道。

"你不用担心生意上的事，我会负责处理这方面的事务，你只需要专注创作。"

"那么，另一个消息是什么呢？"

这一次，她对我的妥协感到满意。

"在克莱蒙费朗有一个艺术和手工艺品展览会，在6月10日和11日举行。我想我们可以参展。"

"参展？"

"租一个展位展示你的作品。这是个好机会，能让大家了解到你在创作什么。"

"但是……"

她抬起眼睛看向窗外，似乎对我的犹豫很恼火。

"但是？"

"我目前没有任何创作。所有作品都是按照订单需求完成的。"

"就是因为这样才要参展。"

"就是因为这样才要参展？"

"这是创立自己个人品牌的好机会。我们可以给作品取个品牌名，让它在法律意义上存在，然后再给它创建一个网站。"

"我不想——"

"我说过，这些事情都由我来搞定。不过，当然要征得你的同意才行。"

我没有立刻回答她。朱莉目光坚定地看着我。她在等待我的最终答复。我看向窗外保罗的垂柳，上面的丝带正迎风飞舞。我想起人力总监也在等待我的答复。我想起那一天晚上我和雅恩之间的对话。他建议我把鲜花永久性保存，以提升我的作品。然后我又想起露西·休格斯，想起朱莉对她的描述——她一辈子都在制作窗帘、床帏和裙子，每周还会去一次城里，把做好的成品送到店中。我想正是最后这一点使我下定决心。

"好吧,"我说道,"我同意。"

朱莉对我的决定很满意。我们郑重地握了握手,达成了这项协议。

"我得提醒你,亲爱的阿曼达。展览会上会有很多人,很多很多人,每天要迎接上百位访客。你得做好准备。"

我宁愿她没有提醒过自己。我又站起来给自己倒了一杯橙汁。

"好了,别生气了。忘了和你说了,你穿着新衣服的样子真的很漂亮。"

这就是朱莉,她总是细致入微。

收音机正在播放着派特斯乐队的《只有你》,这是我最喜欢的歌曲之一。我对老歌情有独钟。朱莉认为我骨子里是位老太太,也许这个看法是对的,但我不在乎。我就要尽情歌唱,在我的花园里尽情歌唱。

时光渐渐平静地步入夏日。我的番茄肉眼可见地一天天长大。大丽花绽放的时间比预期更早。草莓的授粉已经结束了,现在上面长出了微小的绿色果实,在日复一日的阳光照耀下,逐渐变得鲜红艳丽。我还需要再耐心等待几周,但一想到我在花园里已经收获这么多,再等上几周时间又算得了什么呢?花园的蒸蒸日上让我欣喜若狂。我还在歌唱,声音甚至盖过了收音机。

阳光、满月、草莓、首饰,都在等待最后一刻的揭晓。这样的局面让我悠然自得。构成首饰的粉色已不再是难题。在朱莉的建议下,我买了一些已经开花的秋水仙,把它们种在地里。秋水仙花为我的花园增添了不少生机,也会成为新娘手链的完美配饰。眼下,朱莉开始筹备6月

10日和11日的参展活动。她无时无刻不在缠着我，向我索要各种创立公司的证明材料。她向我保证这一流程非常简单："这都是为了注册我们的公司。"

我决定让她自己处理，因为我还有很多事情要做。在忙完花园的事情之后，我还要准备今晚那场满月仪式所需的香薰蜡烛，仪式会在唐棣树下举行。

已至傍晚时分，我想在准备那些香薰蜡烛之前，到神圣之松那边走一走。当我来到神圣之松时，我爬到小凳子上，伸长脖子看着眼前的景象。

"天哪，本，我简直不敢相信。"

我清楚地意识到树洞里发生了非比寻常的变化。那只知更鸟爸爸此刻不在了，而知更鸟妈妈用好奇的眼光注视着我。当它看到我靠近时，发出了警示的叫声。

"本，这很疯狂不是吗？这里有……"我眯起眼睛数着，"有五枚，这里有五枚鸟蛋。"

树洞的鸟巢里藏着五枚蓝白相间、带有红色斑点的鸟蛋。我的神圣之松居然"结出"了五枚鸟蛋。这样的成果与那些绽放的鲜花或者长出的绿色草莓一样美丽。生命在我的老房子周围到处生根发芽。

尽管窥探树洞的姿势让我很不舒服，但我在知更鸟妈妈怀疑的目光下依然坚持了好一会儿。

"是你生下它们的吗？"

它那双圆溜溜的黑色眼睛一直盯着我。

"真厉害，一次生了五个宝宝。"

　　它的头微微歪了一下，像是在点头一样。我相信这是它理解了我的话并做出反应，但也有可能它只是想要换个角度，以便更好地观察我。

　　"别紧张，我不会对你的小家伙们怎么样的。我知道这是怎么回事。我马上就离开，好吗？"

　　我从小凳子上跳下来，把它放回原来的位置，又把蓝色坐垫重新放到上面。

　　"我只是想和本聊聊，你知道的，并不是要打扰你。"

　　当我回到房子的时候，天色已经暗淡下来。我已经有很长时间没有和本杰明聊天了。准备晚餐的同时，我把剩余的蜡块熔化，制作成新的蜡烛，结果不慎烫伤了手指，还不小心把热蜡洒了出来。我忍不住咒骂几句。尽管如此，我仍然用废塑料瓶盖成功制作了十几支蜡烛。今晚，我要在唐棣树下放上一些蜡烛。这不是为了纪念逝去的人，至少今晚不是，而是为了感谢过去几个月里那些让我重获新生的人。我希望月光能守护他们，就像守护我一样。

　　于是我一边飞快地吃着饭，一边观察着黑暗夜空中月光的轨迹。灰猫坐在窗台上，它也在等待着月亮升起。

　　当我走出房子时，月亮已经高悬在天上。我的花园一片宁静，只有松树在微风中轻轻摇曳。柳枝静静垂落，躲藏在新生的叶片背后。保罗的垂柳看起来不再那么忧郁了，变得更加清新，更加欢快。总的来说，春天来了，房子周围的一切看起来都不太一样。我的脚印消失在高高的草地中。灰猫敏捷地闯入我的影子里，安静无声。

　　我的唐棣树就在那里，白色"星星"映射出月亮的银色光辉。它如此美丽，比白天还要美，周围萦绕着神秘的光环。我用手指触碰着那些

"小星星"，想象着把它们戴在我的无名指、耳朵、手腕，甚至胸前。无论如何，我会不惜一切代价找到方法，让它们得以永生。那是我以后要去思考的问题，眼下，我要点亮我的蜡烛，为每一个记得的人燃起烛火。

第一支蜡烛献给理查德。为什么是他？我真的说不清楚，也许是为了庆祝他的新生，我想我们之间诞生了一种比敬佩更加强烈的东西。所以我把第一支蜡烛献给理查德，希望他能永远屹立不倒。第二支蜡烛献给安妮。安妮即将上她的海洋教育课了。她在其他孩子的眼睛中寻找着自己失去的火焰。我又点燃了两支蜡烛，献给卡桑德拉和雅恩，希望他们继续成为最好的父母，彼此相爱，以及履行他们的承诺——保留我在家庭成员中的绝对优先权。还有一支蜡烛献给小宝宝梅，希望月光能小心翼翼地守护她。我面朝唐棣树蹲了下来，看着那五道烛火在夜色中摇曳。

接下来，我要为朱莉点亮一支蜡烛。她就像一场生命的风暴，未经邀请就闯入了我的生活。她把这座老房子视若掌上明珠。朱莉从未质疑过我对生活的理解。为那些只在春天接吻的知更鸟哀悼。谢谢你，朱莉。

我笑着为米卡和萝拉点燃两支蜡烛，愿他们爱到地老天荒。我也希望他们能时不时地想起我，至少记得我的草地。如果没有他们的天真无邪，世界会变成什么样子呢？

我手中还剩下两支蜡烛。几经犹豫，我还是点燃了第九支蜡烛，将它献给我的母亲。我们之间一直未能真正理解彼此。但每当我想与自己和解时，总会找到一个合理的理由，便携式收音机便是一个理由。因此，我把我的母亲也添加到由月光守护的行列中。第十支蜡烛我原本打算把它献给丹尼尔，并非因为他的香辣番茄炖香肠，而是希望他能好好照顾我的母亲，让她能获得真正的爱情。

然而，我最终没有将蜡烛献给他，毕竟还有埃莉亚呢。她曾一度成了我眼里的竞争对手。我点燃第十支蜡烛，献给埃莉亚。不仅仅是因为她在本杰明去世后给我发鼓励短信，以及邀请我到詹姆斯酒吧重聚，更是因为她这些年来一直陪伴在本杰明身边。他们不只是同事，更是朋友。那是一种深厚且真诚的友谊。她配得上这支蜡烛，但愿她能再次开怀大笑。

我静静地在洒满月光的唐棣树下坐了半个多小时，看着烛火在夜色中闪烁。十道烛火，十副脸孔。直到此时我才意识到，自己身边有如此多的光芒。

我没有听到朱莉汽车到来的声音，因为我正在树林的神圣之松那边。鸟蛋已经孵化了，我没有亲眼看到幼鸟的模样，但听到了它们的声音，那是一种尖锐的啁啾声。我不敢爬上小凳子近距离观察，那会让知更鸟妈妈和幼鸟们受到惊吓。

"我到处找你呢！"

朱莉看起来风风火火，但她脸上依旧保持灿烂笑容。她拥抱了我，然后转过身来，指向她的汽车。

"我带来了展览会的设备！"

"设备？"

"几个展示架、用来展示你的首饰的漂亮玻璃盒、桌布和展板。我选择浅粉色作为主色调，你觉得怎么样？"

我费力地跟在她的后面。尽管穿着高跟鞋，她还是一路小跑到汽车旁。她打开了后备厢，展板和桌布都在那里，是漂亮的浅粉色。对于她的主意我非常赞同。

"我们的品牌形象可以沿用这个主色调。"她补充道，"传单、网站、名片都是如此。顺便说一句，我们不能再等了，必须马上给品牌起个名字！这由你全权决定，你有什么想法吗？"

我咽了咽口水。我当然预料到朱莉会提到这个问题，已经提前想好了。

"那么，我说说我的想法？"

"当然，快告诉我！"

如果我表达得很顺畅，也许这个名字会被通过，她也不会对它提出异议。

"'玛侬之花'，我希望这能成为我们的品牌名。"

她挑了一下眉毛，显然我没能说服她。她对于这个名字感到惊讶很正常，谁不会感到惊讶呢？

"玛侬之花？"

我又咽了咽口水，保持着平静的表情。

"是的。"

"为什么是玛侬呢？"

我宁愿她问谁是玛侬，尽管结果是一样的。

"因为……你想先喝杯咖啡吗？"

她肯定看出了我的窘迫，没有多问。我们一起朝房子走去。我决定在路上向她坦白。

"你应该知道，本杰明是在去年6月发生事故的。"

我没有回头，她在我身后回应道："我知道。"

"嗯，那时候，我怀着我的女儿。"

我明显感觉到她停下了脚步，但我不想转身面对她。我走进厨房，在咖啡机前机械地忙碌着。

"你从来没有告诉过我。"她来到我身旁，但我仍然背对着她。

"那件事情对我打击挺大的，然后引发了宫缩，可还不到预产期。"

她不知道说什么好。尽管答案显而易见，但她还是问道："她叫玛侬对吧？"

"是的。"

我们面面相觑。直到我转身装好滤纸并启动咖啡机。然后我看到她坐到桌子旁，在她的笔记本上涂涂画画。

"你在干什么呢？"

"我在构想我们的传单。'玛侬之花'的名字要足够大，白色、倾斜，采用漂亮的学生笔记本排版风格，将'玛侬之花'的'之'字设计成一朵鲜花。你能理解我的意思吗？"

我俯身看向她的笔记本，很高兴她决定不再深入探讨玛侬的话题。

"可以，这样看起来很漂亮。"

"这里可以放一张你的作品的照片，然后把我们的网站链接放到下面。"

她画来画去，时不时地咬她的笔头。我没有开口，对我来说，最重要的是朱莉接受了那个名字。

—*23*—

她事先警告过我，展览会上会有很多人，但我没有真正意识到到底有多少人。刚刚到早上7点30分，在巨大的体育馆里只允许参展商进入的时候，我就已经晕头转向。

我不知道朱莉是否注意到我最近付出的努力。她让我制作了大约十五件展品，包括手链、戒指、项链、花冠和发带等，而且还有新的婚礼订单，来自朱莉的另一位朋友。她到底认识多少人？

我不得不放下打理花园的工作，也没有精力去神圣之松看望知更鸟宝宝，但是我已经见过它们的样子了，真好！我还忙于我的秘密研究项目，也就是"永恒的银星"。我尝试把这些唐棣花夹在书页里风干，但花瓣都被破坏了。我又考虑把它们放入玻璃里，制作成吊坠或胸针，但我不喜欢这个想法，把植物放进玻璃里会失去作品的新鲜感。

考虑给雅恩打电话寻求帮助的时候，我躺在灰色扶手椅上睡着了。我做了一个奇怪的梦，梦见石棺中缠上绷带的木乃伊即使过去几个世纪也没有腐烂。醒来后，我并没有立即将这种古埃及防腐技术和我的鲜花联系到一起，而是在几个小时后才意识到这一点。他们使用了什么材料？他们采取了哪些防腐措施？我惊讶地发现，自己对于古埃及人保存尸体的方法一无所知。尽管如此，一个解决方案在我脑海中逐渐成形。我需要给我的鲜花涂上一层透明且能永久定型的物质。我想到了小时候母亲节做的手工作品，用的是一种黏黏的清漆胶水。这种透明胶水能将材料牢牢固定很长时间，甚至长达几年。

我到购物中心买了一罐清漆胶水，开始我的实验。经过几次尝试，结果和我预想的一样。我不禁欣慰地笑了，自己终于成功了。第一条永不凋谢的唐棣花手链被放进了我的手提包深处的小盒子里。这会是给朱莉的惊喜。我会在今晚我们疲惫不堪地收拾展位时拿出来。如果她觉得还不错，我可以尝试用在更多的花卉身上，比如风信子、番红花等。谁知道还能用在多少东西上呢？我从来没有像今天这样，脑海里的问题不断涌现。

"如果到了秋天你们打算选用哪些颜色？"

"你们还打算扩大鲜花的品种吗？"

"当然！"朱莉迅速帮我解围，"我们打算扩大花园，还会建立一个温室保持冬季供应。"

她的自信和活力与我的害羞和笨拙形成鲜明的对比，但我相信我们俩都受到了人们的喜爱。朱莉依靠她的活力形象，而我依靠我灵巧的双手和创意。

人群在18点左右散去。朱莉递给我一把椅子，宣布道："我值得你请我一杯上好的雷司令白葡萄酒，要果香浓郁的那种。"

我粗略地计算了一下我们需要的传单数量。传单就像面包一样被迅速分发出去。我们必须尽快加印一些。在朱莉的笔记本上，她记录了一些等待确定报价的订单。我筋疲力尽，但同时也感到无比开心。谁能在几周前的时候想到事情发展成这样呢？这都要归功于萝拉和她的雏菊手链给我的启发。更重要的是，我要感谢朱莉。

"我们先把这些东西放到一边，"朱莉说道，"明天早上再继续整理吧。咱们去喝一杯！"

"好啊！"

我尽量不去想，一年来第一次出入这种地方，会给我带来怎样的情绪。还好朱莉选择了她家楼下熟悉的小酒吧。那里有几处空位，其中一部分在庭院里，那里绿植丛生。

我们选择坐在繁茂的喜林芋旁。朱莉翻阅着菜单，而我的心早已飞回家中。我还要给草莓浇水，喂食灰猫，去看望知更鸟宝宝。我想坐在家里的门廊上，沐浴在夕阳的余晖中，品一杯花园出产的薄荷茶。无论如何，我还是坐在酒吧的庭院里。不过，我必须承认，这里的氛围真的很不错。我想，也许未来自己能够成为另一个阿曼达，成为那个和朱莉一起出门的阿曼达，成为那个努力融入人群，重新与世界建立联系的阿曼达。偶尔放纵一下，又何尝不可呢？

点完单后，我们一边品尝着甜白葡萄酒，一边聊天。朱莉好奇地问我为什么我今天看起来如此不同，于是我从手提包里拿出了那条真正的"玛侬之花"，材料来自玛侬的唐棣树。

"你看，我让它们成了永生花。"

"永生花？"

"我涂了一层清漆胶水在上面，这样它们就不会凋零枯萎了。"

我想朱莉有时候会为选择我做朋友而感到高兴，不是在我手足无措的时候，不是在我怀疑自我的时候，不是在我碌碌无为的时候，而是在这一刻。

朱莉连连说了好几遍："你真是个天才，阿曼达！"然后她又点了朱朗松葡萄酒。我想当明天早上人们进入展览会的时候，我们一定都会头痛得厉害。

展览会第二天的进程和第一天一样紧凑，参观的人数也比昨天多了。尽管早上有轻微的头痛，但对我来说，今天应付起来已经相对轻松不少，与顾客的交流也更加自然、简单。我记下了今天顾客的报价和地址信息。今天又增加了两份订单。我还分发了我们的名片。

"我感觉自己渐入佳境！"朱莉说道。

当我把自己的汽车驶入停车场时，天色已晚，太阳正缓缓落在地平线上。我们拆卸了展台，把所有东西都装进朱莉的汽车里，还向展览会的组织者道别并表达感谢，然后把证件交还回去。我感到疲惫不堪、浑身疼痛，只想立马洗个澡再好好睡一觉，但我还有半小时的路程。

我打开车上的收音机，打开车窗。6月的热风拂过我的脸庞。火热的一天就这样结束了，多么疯狂啊！

当我回到家时，灰猫前来迎接我。我蹲下身来抚摸它。

"一切都好吗？你把房子管理得井井有条了吗？今天发生了什么新鲜事吗？"

它走向花园，蹭着那些尚未成熟的绿色番茄。我一路跟着它，然后发现了第一颗成熟的草莓。

我迫不及待地坐到仍然保有阳光余温的泥土上，往嘴里放进一颗刚摘的红色草莓。我闭上眼睛，尽情享受着。柔软的果肉在牙齿下破裂，甜蜜的果汁四溢在舌头上。这些草莓有着无与伦比的风味。那味道注入了阳光、清水、冬天的精心照料和我的殷殷期待。我又吃掉了另外两颗草莓。这是我从未吃过的美味。

还有一件事在等待着我，就在神圣之松旁。如果我要去看望知更鸟和本杰明，就必须赶在天色彻底暗淡下来前。

当我到达神圣之松时，那里的安静令我感到不安：知更鸟的鸣叫声不见了。我立刻将自己的小凳子移到树干旁，踩了上去。树洞里的鸟巢是空的，看不到任何知更鸟宝宝或者知更鸟妈妈的痕迹，甚至就连一根羽毛也没留下。我心中的不安感油然而生。天空即将入睡，我把自己留在那里，细心地观察着其他松树，希望能看到那个知更鸟的小家庭已经在新树上安家。但我什么都没有看到，不得不沮丧地回到房子里。

第二天早上醒来时，我发现自己收到了一条语音留言，来自里昂第八区市政厅的人力资源部门。

"卢津女士，您好，我是人力资源部的奥蒙特女士。鉴于您未做出回应，我不得不再次与您取得联系。如我上次留言所述，您即将达到无薪休假的最高期限。规定中无薪休假的最高期限为一年，且不可延期。我们迫切需要您的回复。如您所知，鉴于您的缺席，我们已经雇用一名临时工来履行您的工作。我们正考虑是否将他转为永久聘用的正式工作人员。请您认真考虑自己的决定。盼望最迟在本周末前收到您的答复。感谢您的配合。"

我心中狂跳得好像刚刚跑完十千米一样。

紧接着，我到神圣之松那边，和本杰明交谈这件事，征求他的意见。其实这只是为了重新平复我的情绪，仅此而已。我坐在小凳子上，试着深呼吸。所有需要面对的事情在此刻同时涌现：市政厅的工作、"玛侬之花"的未来、五份等待确认的订单、朱莉的事业心、我的恐惧、我的犹豫、我的母亲、本杰明的遗产、目前居住的老房子、我的草莓……就在这时，我看到了它——那个圆润的小身子正蹲在树洞前。它那双圆溜溜的黑色眼睛正盯着我，身后是一个空空如也的鸟巢。我一眼就认出了它，它是知更鸟妈妈。我站了起来，也目不转睛地看向它。

"你回来了？"

它歪着头，迅速地左右转动。

"你的孩子们呢？"

它在原地蹦蹦跳跳，变换着姿势。

"它们……它们已经学会飞了，是吗？"

我的声音颤抖着，听起来很可怕。这场面是多么可笑。

"你让它们飞走了。"

我差点要哭出来了。一切都发生得太快。仅仅在几周前，它们还只是一枚枚鸟蛋，而今天，它们已经不在这里，远走高飞。

"好了，小不点，这就是生活。所有动物都是这样的。"

"才不是。闭嘴吧，本。别在今天早上说这些。"

我不需要任何人提醒我生活的运行方式，提醒我它的因果循环。我希望可以尽情释放自己的悲伤。

"好吧，本，让你消失一会儿吧。"

直到晚上，我鼓起勇气将贴在墙上的纸撕下来，翻到空白的背面，然后拿起一支笔。我怀着和早上一样的激动心情准备写下新的生活目标。

神圣之松、孤独的知更鸟妈妈和本杰明的话犹在脑海里。我选择认输。他们是对的。放下钢笔后，我用原先的胶带将纸贴回到墙上。我必须后退几步，才能充分感受上面文字的意义——"放手"。

—24—

　　我先从最简单的事情开始处理：给里昂第八区市政厅的人力资源总监打电话。

　　"您是阿曼达·卢津女士吗？"

　　"您好，很抱歉这么晚才联系您。"

　　紧接着的是片刻的沉默。我数着保罗那棵柳树上丝带的数量，等待她开口。

　　"您还好吗？"

　　我没有料到她会这样说，但自己尽可能自然地回答道："很好，我现在很好。"

　　"好吧，"她说道，"我们很高兴听到这个消息，您对是否回市政厅工作做出决定了吗？"

　　"是的。"

　　"您请讲。"

　　我长舒一口气，终于微笑着下定决心道："我决定辞职。我会尽快将辞职信寄给您。我需要以挂号信的方式寄送吗？"

她并没有对这一决定感到惊讶。

"是的，挂号信。我们将在7月的上半月内将工资结算余额发送给您。您没有更换过银行卡吧？银行账号还是之前的吗？"

"对，但我现在有一个新地址。您需要记一下吗？"

"是的，请稍等。"

我站在窗前，轻松地等待着她准备好记录文具。

"您说吧，阿曼达。"

"我住在圣皮耶尔·勒沙泰的明日路。"

"圣皮耶尔·勒沙泰，明日路……"她边写边重复道，"有具体的门牌号吗？"

"没有，我是这儿附近唯一的住户。"

"好的。"

我听到她在移动办公桌上的物品，整理着文件。

"关于您的个人物品，需要我们将其寄给您吗？"

其实我不太记得自己在办公室里留下什么东西了，可能有一个马克杯、一个茶叶滤网器、一盒茶叶和一支唇膏吧。

"不用了，您可以随意处理它们，包括把它们扔掉。"

"很好。"

她又说了一些客套话，比如感谢我多年的合作、祝愿我未来一切顺利等，但我没有在听，而是一直盯着柳树上飘舞的丝带。

我决定在下周周中外出。在此之前，我得先整理好家里的东西。第二天午休的时候，我打电话给安妮。

"阿曼达，你过得怎么样？"

"我很好，你呢？"

她刚从她的海洋教育课回来，正在用笔记本电脑整理照片，并试图通过网络找人制作成漂亮的实体相册。

"有什么事吗？是不是你想和理查德聊聊？"

"不是。"

她看起来很惊讶，但是我的话还没说完。

"你能告诉我公寓租户夫妇的名字和电话号码吗？"

"公寓？"

她想知道我说的是哪套公寓。我向她确认是我和本杰明在里昂郊区共同住了好几年的那套公寓。

"啊，当然可以。"

她什么都没问，但我告诉她："我想回去住了。"

两人片刻无言。安妮是不是希望我搬到离她家很近的地方？可以随时拜访墓地的地方？我不知道，也许那会是更好的选择。

"我把所有信息发给你行吗？"她的声音有些激动。

"行，我等下会联系中介，然后再通知他们。"

"好的。"

她没有再说话，而我也没有主动开口。我等待着挂断电话的那一刻。

—25—

我收拾好房子，给灰猫装满猫粮。在我离开的时候，房子里也不能缺少任何东西。

"我们只去住两天。"朱莉提醒我。

我知道，但是我已经很久没有在这座房子以外的地方过夜了。如果不是朱莉善意的提醒，我几乎觉得自己寸步难行。

我会想念这个家的，我已经预感到这一点。

当我关上百叶窗时，耳边传来吱吱的声音。我知道，当我之后关上前门时，那里也会发出同样的声音，而且上锁是件麻烦事。这座老房子一切如初，什么都没有改变。它依然如我到来之前那样宁静、永恒。

"准备好出发了吗？"朱莉跳出来问道。

她戴着我们推出的"星雪"系列首款耳环 —— 永恒的唐棣花耳环。唐棣花耳环看起来就像唐棣花刚刚绽放那样充满生气。朱莉坚持要成为第一个佩戴它们的人。

而我手腕上则戴着一对"玛侬星辰"。那是一款用黄麻线装饰的精致手链。我从自己的行李箱里拿出一件轻便的夏日白裙并换上它。

"好了，那我们走吧？"朱莉不耐烦地催促道，"如果你继续这样拖延下去，恐怕又要迟到了。"

我朝她翻了翻白眼，然后打开车门。

"我想应该不会有人计较。"

"我说过不计较吗？"

我没有机会回应她。因为她刚一上车就打开了我的收音机。这台略显老旧的收音机里，响起我熟悉的一支乐队的合唱歌声。几周前的时候，我曾经在花园里把这首歌唱给本杰明听。

朱莉开大了音量，跟着音乐放声高歌道："只有你能让这世界变得正确，只有你能让黑暗变得明亮。"

我的汽车行驶在明日路这条小道上。伴随着朱莉高亢的歌声，后视镜中，老房子逐渐消失，只剩下我自己。我微笑的嘴唇上擦了粉色的口红，头发里也插了一朵水仙花。

今晚，我和朱莉一起外出。今晚，我以前所未有的轻松离开自己的老房子。今晚，在朱莉精心打扮的同时，我来到神圣之松下和本杰明说了几句话。为了不因为情绪波动而颤音，我把声音压得很低，语速也很快。所有的私语都关于一年前一次错过的约定。

今天是6月21日。不久后，我们将在鞭炮声和管弦乐队演奏的旋律中进入里昂，欢庆夏至的到来。同时，理查德肯定正身穿一件雅致的夏日衬衫准备出门，我敢说那件衬衫一定是浅灰色的。如果他看到我和朱莉在一起，不会感到惊讶，因为我以前告诉过他。另外，他也会知道我把车停进里昂第八区青少年活动中心的地下停车场里，那是埃莉亚帮我找到的停车位置。

我对理查德守口如瓶，并没有告诉他邀请他前来的原因。当我们所有人都到达舞剧院的时候，他就会明白了。到那时，米卡、伊萨姆、萝拉、纳唐、伊列斯和其他人都将满脸专注地出现在舞台上。萝拉的歌声会回荡在舞剧院内，比桃乐丝·奥里奥丹更加温柔。

一想到你本该也在这里，靠在我身边，紧握着我的手，而玛侬本该在婴儿车里活蹦乱跳，我就心如刀绞。尽管如此，我依然向你保证，痛苦不再是生活的借口。我会接过朱莉递给我的啤酒，让它温柔地把我陶醉。我会邀请理查德一起到临时搭建的舞池中跳舞。这里有笨拙的舞步和受伤的心灵，但是本，我们不会彻底悲伤，因为我们不再孤独。我们都会永远怀揣着对你的爱，那是一种至死不渝的爱。但更重要的是，我们会一次又一次地爱上生活，为纪念你留在我们心中的光……

致　谢

感谢我的祖母，我可爱的祖母，感谢她的花园、她的蔬菜、她的鲜花，以及她的日历和笔记。是她启发我创作出露西·休格斯这个角色。露西的名字和我曾祖母的一样，这不是巧合。

感谢我的父母。他们对我非常信任。我的母亲，作为最早的读者之一，被阿曼达的故事感动得热泪盈眶。

感谢我的家人。

感谢我的猫咪。它在我漫长的写作和校对过程中给予我支持和温暖。

最后，感谢你，每一个还在努力生活的人。当阿曼达、露西、保罗和那座老房子闯入我的脑海中时，你与我同在桥上，俯瞰着泰国湄平河河面上数百只灯火通明的木筏。